# 青い山脈

Yojiro
Ishizaka

JN192202

石坂洋次郎

P+D
BOOKS
小学館

目次

# 日曜日

六月の、ある、晴れた日曜日の午前であった。

駅前通りの丸十商店の店の中では、息子の六助が、往来に背中を向け、二つ並べたイスの上にふんぞりかえって、ドイツ語の教科書を音読していた。恐ろしくふきげんそうな様子である。折から、どの線かの列車が入ったと見えて、陽ざしの明るい往来を、ひとしきり人の波がゾヨゾヨと流れて行った。

「今日は――」

店先で、若い女の声がした。

見ると、紺の短いセーラー服を着て、浅ぐろい、よく伸びたすねをむき出し、赤い緒のげたをつっかけた、農村の者らしい、丈夫そうな女学生が立っていた。

ふり向いた六助と目を合せると、女学生は顔を真赤にした。

(親父と間違えたナ……)と六助はおかしくなった。

六助は、学生服の上に、父親の色がさめた仕事着をひっかけ、何ということなしに、鳥打帽子を横っちょにかぶっていたのである。

「何をあげますか?」と、六助は丁寧な言葉で尋ねた。

女学生はすっかりあわてた様子で、赤い顔を卑屈にニヤッとゆがめたり、あたりをグルッとながめまわしたあげく、今度は、つっかかるような強い調子で、

「あのう、おたくでは米を買いませんか……」

農村から通学してる中学生や女学生で、駅前通りの家に、米を売りに来る者がある、といううわさは聞いていたので、六助はつい顔をほころばせて笑い出した。

「買ってもいいけど、いくらだい……」

「一升五十円です」

「高い!」

「高くありません! 普通は八十円です」

女学生は一生懸命で押して来た。

「いや、ぼくがいうのはね、家の小屋からくすねて来た米にしては高いといってるんだ」

「ちがうわ!」

女学生は顔の赤さを増して強く否定した。

「お母さんがね、いま手もとに現金がないから、これを町へ持って行って学用品を買いなさい

って……」

「それから、映画を見なさい、買い食いもしなさい、くだらないブローチやレター・ペーパーも買いなさいといったのさ……」

女学生は、言葉につまって、口惜《くや》しそうに六助を見つめたが、米は買ってもらうことに決めたらしく、底がふくらんだ重そうなリュックを、店の板敷の上にドシンと下ろした。

リュックの横腹に、肩書や姓名を記した白い布が縫いつけてあるのに目を止めた六助は、声に出して、それを読み下した。

「海光女学校五年生寺沢新子……新子さんというんだね」

「ねえ、五升あるんだけど……」

「みんな買うよ。台所の障子のかげに、赤塗りの箱があって、それが米びつだから、自分で行ってあけてくれよ」

「計らなくてもいいんですか？」

「米びつにますも入ってるから、ついでに、自分で計っていってくれよ」

「あら――」と新子は思わず微笑した。

店先から室を二つ隔てて、台所が見通しになっていた。新子はリュックを一方の肩に担《かつ》いで、裏庭まで通っている細い土間づたいに、奥へ入って行った。

障子のかげで、ガタゴト物音をさせていたかと思うと、新子はじきに引っ返して来た。

「ちゃんと入れといたから……」

「ありがとう」

六助は、机の引出しから、弐百五拾円の紙幣を抜き出して、

「むだ使いはいけないよ」と新子に手渡し、ふと思いついたように目をかがやかせて、

「女学校の五年生って、飯が炊《た》けるものかね？」

「炊ける人も炊けない人もあるわ」

「君は？」

新子は、考えこむように、すこしためらって、

「炊けるけど、好きじゃないわ」

「あれ。ひねくれた返事だなあ。炊けるし、しかも大好きだといった方が、人に与える印象がずっといいのにな……」

「でも、そうなんですもの」

「ねえ、いまのお米をご飯に炊いていってくれないかな。ぼくは昨日から、干しもちやするめばかりかじってるんで、腹工合が悪くて、ひどくごきげんをそこねていたとこなんだよ」

「どうしてご飯食べなかったの。米びつはあんなにいっぱいつまってるのに——？」

新子は、精気の強い、黒く潤《うる》んだ目を見張って、六助の顔をいぶかしげに見つめた。

「父と母が、昨日の朝から、近在の親類の祝言《しゅうげん》に招《よ》ばれて行って、ぼくひとり留守番なんだよ。それあぼくだって飯ぐらい炊けるさ。でも大儀だからな」

「あら、自分だって同じことを言ってるじゃないの」

「む……。でも君、男と女ではちがうよ。男は将来、代議士にでもなって、議会でとっ組み合いをする使命のようなものが、ちゃんと定まってるんだからな。ね、炊いていってくれよ。お礼に、フライパンでも金づちでも、店の品物を何か一品、ごほうびにやるよ」

六助は、金物がいっぱい置き並べられた店の中を、アゴでしゃくった。

「でも――」

新子は、当惑したように、明るい往来に目をやって、

「怒られないかしら――?」と低くつぶやいた。

「だれに？……君はきっと、はじめて来た家で飯を炊いたりすると、道徳にはずれた行いになりはせんかと心配してるんだね。そんなことはないよ。それよりは、女学生が闇の米を売り歩く、ということの方が道徳上の問題になる可能性が強い」

「――買う方もいっしょだわ」

「ふーむ。まいったよ」

二人は顔を見合せて微笑した。

「私、炊いてってあげようかな」

「頼むよ。……ぼくには物の在り場所が分らないから、台所は自由にかきまわしてもいいからね」

「ウン……」

新子は土間を通って、台所に上った。そして、しばらくの間、首をすくめてクックッ笑いながら台所の中を一通りながめまわしていた。で、彼女が一番はじめにやったことは、壁にかかっていた、六助の母親のかっぽう前垂《まえだ》れをとりはずして、腹に巻きつけたことだった。

「これ、借りるわね」

白い前垂れが、はだかのすねを隠すと、新子は急に大人びた女らしさをにおわせた。六助は妙な気持がして、視線をそらせた。

「ね、貴方《あなた》、高等学校でしょ?」

新子は柱にもたれて、おずおずした調子で、さっきから気にかけていたことを尋ねてみた。

「そうさ。ほんとは今年大学に入ってるはずなんだけど、落第したんだよ」

「あれ。落第坊主——? うちの人に怒られたでしょう?」

「いや、身体をこわされるよりはいいってさ」

百姓の客が三人、店の中に入って来て、ノコギリやナタをあれこれと選び出した。六助はその相手をつとめ、新子もそれをきっかけに、バタバタと食事の支度にとりかかった。

まもなく、かまどを炊きつける、うすい煙が店先に流れて来た。水を流す音、すりばちで味噌をする音、まな板で菜っ葉を刻むコトコトという音などが、昨日からガランとしている家の中に、暮しの活気をよみがえらせていった。

六助は、机の上にだらしなくのめって、温かく弾んだ気持で、口笛を吹きながら、外をながめていた。

往来には人の気配が途絶えて、明るい道のまん中で、足の長いにわとりがしきりに馬糞《ばふん》をついていた。

ふと、台所から歌声が聞えて来た。

森の　青葉の　蔭に来てェ
なァぜか　淋しく　あふるる涙ァ
思い　せつなく……

流し台で何か洗いながら、よく澄んだ声でうたっている新子の後ろ姿をながめて、六助は(妹が一人あってもよかったナ)と思ったりした。

六助は、はんぱな口笛をつづけながら、思いがけなく起った出来事を、ボンヤリ反省に上せていた。

米を売りに来た娘が、ついでに食事の支度をしていってくれる——そう考えるかぎり、それは特別いいことでもないし、特別わるいことでもない。

つまりなんでもないことなのだ。

四十分ばかり経って、

「もう食べられますけど……」と、新子は、台所のつぎの居間に食卓をなおして、茶わんや小ざらを並べ出した。

「早かったね」

六助は食卓の前にあぐらをかいた。新子は前垂れをはずして、短いスカートを気にしながら、その向い側にキチンとすわった。そうなってみると、二人は顔を合せておれないほど、変な気持がした。

食卓の上には、山で採れる細い竹の子にわかめを混ぜたしる、わらびのおひたし、生卵、イナゴのつくだ煮、菜っ葉の味噌あえ、つけ物などが載っていた。

「君の分がないじゃないか？」

「私はいいの、お弁当持ってるから……」

「じゃあお菜だけ支度していっしょに食べるといいや。もうお昼だもの」

「そうするわ」

新子は、リュックの中から、ゴマをまぶした大きな握り飯をとり出し、しるだけよそって、六助といっしょに食事をはじめた。

熱いしるや飯から立ち上る、においをふくんだ、やわらかい湯気が、二人の気持を温かく解きほぐしていくようだった。

二人はときどき顔を見合せては、意味もなく微笑した。向き合って見ると、新子は、もう女学生の服が無理なほど、大人びて来ていることが分った。

陽にやけて、スベスベした面長な顔立ちで、黒い目の光には、なにか熟しかけてるものが感じられ、鼻柱の線が強くまっすぐで、くちびるがわざわざくっつけたもののようにうす赤く厚ぼったい。子供染みたセーラー服のえりにふちどられた首すじなど、筋肉が強く動いて、円柱のようにたくましい感じだった。

「日曜日なのに、なんだって街へ出て来たんだい?」

黙っていると息苦しいので、六助はハシをせわしく使いながら、話しかけた。

「いろんな用事があったの。第一に、お小遣《こづかい》が欲しかったし、それから……貴方、口が悪いから言わないでおこう」

「悪口なんか言わないよ。言ってみ給え」

「じゃあ言うわ。街の四つ角に、頭がはげた、姓名判断の易者がいるの知ってる？　あの人、とてもよく当てるんだって。お友達がたいていみてもらってるの。私きまりが悪くて行けなかったんだけど、今日は勇気を出してみてもらおうと思ってんの」

「たいへんな用事だね」

六助は悪口の代りに、ニヤニヤと口もとをゆがめた。

「それから？」

「それから、お母さんに会って来るわ」

「お母さんて……街の病院にでも入ってるの？」

「ううん。お母さんはいつでも街にいるわ。田舎の家にもお母さんがいるの。二人いるの。街のお母さんが、ほんとのお母さんなんだけど、私がまだ小さいころ、父と性格が合わないで、夫婦別れしたのよ」

新子は、パリパリとつけ物をかみこなしながら、当り前のことのように言った。

若い六助は、ふっと、息をふさがれたような気がした。

母親が二人いる！

そういう環境にいるのだということが分った瞬間から、六助は、いままで山出しの女学生という気分で軽くあしらっていた新子が、急に自分よりも深い人生の体験者として、目にうつり出した。

六助自身は、生れた時から親子三人ぎりで、きわめて単調な、それ故《ゆえ》に幸福とも言えば言えるような生活を送って来たのであった。

「不幸なんだなあ、君は……」

「どうだか……。貴方は感傷家？」

新子は皮肉な微笑をチラと見せた。

「いやいや」と六助はあわてて打ち消して、「好奇心だよ。お母さんが二人いると、どんな娘ができるかという……」

「私は身長五尺三寸、体重十五貫、視力二・〇……」

「いや、内容だよ」

「そんなこと——私にも分らないわ」

新子はもう一度、あいまいな微笑を浮べた。そして、握り飯を食べあげたあとの、ゴマがくっついた五本の指を、大きな口で、一本ずつしゃぶって、清めていった。

（ネコのように野蛮で美しい娘だな）と、六助はそんなことにもひどく感心した。

「もうまもなく、手伝いのおばあさんが来るはずだからね。来たら、ぼくも君といっしょに出るよ。君の姓名判断を傍聴したいんだ。いいだろうね」

「それあ構わないけど……」と、新子はのどの中でククと笑った。

十分ばかりあと、留守居のお婆さんと入れ違いに、二人は連れ立って外出した。

六助は、六月だというのに、黒いマントを背中に細長く垂れ流し、腰にはおさだまりの手ぬぐいをぶらさげていた。

午後の陽ざかりで、舗道のアスファルトが溶けて、踏むとぶよぶよした。ところどころ、商家の間にまじったひばのかきねは、白っぽくほこりをかぶっていたが、内側の庭樹は、陽の光をむさぼり吸って、滴《したた》るような新緑の色を見せていた。

「約束を実行するからね。これ、ごほうびにやるよ」

いつ持ち出したのか、六助は上衣の内側から、新しい裁ちバサミをとり出して見せ、それを新子のしょったリュックの中に入れてやった。

「ありがとう。でも怒られない？」

「元気のいい子供というものは、みな少しずつ親不孝なんだよ。ハサミ持ち出したり、米を持ち出したり……。でなければ何か別なことで……」

「そうね……」

二人は顔を見合せておかしそうに笑った。

干草を山と積んだ荷車が、わだちを柔らかい舗道にめりこませて、五、六台つづいて通りすぎた。どの馬夫も、くしにさした桃色のアイス・キャンデーをしゃぶっているのが、いかにも初夏らしい風物だった。

大通りの四つ角は、日曜の人出でにぎわっていた。並んだ露店の中に、新子の言う、よく当る姓名判断の易者も、小さな店をはっていた。

髪の毛がうすぎたなく縮れ、額がひろく、あごが奇妙に細くすぼまった、貧相な顔の男で、しまのあわせにあかくやけた紋付羽織を重ね、骨ばんだ両手に、例のアイス・キャンデーを一本ずつ持って、かわるがわるしゃぶっていた。

「みるのかね?……寺沢新子――ふむ」

易者は、新子が身体を斜めにしてつきつけたリュックの名札を見て、キャンデーのくしのさきで、机の上に同じ文字を五、六回書き並べた。そして、しばらく考えこんでから、

「貴女《あなた》は家庭的に恵まれとらんな。両親の一方が欠けとって、そのため苦労しとる」とズバリと言いきった。

六助はドキンとした。易者は、シチむずかしい字画の講釈をながながと語り、

「要するにだね。貴女の姓はいいが、名はよくない。女の名前で『ン』で終るのはすべて悪い。これには、いろいろ訳もあるが、早い話が、それ、犬はワン、ねこはニャン、きつねはコン、すずめはチュン、といった風で『ン』の字は動物に関係が深い。そういう名の女は、動物的な

勢いが強いから、結婚でもすれば亭主をしりに敷くことになる。さっそく改めるんじゃナ……」

易者は、アイス・キャンデーのしるを所かまわずこぼしながら、そういう結論を下した。

六助は吹き出すのをこらえるので一生懸命だった。しかし、新子も、店を囲んだ四、五人の百姓たちも、真面目《まじめ》くさって耳を傾けていた。

店をはなれて、しばらくの間、新子は何か考えこんでるように、うつむいて歩いていたが、ふと足を止めると、

「私、これから母の所へ行くわ。貴方ともっと親しくなったら貴方も連れて行くんだけど、今日はだめ……。さよなら」と、後をも見ずに一人でスタスタ歩き出した。

六助は、平手でふいになぐられたような寂しさを感じて、明るい舗道をトコトコといく、赤い緒のげたの動きをじっと見送っていた。

それから、ひきちぎるように帽子をじゃけんにかぶり直し、口笛をスウスウ吹きながら、当てもなく歩き出した。

# 試される者

職員室はひっそりしていた。

遠くの校庭で、バスケット・ボールに興じている生徒たちの弾んだ肉声が、空気をビリビリとふるわせて、明けはなした窓から飛びこんで来る。

若い英語の先生、島崎雪子は、もう退出するつもりで、書だなを整理し、机の引出しから懐中鏡をとり出して、髪をなでつけていた。と、足音も聞えず、後ろで呼びかける声がした。

「先生――」

ふりむくと受持の寺沢新子が立っていた。

「あら、まだ帰らなかったの？　何かご用？」

「ええ。これ――」

新子は胸のポケットから、折りたたんだ手紙のようなものをとり出した。

「何ですか？　それ――」

「手紙です」

「だれからだれに来たのですか？」

「私に来たんです。差出人は、外は女名前で、中は男名前になっております。どちらも私の知らない人です」

「貴女に来たものなら貴女がしまつをつけたらいいでしょう?」

去年、雪子が赴任したばかりのころ、学校にはまだ生徒あての手紙の検閲制度が行なわれていた。生徒に間違いがないように、という趣旨は結構なようであるが、はたから見ていると、教育をするということは生徒のアラを拾うことだという消極的なものが感じられて面白くなかった。で、雪子は職員会議の席で、しばしばこの制度の廃止を唱えて、とうとう自分の主張を実現させたのであるが、それだけに、いま寺沢新子がもって来た手紙も読みたくない気持が強かった。

「貴女、五年生にもなって、それだけの判断がつかないことはないでしょう?」

「ええ、でも先生、この手紙は考えようで、いろんな問題を含んでいると思ったものですから……」

新子の落ちついた口調には、何かしらひきつけられるものがあった。

「そう。それじゃ読ませてもらうわ」

雪子は手紙を受けとった。読んで見ると、それはうすもも色のレター・ペーパー四枚に細かく書かれた、誤字だらけの、甘ったるい、幼稚なラブレターであった。雪子は不潔なものでも見せつけられたように、まゆをひそめた。

「これがどうして、いろんな問題を含んでいるのですか？」

「先生。私、それを書いたのは同級生の方ではないかと思うんです……」

「同級生？　先生には何のことだかさっぱり分らないわ」

「つまり、私の行いが改まったかどうか、私がこの学校の名誉をけがすような生徒でなくなってるかどうか、その手紙で私を試しているんだと思います」

「まあ！」

雪子は水でも浴びせられたような悪寒《おかん》にうたれた。事柄そのものが不快きわまるものである上に、それを語る新子の他人事《ひとごと》のように突っぱなした言い方が、心にグサッと突き刺さって来たのである。

「私といっしょにいらっしゃい」

雪子は、居残りの先生方に聞かれてはまずいことになるかも知れないと思ったので、先に立って室を出た。

職員室と廊下をへだてて、北向きのうす暗い応接室があった。

雪子は、そこへ新子を導いて、大きなテーブルの角をはさんで向き合った。そして、問題の手紙を、もう一度ゆっくり読み直してみた。が、それは読み返すほど、ばかばかしく、下品で、幼稚な手紙であった。

「寺沢さん、貴女は一体どうしてこの手紙が同級生の手で書かれたものだと考えたのですか？」

「みなさんがふだん話し合ってるようなことが手紙の中に書かれてあるからです」

新子はあいまいな微笑を浮べて、しかしハッキリ答えた。

「たとえばどんな所ですか？」

「ぼくは第一中学校の学生です、と二度も繰り返していってる所です」

「分らないわねえ……」

「この学校には県立の女学校の試験に落第した人が多く入ります。だから、みなさんの間には、この学校など三流の女学校であり、自分たちも三流の女学生だという、卑屈な劣等感が非常に強く根を張っております。それで、男の学生のうわさなどをする時でも、県立の第一中学校の生徒なんか、自分たちを問題にしてくれないと、ひがんだようなことをよく言っております」

「あきれた……あきれたわ……」

雪子は、官立の女学校に対する、そういう劣等感が、生徒の間のみならず、職員室の中にも浸《し》みこんでいることを、ふだんから嘆かわしく思っていた。しかし、官尊民卑《かんそんみんぴ》という考え方は、社会全体がそうなのだから、にわかにそれを改める訳にはいかないにしても、いま校庭で快活に遊びまわってる生徒たちの心の中にも、そういう卑《いや》しい根性が宿っているのかと思うと吐き出したいほどイヤだった。

「それからまだあるの？」

「接吻《せつぷん》映画の感想のようなことも書いてありますが、それもみなさんが、ふだんワイワイ話し合っていたことと同じです」

「ああ、もうたくさん！」

雪子はヒステリックに叫んだ。そして、自分があずかっている生徒たちが、素直で優しそうな見せかけだけのものではなく、人間社会のいろいろな愚劣なものや醜悪なものの稚《おさな》い芽を宿している生物であることを、改めて痛感させられたのであった。それは不愉快なことであるが、だからと言ってそれから面《おもて》をそむけていては、ほんとの教育ができるものではない。

「それで、この手紙にあるように、木曜日の午後四時ごろに貴女が公園の松林の所に来るかどうか、同級生のだれかがそこらへんに隠れて見張ってるという訳ね」

「ええ、そうだと思います」

「ああ、何から何までイヤなことずくめね。人を試すなんて……しかも、こんな下劣な方法で……先生は泣きたいくらいだわ」

「でも……」と新子はかすかにほおをひきつらせていった。

「この手紙を書いた人は、学校のため、また私のためにもなることだと信じているんだと思います」

「だからいっそうやりきれないんだわ。だれが書いたか知れないけど、不潔な空想で胸をドキドキさせながら書いたにきまっています。そして、一方には、学校のためだ、という抜け道をちゃんと用意してる。そんな下劣なことってないわ……」

雪子は、烈《はげ》しい興奮で顔を紅潮させ、しばらくじっと考えこんでいた。それから、思い直したように冷静な口調で、

「寺沢さんは私が赴任するちょっと前、四年生のはじめに転校して来たんだったわね。前の学校でなにか失敗があったと聞いてるけど、何だったの？　先生にいえる？　イヤだったら答えなくもいいの」

「答えられます。同じ汽車で通学している工業学校の生徒が手紙をよこしました。私、好奇心で、それに返事を書きました。それから二人でいっしょにお祭を見物に行ったりして二、三度遊びました。それが分って、前の学校にいられなくなったのです」

新子の話しぶりは強気で押しつけるように聞えた。性格のゆがみが感じられて、不快でもあり、痛々しくもあった。

「貴方は一体、そのことを現在ではどんな風に反省しているの？」

「できてしまったことですし、ちょっとした失敗だから何でもないんだと思ったり、反対に一

生とり返しがつかないことをしてしまったんだと思ったり、そのときどきで違います」

「そうね、だれにだって、失敗があるんだから、私もこだわらない方がいいと思うんだけど、でも貴女の言い方はなんだか素直でないわねえ。すてばちみたいだわ……」

そういわれて、新子はなかばうつ向いたが、長いまつ毛に被《おお》われた目の縁が、うす赤くふくらんだかと思うと、キラキラした大粒の涙が二、三滴にじみ出た。

「先生、私はここに転校して来てから、一日だって、皆さんの疑いとさげすみの目を注がれない日がありませんでした。私はそれと闘《たたか》って、一生けんめい素直になろうと努めたんですけど……私にはできないことでした。先生、私は、ここでは、いいこととわるいことが、反対に考えられているような気がしてなりません。私の過去の失敗をさげすむ皆さんのほんとの気持も、しっとだと思います。自分たちが強い関心をもち、しかも経験したことが無いことを、私が経験している――それがねたましく憎らしいのだと思います。私でない別の例をとりますと、都会から来た生徒などがちょっと変ったいい服装をしていると、上級生たちがすぐに、ぜいたくだと注意しますが、その気持だって、そばからながめていますと、自分たちがそういう洋服をもってないという、しっとが土台になっているんだと思います。そして、そういう卑しい気持がみんな、学校のためにしているんだという、いいことにスリかえられてしまっておりますね……。私はこのごろほんとにつまらないと思うようになりました……。それで、学校をやめようかと思ってるんです……」

その時、窓の下で、思わずもれたらしいグスリというセキの音が聞え、つづいて「ワッ」という叫びが起って、四、五人の生徒が顔を両腕で被《おお》うような格好をしてバタバタと逃げ出して行った。

「まあ……」と雪子は青い憤りの目の色で、植込みの裏に姿を消したスパイたちを見送った。

「寺沢さん、貴女は今日はもうお帰りなさい。貴女のことでは、もっとよく二人で話し合いましょうね。この手紙は先生にあずけていって下さい。よく調べてみますから……」

雪子は、涙ぐんでる新子の肩を抱くようにして、応接室から外に連れ出した。

新子を帰らせて、職員室に引っ返した雪子は、国語の先生の書だなの上に載っていた、五年生の作文帳を、自分の机の上に運んで来た。そして、傍《そば》に例の手紙をひろげておいて、作文帳を一冊ずつめくりながら、筆跡の鑑定にとりかかった。

どれも、下手なくせに上手そうに書く、女の子らしい書体なので、ちょっと見ただけでは判別がむずかしかったが、四十何冊、丹念に調べたあげく、五人ほど、似かよった筆跡の者を調べあげた。その五人の中から、肩上りの筆くせや、同じ誤字を用いていることなどで、最後にふるい上げられた一人は、松山浅子という生徒であった。

松山はやはり、農村から汽車通学をしている子だったが、ませたお上《かみ》さんタイプで、世間の低い常識に富んでおり、おしゃべりと押しで、クラスの中では相当な影響力をもっていた。疑えば、たしかにニセ手紙で人を試しそうな性格とも思われた。

ついでに雪子は、松山浅子の作文を二、三拾い読みしてみた。

「男女共学について——私は男女共学には反対であります。なぜかと言いますと、男と女は、生れつき能力も使命も違っているのですから、それをいっしょにして教育すると、どちらも不徹底な人間ができるし、操行の上でも、いろいろ汚らわしい間違いが生ずると思うからです……。

クラスの中で男女共学に賛成してる人たちを見ますと、自分が美人だとうぬぼれている人が多いようです。男の生徒といっしょだと自分がモテると思っているのです。それからまた、男女関係に興味を抱いてる人も賛成者です。その中にはセップン映画を三回見たという人もあります……。私は日本の婦人はやはり貞節が大切だと思います……」

「新しい時代を迎えて——新しい憲法が発布されて、新しい時代がやって参りました。いろいろ変ったことが多い中に、家に関する法律が、家族個人々々の人格を尊重し、男女平等の権利をもつ、という風に改められたのは、たいへん結構だと思います……。

ところが私の家族の中に、その反対者が一人いるのです。それは兄嫁です。ある日私が、縁側の雨戸袋の陰で雑誌を読んでおりますと、兄嫁が、だれもいないと思ったのか、すごい剣幕で兄にくってかかっているのが聞えたのです。

『いままで、しゅうと、しゅうとめや小じゅうとたちのごきげんをとって我慢して来たのは何のためだ、ゆくゆくはこの家の財産が自分たちのものになるという楽しみがあったからではないか。死ぬほどつらいのを我慢して来たのも、さきにそういう楽しみがあったからではないか。それを今さら、財産は子供たちに平等に分配するなんて、自分は絶対に承知できない。一文だってやるもんか』と泣いて口説いているのです。

何という情けない人でしょう。まるで両親や私どもが、意地の悪い人間で、嫁いびりをしていたようなことをいうのです。そういう兄嫁こそ、嫁は一番早く起きて一番遅く寝る、食事はみんなの残り物を食う、という嫁としての当然の勤めを一つも実行していないのです。私は腹が立って、よっぽどいってやろうかと思いましたが、教養の無い人にいってもムダだと思って止めました。……

日本にはこういう分らない人が、まだまだたくさんいるのだと思うと、私はほんとに悲しくなりました……」

「観桜会――今年の観桜会はほんとうに盛んでした。私も浮かれて、毎日一回、公園に行ったほどです……。私は芸者たちの手踊りに一番感心しました。さすがに日本の伝統の粋だと思いました……。残念なことは、本校の生徒で、男の学生とそろって歩いてる人がたくさんあったことです。私はたとえ兄妹であっても、誤解を招きますから、そろって歩かない方がいいと思います……。私どもも不良学生に後をつけられたりしましたが、処女のほこりに燃える私どもは、だれも相手にしませんでした……」

雪子は茫然《ぼうぜん》とした。どこから手をつけていいか分らないという感じだった。作文の上手下手ということは、天性でやむを得ないとしても、人間が生きていくためには、ごくお粗末な思想の持ち合せがあれば十分なのだということを強く見せつけられたようで、情けない気持だった。

しばらくボンヤリしているところへ、床をふむ力強い足音がして、上衣無しでラケットを抱えた校医の沼田が、運動のあとの荒い呼吸《いき》づかいをもらしながら、職員室に入って来た。
三十二、三歳の独身の青年医師であった。女学校の校医に若い独身では——とそのころ問題になったりしたものだが、父親が三十年間も校医を勤めた縁故があるので、父親の没後、その後を継ぐことになったのだ、という話を雪子も聞かされていた。時たま見かける印象では、無遠慮な口をきく飾り気のない人柄のようだった。
「やあ、まだ残ってたんですか？　調べ物ですか——」

「ええ、ちょっと……」

沼田は、自分の机の所で、後ろ向きになって身体の汗をふきながら、

「島崎先生はよく本を読まれるそうですが、運動をされないのは残念ですね。医者の方から言

いますと、本も食物と同じで、過ぎると身体に毒ですよ」

「どんな風に……」

「そうですな。理屈ばかりいうむずかしい人間ができちまいますよ」

「私がそう見えるんでしょうか?」

雪子は苦笑をもらしながら、上衣をひっかけて、室のまん中の大きな火ばちの方に歩いて来る沼田の陽にやけた男らしい顔を見上げた。

「そういう印象ですね。生徒は貴女を一番恐《こわ》がっていますよ。それだけ尊敬もしてるんでしょうがね」

沼田は火ばちの縁に足を載せてうまそうに煙草をふかしはじめた。

「そんなこと、買いかぶりですわ。……あっ、私、先生のご意見を伺わせてもらおうかしら?じつは私いま、組の生徒のことでイヤなことを調べてたとこなんですけど……」

雪子は少し軽率なような気もしたが、いわゆる教育者でない人の意見をたたくことも参考になると思ったので、手紙や作文などを示して、事件のあらましを沼田に説明した。

沼田は、くわえ煙草の煙で目を細くしながら、作文や手紙を繰り返して読んでいたが、

「なるほどね。女の子ってやっかいだな。それで貴女はどうするつもりですか?」

「はじめは、ニセ手紙を書いた当人だけを呼び出して訓戒するつもりでしたが、そういう物の

考え方は生徒全体に浸みこんでいると思いますので、明日、五年のクラスで公の問題にして扱おうと思ってます」

「ふむ。それあまずいことになりそうだな」と、沼田は吸殻を灰の中につきさしながら言った。

雪子は鋭い眼差しで、試すように沼田を見つめた。

「まずいって、どんな——?」

「貴女の立場が苦しくなるかも知れないっていうことです。ぼくなら黙って握りつぶしておきますね。同じ生徒を啓蒙《けいもう》するにしても、相手の痛い所を抑えつけておいて、それをカセにして相手を攻めると、相手も感情的に反撥《はんぱつ》して来ますよ。何でもない時に、何でもないようにして導いた方が、効果があると思いますね」

「まあ先生、げんにそのために、一人の生徒が侮辱され、苦しんでいるのに、知らんふりで通せとおっしゃるんですか? そんなことはできませんわ」

「ぼくは仕方がないと思いますな。ねえ、島崎先生、ぼくも土地の人間の一人として、貴女のように進歩的な先生にお願いしたいことは、ここらの生徒がどんな環境の中に生きているのかということを十分に考えていただきたいと思うんです。

なるほど、新しい憲法も新しい法律もできて、日本の国も一応新しくなったようなものですが、しかしそれらの精神が日常の生活の中にしみこむためには、五十年も百年もかかると思うんです。いや、具体的に言いましょう。この学校には農村の子女が多いようですが、学校を出る、二、三年して嫁に行く、するとさっきの作文にあったように、しゅうと、しゅうとめや小じゅうとたちから嫁いびりをされる、亭主からはときどきげんこで頭をなぐられる、そういう暮しに我慢してやっと自分の思い通りの世帯《しょたい》になり、経済的にも余裕ができたと思うと、亭主が茶屋酒を飲んだり女を囲ったりする……。

ぼくは医者だから、世間の裏側を見せつけられる機会が多いんですが、まあ大体そういうのがここらの女生徒の将来の生活だと思って間違いがないと思いますね。それで、そういう生活に堪えていくには、ある程度バカであることが必要なんですよ。貴女が希望しているように、生徒たちが何から何まで理屈ずくめで物を考えるほど賢くなったら、どこへも嫁《かた》づかないで修道院にでも入るより仕方があるまいと思います。ところで、どんなに濁って不合理であっても、修道院よりは浮世の暮しをぼくはすすめたいのですね。

島崎先生なども、いまの考え方で、ここに住まうんでしたら、まずオールドミスになることは免れませんね……」

言葉は粗雑だが、人を怒らせない素朴な温か味があった。雪子は苦い笑いをたたえて、床にちょっと目を落したが、すぐまた顔をあげて、

「おやおや。失礼ですが、私はまだ沼田先生とそれほどお話したこともないと思うんですけど、

いつのまに私の性格をそんな風にのみこまれたんでしょうね？」

「いやぁ……それは……なんですよ」

沼田は少し赤くなって、あわてた様子を見せたが、それを押し切るように大きな声を出して、

「ぼくもまだ若い独身者ですから、自分がきれいだなと思う女の人に関する知識は、しぜんに身につくんですね。犬が相手のにおいをかぐようなもんでしょうね……」

「まあ！」

雪子は、頭の中でウンと怒るつもりだったが、じっさいは吹き出したいのをこらえるので、肉体的に苦しかった。

年寄りの小使が入って来て、沼田に、患者が待ってるからすぐ帰るよう電話があったからと告げた。

「どうです。貴女もいっしょに帰りませんか。もう帰れるんでしょう……」

「ええ」

二人は連れ立って外に出た。

戸外はまだ明るかったが、空の色がやわらいで、夕暮れどきの落ちつきを見せていた。かきねのひばも緑の色がさえて、屋敷町一体はひっそりと静まりかえっていた。

二人は町の中心へ抜ける、川に添うた小みちを歩いた。川岸の柳やアカシアの並木が、緑の

屋根のように頭上を被うて、身体が青く染まるような思いだった。

「沼田先生にお断わりしておきますけど、私は犬ではありませんし、においをかがれたりするのはイヤですわ。もし貴方が私に興味をおもちでしたら、ちゃんと正面から私のとびらをたたいていただきたいものです」

「いや、恐縮でしたな。今後はそういうことにしましょう。……ところで、ぼくはさっきのニセ手紙の件に非常に興味を感じてるんですが、あとで一つ経過報告をして下さいませんか。相当もつれると思いますが……」

「さあどうですか……。私そんな事よりも、貴方のような立場の人が、自分の郷土の封建性に対して、傍観的な態度をとっている気持が分らないと思いますわ。生徒の環境が封建的であるほど、生徒自身にはしっかりしてもらいたいというのが私の気持です。ほんとに貴方など、どう考えていらっしゃるんでしょうね？」

沼田は診察カバンを、必要以上にブランブランさせて、ふむふむうなずいていたが、はずみでそのカバンをヒョイと肩の上に載せ、そのままの格好で歩きながら、

「ぼくはここで親父のあとを継いで開業してから、そんな質問をされたのははじめてですよ。だから、うまい返事もできないんだが……。そうそう。大学を卒業したころ、恩師のT博士を囲んで謝恩会をやったんですよ。その時のテーブル・スピーチで、友達がみんな、将来専門の

研究を積んで世界人類のために貢献するつもりだとかなんとか、紋切型のことをいうんで、聞いてるうちにムカムカして来ましてね。ふだんは花札を引いたり悪所通いをしたりしてるくせに、何いってやがんだいと思ったんですよ。そのころの医科の学生は道楽が烈しかったですからね。そこで、ぼくの順番の時にいったんです。ぼくは親父のあとを継いで町医者になる。そして、二、三年もしたら、地方の豪農か豪商の持参金つきの娘を嫁にもらう。一生懸命働いて金が貯《たま》ったら、博士の肩書を買う。その間に二度ばかりきれいな看護婦に手をつけて家庭争議を起す。それから市会議員や県会議員に出る。金もたまり地位もでき、ぼくはお腹《なか》がつき出た、物分りのいい紳士になる。一人ぐらいは囲い者があるのも貫禄があるようで悪くない。それがぼくの将来の生活だ——といったんです。みんなイヤな顔をしましたが、たった一人、ぼくたちが小母《おば》サンと呼んでいた婦長だけが、あとで、貴方のお話が正直で一番よかったと賞めてくれましたよ……」

ふと、雪子が足を止めたので、沼田も立ち止った。雪子の青く澄んだ目が、電気のようにジリンと彼の顔に感じられた。

「貴方は、バカです！」

白い手がひらめいたかと思うと、沼田はほおにピシャリと平手打ちを食わされた。彼はカバンが地面に落ちたのも知らず、ぼう然として、雪子の足早に立ち去る後ろ姿を見送っていた。

# 根をはるもの

次の日は木曜日だった。

雪子は三時間目に自分のクラスの授業に出た。出席調べが終ってから、雪子は微笑を浮べて、さり気なくいい出した。

「今日は授業を止めて、別の大切な問題で、皆さんといっしょに考えることにしたいと思います」

教室の中にはあるざわめきが起った。そして、それがしずまると、何だろうという好奇の色を宿した、たくさんの若々しい顔が、いっせいに雪子の方に向けられた。身体中、あられにでも打たれてるようで、雪子は生徒のそんな顔が大好きだった。

ふと、窓ぎわの寺沢新子の方に目をやると、新子は赤くなって窓の外に視線をそらせた。

「それで、本題に入る前に、皆さんの意見を聞きたいことがあるんですが、一体皆さんは恋愛についてどう考えているんですか？　とくに学校の中では、この問題はいつもあいまいにされているように思いますし、今日は一つ、率直に各自の意見を述べ合うことにしましょう……」

生徒たちは、はにかみ笑いを浮べて、隣近所と顔を見合せ、ヒソヒソと私語をはじめた。

「さあ、そういう野次馬的な意見発表はいけませんね。起立してハッキリおっしゃい」

一つ手があがると、それが誘い水となって六つ七つ手があがった。

「片山文子さん」

「ハイ。昔は恋愛は悪いことのように考えられておりましたけど、戦争に負けてからはいいことになったんだと思います」

「どうして昔はわるいことに考えられ、いまはいいことに考えられているんですか？」

「いまは民主主義だからです」

(そうです、そうです)とそれに賛成する声が二つ三つ聞えた。

「さあ、そういう形式的な返答では困りますね」

雪子はくちびるを指先で抑えてちょっと考えこんだ。なぜいろいろな物事が変らなければならないのか、本質的なことは何一つ分らず、民主主義という言葉を、万能薬のようにふりまわしているのが、いまの世の中なのだと思った。

「それでは質問を変えましょう。貴女がたの周囲で、兄姉なり従兄姉《いとこ》なり知合いなりで、現在恋愛してる人があると思いますが、皆さんはそれをはたからながめてどう思いますか？　これなら自分の気持をそのままいえばいいのですから……。ハイ、だれか」

しばらく間を置いて、ボツボツ手があがった。

「南条スミ子さん」

「私の従姉の場合ですけど、私……私……」

と、南条はまるく肥えた身体を苦しそうに緊張させて、

「とってもすてきだなあと感じております」

ドッと笑い声が教室中に爆発した。雪子も笑い出した。

「南条さんは恋愛を肯定してる訳ね。……ほかに。白川貞子さん」

「ハイ。あの……自分の両親のことでもよろしいんでしょうか？」

（あっ）という非難とも驚きともつかないざわめきが起り、教室中の視線が白川貞子の上に注がれた。

雪子は当惑した。まずい空気になっては……と気がかりだったが、色が白く、背が高く、気性もごく素直な白川のことだから、しゃべらせても間違いがあるまいと思った。

「貴女さえ差支えなければどうぞ――」

白川貞子は悪びれずに、ゆっくり落ちついた調子で、まっすぐに雪子の顔をながめながら話し出した。

「去年の夏休みでした。私といま四年生の妹は、土蔵の中を片づけるように母からいわれました。それで、二人で土蔵の中を整理しておりますと、母が嫁入りの時もって来たという古風な

手文庫の中に、古い手紙の束が入ってるのを見つけました。上書きを見ますと父から母にあてたものです。母といっても、まだ父の所に嫁づかない前の娘時代の母ですが、それで少し悪いような気がしましたけど、中を読んでみますと、父から母にあてた恋愛の手紙でした。ずいぶん若々しい熱烈なような言葉が書かれてありました。

父は現在、頭がツルツルにはげておりますし、母だってしわがふえて、お婆さんになりかけておりますので、手紙の文章と思い合せると、何だかこっけいなように思われて、吹き出すところだったのですが、どういう訳か、私と妹は手をとり合って泣き出してしまいました……」

白川の胸には、その時の感動がよみがえったらしく、ちょっとそばを向いて、目をしばたたいた。

教室中がシンとしずまっていた。

「そして、私たちは……私と妹は、自分たちの両親が、普通の媒酌《ばいしやく》結婚でなく、理解と愛情によって結ばれた間柄であること、私と妹の生命も、そうした理解と愛情の中に芽生《めば》えたものであることを知って、何ともいわれない感謝とほこりの気持を覚えました。

そして私と妹は、これまで以上に父と母を尊敬し、両親の愛情と信頼の中から生れた子供にふさわしく、しっかりした、まじめな女になろうと誓いあったのです……。あら、先生、私、泣くつもりじゃなかったんですけど……ごめんなさい……」

白川貞子は、大きな握りこぶしで目をふき、しゃくり上げながら着座した。生徒の中には、うつむいて、もらい泣きしている者もあった。雪子は、身分は教師であるが、じっさいの恋愛の経験がないだけに、その話にはひどく打たれた。

「白川さんのいまのお話は、たいへん美しいお話でしたね。自然な機会が訪れて、まじめに恋愛することは、決して悪いことではないということが、よく分ったと思います。……しかし、人間は完全なものではありませんし、すべての恋愛が、いまの白川さんのお話のように、いい実を結ぶとはかぎりません。つつしみが足りなかったり、賢さが足りなかったりすると、惨めな結果に終る例も少なくないと思います……。

さあ、それでは、もっと、身近に問題を考えて、女学生の恋愛はどうでしょう。これが貴女方には、いまのところ一番大切なことですね……」

そういって、雪子が室の中を見渡した時、ニセ手紙の執筆者と思われる松山浅子が、隣席の生徒に何かささやいて、アゴで寺沢新子の方をしゃくってみせるのが目についた。

それを見ると、雪子はカッとして、思わず鋭い語調で、

「松山さん、貴女の態度はいけません」と、たしなめた。

松山浅子は、しくじった、という風にニヤッと笑い、舌を出して首をすくめた。なれなれしい感じでイヤだった。

雪子は考えていた話の順序をうっちゃって、いきなり松山に問いかけた。

「松山さん、貴女はこのごろ、男の学生の名前で、寺沢新子さんに手紙を書きましたね」

松山はあおくなって、サッとうつむいた。それと同時に、いままで明るく和《なご》やかだった教室の空気が、ギーンと凍りついたように息苦しくなり、雪子の視線を避けてうつむいたり、よそ見をしたりする生徒がポツポツ目についた。たいていの生徒が承知しているのだ……。

「私が今日お話したかったのは、その事なんです。私は手紙を書いた松山さんや、その相談にあずかった人たちをしかる気持はありません。ただ、学校をよくするという名目で、そういう下品な方法で人を試すことは、たいへん間違ったことだということを、皆さんによく理解してもらいたいためなんです。

それとも手紙の件は、ぜんぜん私の邪推で、皆さんに覚えがないことだったかしら？」

生徒は石のように沈黙していた。雪子は、教室の空気を凍らせてしまったことを後悔した。そんな状態の中では、何を説明しても、生徒に心から分ってもらうことができないからであった。で、雪子は、気分の転換をはかるために、チョークをとって、黒板に大きく、

国家
家　｝個人
学校

と書いて、生徒の目をそれにひきつけた。

「いいですか。日本人のこれまでの暮し方の中で、一番間違っていたことは、全体のために個人の自由な意志や人格を犠牲にしておったということです。学校のためという名目で、下級生や同級生に対して不当な圧迫干渉を加える。家のためという考え方で、家族個々の人格を束縛する。国家のためという名目で、国民をむりやりに一つの型にはめこもうとする。

それもほんとに、全体のためを考えてやるのならいいんですが、実際は一部の人々が、自分たちの野心や利欲を満たすためにやってることが多かったのです。

今度の手紙の件にしても、その相談をした人たちはラブレターの文句を考えながら、あまり品のよくない自分たちの興味を満足させておったと思います。そうして書かれた手紙が、どんなに寺沢さんの人格を侮辱することになるかも考えず、自分たちは学校をよくするためにやってるんだと思ってる——そういう考え方が情けないと思うんです……」

「先生——」

と呼んで、後列にいる、野田アツ子という、頭が少しにぶい、きわめてお人好しな生徒が立ち上った。極度の緊張のために、肩先をブルブルふるわせていた。のぼせた、かすれ声で、

「先生、私もその手紙に関係した一人ですが、でも私たち、ほんとに学校のためを思って……。

先生、寺沢さんに悪いようですけど、正直に申します。この前の日曜日、寺沢さんは高等学校の学生とピッタリ肩を並べて街を歩いておりました。そして二人で街角の姓名判断の易者の所に行って、二人は夫婦になるのに合い性かどうかみてもらったりしたのです。それで、私たち、ずいぶんだと思って……」

その一石で、しずまりかえっていた教室の中には、波のようなざわめきが起った。

雪子は、そのざわめきの中に、自分に反抗する冷たい意志が含まれていることを、ハッキリと感じた。

「野田さん、貴女がた、だれか、そういう場面を見たのですね？」

「ハイ、下級生が何人も見ております。そうして、二人が別れる時、男の学生は、五分間ばかり、口をポカンとあけて、寺沢さんの後ろ姿を見送っておったということであります……」

野田アツ子は、愚かしく、しかし一生懸命に答弁した。ゲラゲラという、品の悪い笑い声がそちこちに聞えた。

雪子は、自分の立場がしだいに困難なものになって来るのを意識した。そして、それを押し切るように、少し声を励まして、

「寺沢さん、いまの話はほんとのことですか？」

新子はものうげに、ゆっくり立ち上った。その顔には、うすい微笑がただよっていた。

「ハイ。二人が合い性かどうか、うらなってもらったということを除けば、みんなほんとのことです」

「どういう関係の人ですか?」

「ちょっとした知合いの人です」

「べつに後ろ暗い関係の人ではないんですね?」

「ハイ。……私はそう思っております。でも、男の学生といっしょに歩くことが後ろ暗いことだとすれば、やっぱり後ろ暗いことになるかも知れませんけど……」

そういって、新子は室の中をすばやく見まわした。挑戦するような目の色だった。当然、それを反撥するどよめきが起った。

「寺沢さんはああいっております……。それで私どもは、下級生の無責任な告げ口よりも、同級生の言葉を信じたいと思います。それから……私が貴女がたにのぞみたいことは、もっと広い心をもって男の学生と知合いだったり、いっしょに歩いたりすることが、不道徳な悪いことだというような、古い狭い考え方から脱《ぬ》け出してもらいたいのです。

だらしなく、みだらな気持がいけないのであって、それさえ無ければ、男の人と交際するのは決して悪いことでありません……」

雪子は、自分の言葉が、水に落ちた油のように、ギラギラ浮いているだけなのに気づいていた。しかし、あせるだけでどうにもならなかった。

生徒の気持は柔らかく素直である。だから、さっきのように、陽気でのびのびした気分でいる時はどんな新しい物事でも、それが正しいものであるかぎり、土が水を吸うようにスクスクと受け入れるのであるが、一度こじれると、昔からの古い感情で石のようにこり固まってしまう。そのほかによりすがる物をもたないからである。

そして、いま、生徒の頭を鉄カブトのように被うているものは、夫婦であっても、外に出る時は、はなればなれで歩かねばならない——そういう風習の中で育《はぐく》まれて来た、片輪な、それ故にがんこな、古い習性であった。

雪子は、自分が直面している石の壁のようなものを、何とかして突き破りたいと思った。

「松山さん、貴女は手紙を書いた当人として、今度のことをどう反省しておりますか」

「ハイ」と、松山浅子は、色が白く、横幅のひろい顔に、もの慣れた悲しみの色を浮べて、はじめから涙声で、

「手紙を書いたのはわるかったと思いますけど……私たちの母校を愛する純粋な熱情が、先生に誤解されて、ほんとに残念だと思います」といって、机の上にベショベショと泣き伏した。

それに誘われたように、あちこちですすり泣きの声が聞えた。

純粋な熱情——。（ふう）と、雪子は、だれの耳にも聞えるような深い嘆息をもらした。

終業のベルが鳴った。

「私ののぞんでいることが、まだ十分に分ってもらえないようですけど、この問題はこれだけにしておきましょう。寺沢さんのことでは、この後も先生が責任を感じることにしますから、むやみに人を疑ぐったり、試したりすることは絶対につつしんで下さい。……寺沢さんはすぐ職員室に来て下さい」

雪子は、割りきれない、濁った気持で、無理に結論を下して、教室を去った。

職員室で、ヒリヒリ渇いたのどをうるおしていると、新子がズックのカバンを下げ、帰り支度をしてやって来た。

「お庭へ出ましょうよ、いらっしゃい」

雪子は先に立って、中廊下から校庭に下りた。そして、運動場の横の、クマザサが生えた丘の上にのぼった。

頂に立つと、眼下に、青くないだ六月の海が見下ろされた。水平線のあたりには、ミルク色の雲が光り、潮のにおいを含んだ微風が、ササの葉をなびかせて、絶えず吹き上げていた。

「ああ、せいせいする。貴女もおすわりなさい。こういう所ではね、できるだけお行儀を悪くしてすわるのが、自然の意志に適《かな》っているのよ。まずこういう工合……」

雪子は、上衣のフックをとりはずし、ついでクツを二つスポッスポッとけっとばし、両足を投げ出して草むらにすわった。新子もそのそばに腰を下ろした。

「いまの時間、いやンなっちゃった。私のいうこと、石の壁にぶつかってるみたいに、私自身に跳《は》ねかえって来るし、かんじんの貴女ったら、どこまで信用していいのか分らないし、しゃべってる間にだんだん自信がなくなって来るんだもの。教師ってイヤね。私、音楽家にでもなって、派手に飛びまわってた方がよかったわ。それにしても、この子いったい不良なの？　善良なの？　やい、正体をぬかせ！」

そういって、雪子は指先で新子のほっぺたをつっついた。新子はびっくりした。しかし、胸が熱くなるほどうれしかった。

「すみませんでした。私、先生のためにもっと悪いことが起りそうな気がするんですけど……。みんな、ずいぶんうらんでたようですから……」

「構わないわ。それよりも貴女にかえって気の毒だわ。やぶへびをやって、貴女の立場をいっそう工合わるくしたようなもんだから……貴女、しばらく休んだ方がいいわ」

「私、学校を止めます。我慢しておったところでスポイルされるばかりですし、それかといって、あんなコチコチの低い感情の中ではどうしても歩調を合せていけませんもの」

「そうね、それもいいでしょう。でも届けを出すのはもう少し待ちなさい。私、この問題でシシ奮迅《ふんじん》に闘ってみますから、そのキマリがつくまで、貴女は学校に来ないようになさい。もし私も戦いに敗れたら、いっしょに東京にでも行って、二人で働いてもいいわ。私は語学で働くし、貴女は背が高く美人だという以外にとりえも無さそうだから、ダンサーでもするかな」

「いやあ、先生――」

「ところで、貴女、踊れる？　私は女子大で教わったから踊れるけど……」

「少しできます」

「じゃあ立って――。私たち踊るのよ」

二人は変に真面目くさった顔を見合せて、海の照り返しで明るい丘の上に立ち上った。

「はじめにワルツよ。ワン・ツウ・スリー・キックス……はい」

雪子の鳴らす、あぶな気な口笛のリズムに合せて、二人は腕を組んで、柔らかい草むらの上をまわりはじめた。

二つのスカートが風をはらんでハタハタと鳴った。

いまはもう、教師でもなく、生徒でもなかった。若い二人の娘たちにすぎなかった。

トンビが一羽、丘の上の青空に、輪を描いていた。ひろい見晴らしの中で、動いて見えるものはそれ一つだけだった。

踊っている間に、草をふむ足のうらの柔らかい感触と、全身の律動が、二人の血を細かいアワのようにわきたたせた。

空も、海も、雲も、樹も——世界が、軽くフワフワとリズムに乗ってまわっている。

「先生！」

と、とつぜん新子は島崎先生の胸に抱きついて来た。雪子がズデンとしりもちをついたほど強い力だった。新子は、そのまま、雪子の胸に顔をうずめて、エッエッと烈しくなき出した。

「しようがない人だな……。ね、寺沢さん、あんた、人にも物にも甘えてはだめよ。自分の力でこらえていくのでなければ……。たとえば、貴女の家庭の事情がどんなに複雑であろうと、先生にはどうしようもない。貴女が自分で自分の生き方を考えていくしか無いのだわ。ただ私が教えられることはどんな場合でも、陰気にメソメソしないこと、それだけだわ……。

さあ、泣くのを止めて……。何かすると泣き出すという型から脱け出さないかぎり、これからの女はえらくなれないわよ。

そして、先生に、さっき教室で話が出た、男の学生のお友達の話でも聞かせてちょうだい。先生は学生時代、勉強がほんとに楽しくて、男の人ともあまりつき合ったことがないし、そんな話に興味を感じるのよ。貴女の同級生たちのように、貞潔ぶってヤキモチを焼いたりしないから大丈夫よ。なぜって、私は友達をつくるにしても恋人をつくるにしても、だれにも負けない立派な相手を選ぶ自信があるからなの。

もう一つなぜかっていう理由を考えると、私は生地の顔と心の顔と合せて二分すると、相当に優秀な美人の部類に属するという自信満々なの。どう？　違ってる？」

あきれた先生であった！　だからまた、好きで好きでたまらない先生でもあった！

新子は笑いながら涙をふいた。そして、六助の家で飯を炊いてやった始末をありのままに話した。

「いいお話だわ。そんな豊かなエピソードが、もっと私たちの日常生活に必要なんだわ。型にはまった、灰色な、コチコチした生活なんて、もうあきあきしてもいいころなのにね……」

この時「フッフッ」という、荒い呼吸づかいが聞えたかと思うと、ササやぶのかげから、眼鏡をかけた、小さな一年生の子が、姿を現わした。笹井和子《ささいかずこ》という、雪子のペットだったが、幼い顔を赤く力ませて、ひどく緊張していた。

「先生、たいへんたいへん！」

「どうしたのよ和子さん、そんなにあわてて？」

「だってね、先生が五年生全体を侮辱したから、先生に謝罪を要求するんだって、代表の人たちが校長先生の所におしかけていったのよ。五年生の教室ではみんな興奮して泣いたりわめいたりたいへんだって……。私、組の用事で職員室に行ってたら、先生方も、島崎先生は悪い者の肩を持って、いい者をしかりつけたとかって、ヒソヒソ話し合っていたわよ。私、恐ろしくなっちゃったの。ねえ、先生、ここではすぐ見つかるから、物置か何かにかくれてるといいわ！」

雪子は思わずクスリと笑ったが、顔の色はひとりでに青ざめていった。新子は深く頭をたれた。

「物置にかくれるなんて、和子さんは、先生を吉良上野介《きらこうずけのすけ》にするつもり？　そんなのイヤだわ。でも、校長先生にお気の毒ね……」

雪子は、何ということなしに、指を二本、後頭部にあてて考えこんだ。

「――先生、アリ！」

和子は、先生のあけひろげた白い胸から、小さな生物をまめまめしくつまんでやった。

「和子さん、ありがとう。もう先生、決心がついたから大丈夫だわ」

雪子は、心配そうに自分の顔をのぞきこんでる和子の頭をなでてやった。

「そお。先生、どうするの？　お母さんに来てもらうの」

「ホホホ……まさか――。先生は大人だから自分で何とかしますわ。貴女はなんにも心配しなくてもいいの」

「ほんと？　じゃ、私もう帰るわ。こんなとこ見つかったら、五年生にひっぱたかれちゃう……」

「ばかねえ。男の学生じゃあるまいし。だれがひっぱたくもんですか」

「あら」と、和子が無邪気に目をむいた。

「先生こそおばかさんだわ。ここじゃ、上級生がひっぱたくのよ……。ねえ、寺沢さん」

新子は、顔を上げて、うなずいてみせた。そして、気の毒そうに、

「ほんとなんです。先生。毎年、卒業式の日に、卒業生たちがふだんから目障《めざわ》りな下級生を教室に呼んで、訓戒したりほっぺたをひっぱたいたりする習慣なんです。母校を愛する純粋な熱情のために——？　私もこの春、あぶなかったんだけど、私ずるいから、卒業式の二日前から休んでしまいました……。男の学生たちのやってることを真似《まね》たんだと思いますけど……」

「まあ、あきれたわ！　女の子が……。日本中に、いや世界のどこにだって、そんな野蛮な学校ってないわ。この学校に、原子爆弾が落ちなかったのが、残念なくらいだわ……」

「あら、先生。私、学校、好きだわよ」

和子がくちびるをとがらして、原子爆弾説に抗議を申しこんだ。

「はいはい、悪かったわね。先生だって好きよ。でも、先生たちはそんなこと知らなかったのね？」

「古い先生方ならみな知ってると思いますけど、でも面倒になるといけないから、見て見ぬふりをしているんだと思います」

「だめねえ……」

雪子は、胸がくぼむほど、深い嘆息をもらした。

あまり意外な事実に、はじめはここらの女など、いつまでも社会や男性の下積みにされて、ミミズのようにうごめく生活に甘んじてるがいい、と捨てばちに考えたりしたが、しかしそれが治まると、雪子の胸には何物にもひるまない、さかんな闘志のようなものがわいて来た。

「和子さん、ほんとにお帰りなさい。……ああ、ちょっと、貴女利口だから、貴女には勤まると思うんだけど、貴女ときどき、先生のスパイになってくれない？ いまみたいにね。先生、ひとりでは、どんな落し穴におちるか分らないから」

「あたしがスパイ？」

笹井和子は物々しい顔をして、ゴクンと息をのんだ。

「できるわ、私。私、タンテイ小説が大好きで、シャロック・ホルムズなんかたいてい読んだわ。でも……」

と急に甘ったれた身振りをして、

「でも、その代り、先生が私を一番可愛がってくれるんでなくちゃ、いや」

「ウン、可愛がってあげる」

雪子は、笑いながら、笹井和子の頭をグイとひきよせて、額に軽くくちびるを触れてやった。と、和子は、くすぐられたようにククク……と満足した笑い声をもらした。それから、眼鏡をかけた、この豆スパイは、小腰をかがめて、まるで斥候《せっこう》のように、ササ原の小みちにもぐりこんでいった。

「さあ、寺沢さん、貴女はガケの道を通ってお帰りなさい。陰気にメソメソするのが一番いけないって、さっきいったわね。……なるべく今夜は町に泊るようにして先生を訪ねていらっしゃい。貴女も心配でしょうから……」

新子を帰して、丘の上に一人になると、雪子は青くないだ海に向って、大きく深呼吸をした。そして、自信に満ちた歩調で、ハチの巣のように、こもった騒音をたてている、校舎の方に下りて行った。

雪子が校舎に引っ返してみると、わずか一時間のうちに、校内の空気がすっかり変ってしまっていることに気づかされた。

すれちがう生徒たちは、妙に遠慮ぶかい目で雪子を見るし、廊下や控場で何かヒソヒソささやき合っている生徒たちは、雪子が近づくと、急に口をつぐんで、目をそむけてしまった。

職員室でも同じ現象だった。雪子と口をきく先生たちは、いたわるように、丁寧な言葉を用いた。そうかと思うと、あちこちの書だなのかげでは、顔をよせて何かヒソヒソ話し合っており、ときどき首だけ伸ばして、雪子の方をうかがう者もあった。

中央の大火ばちのまわりに、男の職員たちが集って煙草をふかしながら雑談していたが、そ

のうちに、雪子にも聞えよがしに、

「それあ、なんてたって、母校を向上させようとする、生徒の熱意は認められるべきだと思いますよ」といった者があった。

田中という、まだ若い体操の教師で、ふだんから方言まじりの、ヤニさがった、調子の低い言葉づかいをし、その粗雑で荒々しい人柄で、生徒からは恐れられ、職員室でも幅を利《き》かせている男であった。

雪子は、自分の席で、弁当を食べていたので、顔は見えなかったが、胸を刺されたようにドキリとした。食物の味も分らなかった。

落ちついて……落ちついて……。雪子はなんべんも、自分で自分に言いきかせた。そして、そのために、ニセ手紙に対してとった自分の処置が正しかったかどうか、くり返し反省してみた。

自分は間違ってない……。正しかったのだ。人にも神様にも、恐れるところは一つも無い……。

そのくせ、雪子は自分の身体が紙きれのように軽く感じられ、いまにもふるえ出しそうで、どうしても落ちつけなかった。

冷たい悪意を含んだ空気が、四方からジワジワと、粘っこく、重たく、雪子の身体にのしかかって来る。それは、息もつまるような一種の生理的な苦痛であった。

ふいに雪子はグッとのどがつまり、危うく、食べた物を吐き出しそうになった。下宿の小母さんが、弁当のお菜入れに、つくだ煮とつけ物がごっちゃにならないよう、小さく切った竹の皮を間にはさんでおいたのを、雪子は知らずに口に入れて、のみこもうとしていたのであった。

雪子は情けなくって泣き出したくなった。——若い彼女には、どんな正しい道理も、それにふさわしい環境の裏づけがなければ活発に働けるものではないということが、まだ分らずにいるのだ。

だから、給仕が来て、校長が呼んでるからと告げた時、雪子はかえってホッとしたくらいだった。

校長室には、武田校長のほかに、古参の八代《やしろ》教頭もいた。そして、一応、雪子から事件に対する説明を聞いたあと、八代教頭が、

「ふむ、どうでしょうな。寺沢の行動にも、女学生として疑われても仕方がない点もあるんだし、生徒も全くの悪意からやったとは思われんし、貴女のお言葉の少しきつかったところを、とり消さんまでも、少し釈明するということにしては……。何しろ生徒はだいぶ興奮していますでな」

「私にはその意志がございません。私はかえって、この際、職員たちが協力して、この学校に

根を張っている、古い、あやまった風習を、徹底的に改善していただきたいと思います」

雪子の声は少しふるえていた。それだけ、きびしく、とげとげしく聞えたかも知れなかった。

武田校長は、気に障《さわ》ったたらしく眼鏡越しに雪子の顔を見下ろして、

「貴女が、古いとかあやまってるとかいうのは、たとえばどんなことかね？」

「県立の学校に対する劣等感だとか、男女問題に対する考え方が低く卑しいこととか、卒業式の日に卒業生が下級生をひっぱたくという、世界のどこにも無いような野蛮な伝統だとか、まあ一口にいえば、非常に封建的な風習が、この学校には深く根を張っていると思います」

「ふむ。卒業生がひっぱたく？　わしは初耳じゃが、八代君、事実かね？」

武田校長は口ひげをひねりながら、動揺を隠しきれない目の色で教頭の方をながめた。

「はい、いや、そういううわさも無くは無かったでしょうが、しかし大体、私も初耳でございます」

人の好い老教頭は、文法に合わない返事をした。

「校長先生」

雪子は首をまっすぐ伸ばして、武田校長の顔を見つめた。

「私は率直に申し上げます。私は、先生方のその初耳主義が、この学校の気風を沈滞させている原因の一つだと思います。そういうんでなく、学校にはびこってる悪い風習は、そのために

どんなやっかいなことが持ち上ろうと、それを採り上げて、根こそぎとり除くようにしなければ、決して学校そのものが良くなっていかないと思うんですけど……」

雪子の青く張った目から、真珠のような大粒の涙があふれかけていなければ、それらの言葉は、ひどく武田校長を怒らせたに違いない。

「いや、島崎さん、貴女の気持はよう分る。私も貴女ぐらい若かった時分には、教育の理想に燃えて、大いにやったもんじゃよ。私が自ら師匠と仰いでいた人は、ペスタロッチ先生じゃがな。しかし、島崎さん、私は教育者として長い経験を積んだあとで、理想と現実とは違うんだということを教えられた。全く、現実の社会というものは、複雑怪奇なものじゃでな。悪いと思うことでも、そのままにして置かにゃならんこともあり、良いと思うことでも、すぐに実行できん場合もある。では全くでたらめかというと、そうでもない。その間に少しずつ……」

雪子は、自分の不覚な涙が、武田校長の現実となれ合った、いい気持な述懐談を誘い出したことを迷惑に感じた。

月日の経過で、気がうすれて水みたいになるのは、下等の酒である。上等の酒は、幾百年経ってもコクと香りと味を失うものではない。そして、ほんとの理想というものは、上等の酒のようなものでなければならない。――それが雪子の信念とするところであった。

「それで、校長先生、もし私が、生徒に対して絶対に譲らないとすれば、学校ではこの事件をどうさばくおつもりでしょうか？」

雪子は、校長の話半ばに、問題を現実にひきもどした。

「さあ、そこじゃて……、貴女ならどうするかの？」

眼鏡越し校長の目がチクリと光った。

「ニセ手紙に関係したものや、今度の騒ぎをあおった生徒たちを、何らかの形で処分いたします」

「ふーム。それではしかし、貴女自身は完全無欠な人間であると考えてることになりやせんかの？」

校長の目には、ようやく険しさの色が現われて来た。

「校長先生、私は私の人格が完全などとは一言も申しませんでした。ただ、不潔なニセ手紙で人を試すことはいけないことだと申しただけです。それから、騒ぎが大きくなりそうだという理由で、生徒たちのそういう不始末を、ほおかむり主義で見逃そうとする学校のやり方が不満だと申し上げたのです」

そうしまいと努めても、語調がしぜんに鋭くなるのを、雪子は悲しいことに思った。

「島崎さん、貴女はチトいい過ぎやせんかな？　わしはまだ今度の事件に対して何も自分の意見を述べておりはせんのに、貴女はわしを批判し、わしに指図をするつもりかの？」

武田校長は、両手を組み合せて、指をポキポキ折りながら、言葉以上の憤《いきどお》りの気持を現わしてみせた。

「まあ、それはこういうことでしょうな。島崎先生は簡単に善し悪しをいってのけられる立場にいる。ところが校長先生の立場としては、一つの事でも、さまざまな角度から検討して、しかる後にとるべき方針を決めなければならん。そこの違いでございましょうな……」

八代教頭が、そういって、気まずい空気をやわらげようとしていた時、入口にドヤドヤという足音が聞えて、半分押し開けたドアの間から、三、四人の五年生が顔をのぞかせた。

「あのう、島崎先生にちょっと教室まで来ていただきたいんでございますけど……」

そういい捨てて、バタバタと廊下を走り去った。ひどく荒々しい気分だった。

「私、ちょっと行って参ります」

雪子はすぐ立ち上って、室を出ようとした。

「ああ、ちょっと——」武田校長は手をあげて呼び止め、複雑な目つきで、じっと雪子を見つめて、

「なあ、島崎先生。教師というものは……ときには政治家でなければならん、ということをお忘れなくな……」

「さあ……」

雪子は、白い奇妙な微笑で答えたきりだった。

教室に近づくと、「来たわ、来たわ」というささやきや、入口で見張っていた生徒たちが、バタバタと自席に逃げていく足音などが聞えた。

雪子は、くちびるをかみ、できるだけ落ちついた様子を保って教室に入った。生徒は一人残らず深く首を垂れていた。それだけで、まるで大きな岩でもすえられてるように、冷たく、かたくななものが、雪子の胸にこたえて来た。

黒板に大きな文字で、何か書かれてあった。

島崎先生へ
一、私共ノ愛校ノ精神ヲ侮辱シタコトヲ取リ消シテ下サイ
一、生徒ノ風紀問題ハ生徒の自治ニ委《マカ》セテ下サイ
一、母校ノ伝統ヲ尊重シテ下サイ

青い火花のようなものが、雪子の胸にチカチカとひらめいた。

「先生がこれに答えればいいんですね。では、一つ一つ答えましょう。第一に、貴女がたが愛校の精神といってるものを、私は学校を堕落させる精神だと思ってます。あの手紙は、いい、しっと

と汚ならしい興味だけから書かれたものだと信じています。あんな風に人を疑ぐったり試したりすることを、世間では岡《おか》ッ引《ぴき》根性といいます。一番卑しいことです。

第二の問題は、私に答える資格がありません。校長先生が答えるでしょう。

第三ですが、悪い伝統はドシドシ無くした方がいいと思います。そして現在、この学校には悪い伝統の方がよけいはびこってると、先生は思っております……」

話なかばに「やあ、失礼……」と声をかけて、体操の田中教師が、ニヤニヤ笑いながら入って来た。

それを見て、雪子は（ホラ、ここにも岡ッ引やさんが……）と、ピンと胸に来たが、相手を無視するために、そのまま話をつづけた。

「最後にいいますが、先生の顔を見られず先生に直接いうこともできず、わざわざ黒板にこんな事を書く卑屈な精神を、先生はほんとに悲しく思います。ここにもニセ手紙で人を試すのと、同じ卑屈さが現われております。もう一つ、つけ加えて注意しますが、だれが黒板にこれを書いたのか知れませんが、これだけの短い文章の中に字の間違いが四つもあります。さあ、これが私の答えの全部です。それに対して貴女がたのいい分があったら聞きましょう。顔をちゃんと上げて、口でいって下さい……」

ただ聞いていると、理路整然として、メスで切り裂くような快さがあった。しかし、そんな風に完膚《かんぷ》なく相手をやりこめてしまうことは、同時に、相手が反省する余裕を奪い、相手の感情を硬化させるばかりだということを、若い雪子はまだ自覚していないのであった。

黒板の要求事項を、ニヤニヤながめていた田中教師は、雪子の話が止むのを待ちかねていたように、舌なめずりをしていて、生徒に呼びかけた。

「どうしたんだな、君たちは。うん？　先生にさからうなんてよくないぞ。それあ、まあ、君らにもいい分があろうさ。しかし、世の中というものはそんなもんじゃないと思うな。女の先生っていえば、君らにとっていわばおしゅうとさんに当るもんじゃろが、おしゅうとさんにむやみにタテつくのは、女子《おなご》の道にはずれてるとわしは思う。

昔この学校で、ストライキをやった組があって、その生徒たちは嫁の売れ口が恐ろしく悪かったそうだ。どこのおしゅうとさんも、ストライキやるような女子は、息子の嫁にもらえんという訳だ。君らもそうなったら大変じゃろが、うん？　女子の一生の目的は嫁になることじゃからな……。

そんな訳で、ここは一つわしに委せて、謝るところは先生に謝り、また、先生にいいすぎがあったら取り消してもらい、仲良く協力して、母校を発展させ、あわせて民主日本の再建に努めることにしたらどうじゃな……。それとも君らは嫁の売れ残りを希望するのかね？……」

あちこちで、うつむいたままでクスクス笑う者があった。雪子には、田中教師の、フヤけた、低い駄弁《だべん》も不快なら、それが結構、生徒たちに通じているのを見せつけられて、いっそう堪え難い思いだった。

この情勢を、本能的にすばやくとらえたのは、ニセ手紙の筆者、松山浅子だった。オイオイ泣いて立ち上ると、

「みんな……みんな……私が悪いのです。田中先生にまで、ご迷惑かけて、……私、いまから、校長先生の所へ行って、退学させてもらいます。……私一人が至らないために、愛する、母校の名誉に傷をつけて……私、退学して……おわびするわ……」

あとは机に伏せって、悲痛な号泣をつづけた。と、「松山さん……私も……」「私も……」「私もだわ……」と、つぎつぎに七、八人の泣き女が出現し、松山浅子を囲んで、首を振り肩をふるわせて、オンオンワアワア泣きわめき出した。それが教室中に伝染して、泣声と体臭が息苦しく室内に充満した。

ある時、ある場合、女だけが示し得る、情けない愚劣さだ——。雪子はそう思った。そして、手にしたチョークを床にたたきつけると、荒々しく教室を立ち去った。

「まあさ……まあ、さ。君たち……」

あとには、田中教師が、やっきと生徒をなだめていたが、じつは、やっきとあおっていたというのが、もっと正しいのかも知れない……。

# 味方の人々

寺沢新子は、丘の上で島崎先生と別れてから、ガケの小みちを下って、浜辺に出た。そして、砂浜に引き上げられた、小舟のへりに腰を下ろして、お昼の弁当を食べた。

海は青々とないで、かもめの群れが、赤子のような鳴声をあげながら、波間を飛びめぐっていた。一匹の赤犬が、水の中に乗り出して、かもめに向って、いたずら気にほえたてていた。新子は、島崎先生と丘の上で過した、短く楽しい時間を思い出しては、そのたびに、夢みるような眼差しで、遠くの水平線にじっと見入った。

先生を苦しい立場に落し入れたことでは、申訳ないと思うが、しかし、先生の力や人柄を信じきっていたから、あまり心配にはならなかった。それよりも、このあと自分がどうしたらいいか、どうしたら島崎先生に喜んでもらえるような人間になれるか、それが不安で、心細かった……。

丘の後ろの林の中から、小さな女学生が二人出て来た。新子を見つけると、

「寺沢さあーん」と呼んで、駆け出して来た。二人とも顔見知りの二年生で、白い図画用紙を一枚ずつぶら下げていた。

「ねえ、絵をかいてよ。いま自由画の時間なんだけど、私たち、画題を探して歩いてたの……。ねえ、わたし風景がいいわ」

「私は、まつ毛の長い、和服を着た下町娘。背景には三日月と、黒猫と、十字架がかいてあるの。……ね、いいでしょう」

新子は学校きっての図画の名手だった。で、笑いながら、二人の注文を入れて、デッサンをしてやったが、その間に、二人の下級生から、学校の中の島崎先生に対する空気が、予想外に悪化しているということを聞かされた。五年生が、三年生や二年生の教室にまで行って、島崎先生が学校を侮辱したから、この際みんな結束して島崎先生の反省を求め、場合によっては退職してもらわなければならない、とたきつけているのだという。

新子は急に心が暗くなった。先生がどんなに正しかろうと、多数の生徒の感情的な反対にあっては、勝てるものではない。そして、その原因は自分にあるのだ……。

新子は重い足をひきずって、海岸から街の方へ歩き出した。行先は母のいる家……とハッキリしていたが、しかし新子は、途中どこを通ったかも分らず、ボンヤリ街の中を歩いていた。

ふと、ゴムまりの弾む、気持のいい音が耳に入ったかと思うと、右手のかきねのすき間から、白いボールが飛び出して来て、新子の目の前の道路に落ちて、コロコロと路上を転がった。

新子はかけ出してそれを拾い上げた。そして、そこは、高等学校の校庭に添うた道であることに気がついた。

かきねの間の小さな裏木戸があいて、白い運動着すがたの学生が、ラケットを抱えて飛び出して来た。

「やあ、ありがとう」

ボールを手渡そうとして、顔を合せると、学生は金谷六助だった。

「なんだ、いつかの米屋さんか……」

ニコニコ笑いながら、六助の方から先に声をかけた。

「私は米屋じゃありません！」

新子はむっとして、渡しかけたボールを後ろにかくした。

「ごめんごめん。……もう君は名前を変えたのかね？」

六助も強いてボールをとろうとせず、むしろ新子と口をきいてみたい様子だった。

「変えないわ。……どうせあんなもの、あてにならないんですもの」と、新子は少し赤くなって答えた。

「だって、よく当るんだって、自分でいってたくせに……。ぼくはあの時、君に一言注意しとこうと思ったんだが、君がさっさと行っちまったんで、いえなかったけど……」

「どんなこと？」

新子は無意識に白いボールを六助にさし出していた。六助はまだそれを受けとろうとせず、

「あの時、易者が、君は結婚すれば、動物的な勢いが強くて、亭主をシリにしくといったんで、君は少し悲観してたようだけど……。あんなものでも、全くのでたら目ではないと思うんだ。ちゃんと姓名判断の公式のようなものがあって、ある名前に対してはある答えが出て来る。しかしその答えを解釈する時に、うらなう人間の教養が物をいうんで、ある易者が、亭主をシリにしくといったところを、もっと教養の高い易者だったら、夫に対して強い影響力をもつ、というに違いない。たいへん結構なことだ。そんな意味で、君の名前は少しも改める必要がない。——ぼくはそういうことを君にいいたかったんだよ」

「ありがとう。……私もそのつもりでいるわ」

「ね、よかったら、入って、テニスでも見ていかないか、ね?」

六助はボールを受けとりながらいった。

「でも——」

新子は迷った。迷ったあげく、ワラにでもすがりたい気持で、今度の事件に、多少の係《かかわ》り合いが無くもない六助に、すべてを打ち明けることにした。

「私ね、いま、ある先生に大きな迷惑をかけることになって、困っているところなの。そして、その事件の千分の一ぐらいは、貴方にも責任があることなの」

「ふむ。何だか分らんが、じゃぼくも千分の一の責任を分担しよう。……中でゆっくり話を聞く。入り給え……」

六助は先に立って、裏木戸から校庭へ、新子を導いた。

かきねに添うた、並木のポプラの下をくぐると、思いがけず明るい風景が、新子の目をくらませた。

三つ並んだテニス・コートで、白い運動着を着たり、上半身裸の学生たちが、さかんに球の打ち合いをやっていた。青空を背景に、若い男のにおいに満たされた、晴れがましい情景にいきなり接して、新子は危うく逃げ出そうとした。

六助は、それにとんちゃくなく、どこかに向って大声で、

「おーい、だれか代ってくれ。ぼくはお客さんだ……」と怒鳴り、

「さあ、すわろう」と、コートを縁どった草むらに、後ろ向きに腰を下ろした。新子もすわったが、背中に強い照明でも当てられてるようで落ちつけなかった。

と、背の高い、目玉のギロリとした学生が、スコアでも書いていたらしい、大きな黒板をエッサエッサ運んで来て、二人の後ろに立てかけ、

「六さん。鉄のカーテンだからな」といった。そして、いったん立ち去ったかと思うと、またすぐ引っ返して来て、今度は、黒板越しに、塗りのはげた大きなヤカンと縁のかけたコップを

さし出した。

「水だよ。わしの経験によると、若いご婦人と話していると、とかくのどが渇くもんじゃからな……」

六助は苦笑してヤカンとコップを受けとった。男同士の間柄ってコセコセしないでほんとにいいナ……と新子は思った。目玉の学生がつくってくれた「鉄のカーテン」のかげで、新子は、学校で起っている出来事の一部始終を、六助に語った。

六助は「ふむ……ふむ……」と、うなずくだけで、自分からはあまり口出しをせずに、話をきいていた。

だが、それだけで、新子には、六助が、まっすぐに話をのみこんでいってくれてることが感じられて、閉ざされた胸の中が、少しずつはれ上っていくような気がした。

「――そんな訳で、私、島崎先生に対してほんとに申訳がなくて……」

「ケチなんだなあ、女学生なんて……」と、六助は首をふって嘆息した。

「ただ見ていると、チョコレートとミルクだけ食べて生きてるみたいに、優しく上品に見えるがなあ」

「私もその一人だけど……。それがもう、男女関係のことになると、とんでもないデマをこさえてしまうの。あの日のことだって、貴方と私が、合い性かどうか、易者に見てもらったという話になってるのよ」

「ぼくたちが――？　でたらめだなあ」と、六助は少し赤くなった。

新子はいたずらっぽい微笑を浮べて、

「まだあるのよ。私たち別れると、貴方はポカンと口を開けて、五分間、じっと私の後ろ姿を見送ってたんだって。私には見えなかったけど、それほんと？」

「よせやい！」と、六助は折り組んだ片足をあげて、ドンと地面をけった。

「でたらめにもほどがある。ぼくは断然フンガイするよ。でも、これが男同士のいざこざなら、口論でも腕力でも少しはお手伝いもできるんだが、女学生の相手ではねえ……。君一人にだってからかわれてるんだものな」

「でも、何とかしてよ。私、高等学校の学生ってもっとたよりになると思ってたの。そのつもりであの時、ご飯を炊いてあげたんだわ」

「チェ、恩に着せるなよ。……でも、ほんとに困ったなあ……」

六助はひどく責任を感じたらしく、無意識に、ヤカンの水を、かけたコップに注《つ》いで、二口三口飲みながら考えこんだ。

新子は、さっきの目玉の学生の言葉を思い出しておかしくなった。

「ね、六助さんは私と話していると、のどが渇くの？」

六助はコップを草むらにたたきつけて、口の中の水をプッと吐き出した。

「よせやい。いつまでそんなことをいうなら君とは絶交だ」

と、子供のようにプイとすねた表情を示した。

新子は背中を折り曲げて、クックッ笑い出した。

「ごめんなさい。もういわないから……。わたし学校で死にたくなるほどイヤだったので、貴方の顔を見たら急に甘えたことをいいたくなったの。ごめんなさいね……」

「うん。……あっ、いいことがある」

六助は不意に目をかがやかせて立ち上った。そして、遠くのコートに向って、

「おーい先輩。おーい、先輩……」と呼びかけた。

返事があって、まもなく、先輩と呼ばれた人物が、ノコノコやって来た。近づいたのを見ると、女学校の沼田校医だった。往診の途中らしく、シマのズボンをはき、上衣だけ脱いで、足ははだしだった。

「六さん、何だね？」

「ちょっと、ちょっと……」

六助は「鉄のカーテン」のかげに、沼田を招き寄せた。

「先輩は、この人を知ってますか？」

六助は指先で、軽く新子の肩に触れながらいった。

沼田は、あわてて自分にお辞儀をする新子をジロリと見下ろして、無造作に、

「ああ、知ってるよ。ぼくはたまにしか女学校には行かないけど、特色のある子はしぜんに覚えるね」

「へえ、この人はどんな特色があるんですか、先輩？」

六助はさっきの仕返しのつもりで、新子の横顔をニヤニヤ見まもりながら聞き返した。

「ウン、この人はね、裸になると、学校中で一番成熟した、理想的肉体をしているんだ」

「あら――」

新子は真赤になってうつむき、六助は厳粛な顔をした。

そんな反応にはとんちゃくなく、沼田は煙草に火をつけて、うまそうに吸い出した。

「それで、ぼくに用事というのは、一体何だね？」

「それがね、先輩、困ったことなんですよ……」

新子のもたらした話が、今度は六助の口から、沼田に報告された。島崎先生の名前が出ると、沼田の顔が心もちひきしまって来た。

「ふむ、ふむ。……ぼくが予想したとおりだよ」

沼田は、終りまで話を聞かず、口をきき出した。

「だいたいね、島崎女史も少し生意気なんだよ。女のくせに男の……」

沼田は自分がなぐられた話をしかけたが、それは止めた。

「つまりね、地方で暮すには、さびたナタのような神経が必要なんだよ。ところがあの人はカミソリのような神経でいこうとする。それあナタよりもカミソリの方が切れるけど、それじゃナタとカミソリが闘ったらどっちが勝つかというと、これはもうナタに決ってる。世の中ってそうしたもんさ……」

恐ろしく事件に縁遠いようなことをいっていながら、しかし島崎先生の立場を妙によく現わしている、と新子は思った。

沼田は立ち上った。

「ぼくはさっそく学校に行ってみるからね。あの人は絶対に妥協しないだろうし、今度のことはだいぶもつれると思うけれど、ぼくは最後まで島崎先生を支持するつもりだ。ともかく気持がいい人だからね。六さん、済まんけれど、ぼくの上衣とクツと自転車をここに持って来てくれ……」

六助は遠くのコートの方へかけ出した。そのひまに、沼田は新子の肩先にしゃがみこんで、

「クヨクヨすることは無いさ。君は島崎先生をよほど好きなのかね?」

「ええ。……さっきね、校庭の裏の丘の上で、先生がクツをスポッ、スポッとけとばして、は

だしで、私とダンスしたの……」

「ダンスか。変な人だねえ。……まだ六さんにいっちゃいけないけど、こないだ、島崎女史は、ぼくのほっぺたをひっぱたいたんだぜ、ピシャッとね……」

「まあ、すてき！」

「ふむ、それがすてきなことなのかね」と沼田は苦い顔をした。

「この先生にしてこの弟子ありだ……」

六助が自転車に乗って引っ返して来た。

沼田は身支度を整えた。

「それじゃ行ってくる。六さんこの人にテニスをさせてやれよ。相当に打つから……。結果はあとで教える」

沼田がペダルをふみ出すと、六助と新子は、頼もしげにその後をじっと見送っていた。

沼田のすがたが、校庭のかきねの外に消えると、六助は、審判台にのっている、例の目玉の学生に呼びかけた。

「おーい、ガンちゃん！」

ガンちゃんは台から下りて来た。そして、目玉をギロつかせて、六助と新子の顔を見くらべ、

「何だい、もっと水が欲しいのかね？」

「ちがうよ。沼田先輩がね、この人にテニスをさせろというんだけど、いいかね？　まず君の許可を得なくっちゃあ……」

「フム。女の人が、このコートを踏むのは前代未聞《ぜんだいみもん》だね。昔ならコートの汚《けが》れになると騒ぐところだが、しかしぼくは民主主義を尊重するよ。その人は、できるのかね？」

「球ひろいぐらいならできるってさ」

「それじゃあどうぞ。……その代り、六さん、わしにも注文が二つある。第一は、そのべっぴんさんをわしに正式に紹介してもらいたい。第二に、わしが一番さきにその人のパートナーになる権利を認めてくれ」

自分をヌキにして、自分のことが勝手に扱われてるようで、新子はあっけにとられていた。それには、かまわず、六助は、

「O・K」と大きくうなずいて、

「新子さん、ご紹介しましょう、富永安吉君です。庭球部のマネージャーで、愛称をガンちゃんといいます。見かけは恐そうですが、心はごく優しい人間です。また、だいぶ汚ならしい格好をしていますが、精神は白百合《しらゆり》のごとく純潔です……」

「こちらは寺沢新子さん、なんというかな……重い物もしょえるし、ご飯も炊けるし、いろいろといい人だよ」

六助の紹介の言葉につれて、ガンちゃんと新子はピョコリと頭を下げた。

「でも、六助さん、私、困るわ、テニスだなんて……」

「やり給え。いま、一人でおれば、ふさぎの虫にとっつかれるばかしだから。ガンちゃん、この人にラケットを貸してやってくれ」

そうなっては仕方がなかった。新子は上衣を脱いで、まん中のコートに連れて行かれた。そして、自ら名前衛と称するガンちゃんと組んで、六助たちと打ち合いをはじめた。

すこし打ってる間に、新子は恥ずかしさを忘れた。そして、コートをいっぱいにかけまわり、思いきったプレーをした。

若い、しなやかな力がこもった、白いボールが、弾丸のようにピューと飛んで来る。それを負けずに、打ち返す。また飛んで来る。

六助も新子も、自分に向って飛んで来る白い点は、若い異性の力の塊《かたま》りなのだということを、無意識に感じていた。それが彼らの血を快くわき立たせ、力が力を呼んで、見ていて気持のいいプレーが続けられた。

いつのまにか、部員たちがまん中のコートに集って、六助や新子らの打ち合いを見物していた。新子にファイン・プレーがあると、パチパチと拍手の音が起ったりした。

ガンちゃんは、運動神経が鈍い方らしく、しばしばトンネルをやらかしたり、直球を、額でパチンと受け止めたりして、みんなを笑わせていた。

一番済むと、新子に相手を申し込む者が続々と現われた。今度は六助と新子が組んで、新子は前衛にまわった。この組は強かった。二人の呼吸がよく合って、つぎつぎと相手をなぎ倒した。

「六さんは怪《け》しからん。女学生と組むと、実力以上のプレーをする……」と、ガンちゃんが嘆声をもらしたほどである。

太陽が西にまわったせいか、青空がいっそう高く、色も澄んで見えた。どこかで山羊《やぎ》がメエメエ……と鳴いていた。

ボールの弾む音が、不規則な時を刻むほか、あたりは溶け入るようにしずかだった……。

一時間ばかり遊んで、テニスを終ると、新子は顔や手を洗うために、寮の洗面所に連れて行かれた。ついでにガンちゃんの室で、休んでいくことになった。

それは縁《へり》の無い畳を敷いた八畳間で、見晴らしはひろく明るいが、壁は落ち障子は破け、本箱と机のほかには何もない殺風景な室だった。ときおり聞える話声や笑い声も、大人びた男の声ばかりで、うすら冷たい空気の中にも、男のにおいがかすかにこもっていた。新子は何となく落ちつけなかった。

「ああ、腹が減ったなあ……」と六助は畳にゴロリと寝ころびながらいい出した。「なんか食べる物がないのか、ガンちゃん？」

「いまどき愚問だよ」と、ガンちゃんは相手にもしなかった。

「でもさあ、ぼくだけじゃないんだぜ、女のお客さんもいるんだぜ、何とか知恵をしぼれよ」

「あら、私ならいらないわ」

「若い女はみんなそういうさ。でも、君、よく打つんでびっくりしたよ。球ひろいだなんていって悪かったな」

「ふふ」と新子は笑った。しかしうれしそうだった。

ガンちゃんは、机の引出しから紙と鉛筆をとり出して、何か認《したた》めていたが、それをもって廊下に出ると、ちょうど通りかかった、新入生らしい子供っぽい顔の学生を呼び止めた。

「君、済まんけどな、この回覧板を学生が残っている室にまわしてくれないか。まかないからお盆を一つ借りてね……」

紙きれを読んだ学生は、ニコニコ笑いながら、室の中をちょっとのぞきこみ、

「ハイ。すぐまわります」と立ち去った。

「何だい、ガンちゃん？」

「なんでもないさ」

ガンちゃんは、畳にすわるとすぐ、ポケットから岩波文庫をとり出して、読みはじめた。

六助は、両手を後頭部にあてて、まじまじと天井をながめていたが、とつぜん、

「新子さんにわが部の歌を聞かせようかな……」とことわって、

みちのく原頭空たかく

白線大地を彩《いろど》りて

飛ぶや熱球若人《わこうど》の

………

目をつぶって、いい気持そうにうたい出した。恐ろしくオンチなうたい方で、聞いている新子の顔には、ひとりでに微笑がわき上って来た。

まもなく、さっきの子供っぽい顔の学生が、お盆を抱えて、室の入口に現われた。

「富永さん、これだけ集りました。留守の学生が多いんで……。でなければもっと集るんでしたが」

そういって、自分は室に入らず、および腰でお盆を差しのべて帰って行ったが、お盆の上には缶詰《かんづめ》が二つ、粉末リンゴ、焼のり、するめ、仁丹、かつお節のかけら、もち、胃散、カリン糖、クシにさした川魚、外国の雑誌から切り抜いたすばらしいごちそうの色刷写真など、じつに雑多なものが載せられてあった。

「どうしたんだい、これあ……」

面くらった六助は、ガンちゃんが認めた「回覧板」と称する紙きれをとって読んでいたが、ウフウフ笑い出して、新子にもそれを見せた。

「余ノ室ニ若キ女性ノ客アリ。歓待スベキ物資ナシ。諸君ニ騎士的精神アラバ余ヲ援助セヨ。水以外ノ飲食物ハスベテ歓迎ス

寮友諸君

富永安吉拝」

「まあひどいわ、私をだしにして……」

新子はあきれて、手をうって叫んだ。

ガンちゃんはまゆ一つ動かさず文庫を読みつづけていた。

「だしだなんて、君は正客だよ。正客が食べないうちは、ぼくらは手が出せないんだ。さあ、食べてくれ給え」

六助はお盆をつき出して催促した。

「変なすすめ方ねえ、あとがつかえてるみたいな……。私はこれでたくさん……」と新子はごちそうの色刷写真をとり上げてながめた。

六助はするめをむしってかじりながら、

「みんな夏枯れだと見えて変なものばかしよこしやがったな」とそれでも珍しそうに盆の中をのぞきこんでいたが、ふと、その中から、赤い小さな紙包みを拾い上げた。

「なんだ、こりゃあ、アメかな……」

上をむくと、中も丸めた紙きれにすぎず、それを伸ばすと、大きな字で、

（ネコイラズ！）と記されてあった。

「むう」と、六助は紙きれを示しながらうなった。

「おい、ガンちゃん。わしらの毒殺を企てた者があるぞ」

富永は本からチラと目を動かして、

「ウン、その気持はわかる……」

と答えたきりだった。

新子は、紙きれをのぞいた瞬間から、我慢がならず、笑いつづけていたが、それが寮の中に反響するほど大きな声だったので、思わず、首をすくめたほどだった。

女同士って、なぜあんなに、意地悪く、コセコセして、陰険なのであろう。それに較《くら》べて、このお盆に示された男の学生たちの、のびのびして、温かく、途方もない友情はどうであろう。

新子はべつに空腹も感じなかったが、その温かいものを自分も分ちたい気持で、干した川魚をクシから抜いて、ムシャムシャ食べはじめた……。

まもなく、新子は六助と富永に送られて、母の家に帰った。富永は歩きながらも、本から目を離さなかった。

「ずいぶん勉強なのね」と、新子は珍しがって、六助にささやいた。

「この人にとっては、本は煙草みたいなものなんだよ。いつでもそれがポケットに入ってないと落ちつかないし、読みながら平気で人と話もできるし、居眠りもできる。ねえ、ガンちゃん」

「居眠りはできないよ。……しかし、ペダンティックな非常にわるい癖だと思っています」

富永は弁解するように答えた。

ちょうど夕暮れどきなので、同じ学校の女学生たちがひんぱんにすれ違った。そのたびに、女学生たちが異様な目つきでこちらをながめ、立ち止って、自分たちの後ろ姿を見送りながら何かヒソヒソささやき合うのが感じられた。

テニスで、せっかく朗らかになった気分が、またジメジメと滅入《めい》っていくようで、新子はイヤなことだなと思った。

それからすぐ、母の家が近い、屋敷町の角を曲った時、新子は「あっ！」と低く叫んで、足を止めた。そして、六助たちを顧みて、緊張した声で、

「貴方がた、ここから出ないでちょうだい。私、用事ができたから……」と、ある勢いをつけて、一人でズンズン歩いて行った。

母の家の門の前には、松山浅子や野田アツ子や、七、八人同級生が群がっていた。新子は目

をけもののように光らせて、そのまん中に入って行った。

「私に、なにかご用ですか?」

「ええ、学校のために、貴女に退学してもらいたいと、みんなで決議したのだわ。その決議を受け入れてもらいたいの」

それにならって、ほかの者も、

「そうです、私たちの学校をまもるために」

「母校の伝統と名誉のために……」

など、口々に何かいった。

新子はくちびるを破けるほどかみ、ひとみを大きく拡げて、同級生の顔をながめていた。

「わかったわ。——それで、松山さん。私に下品なニセ手紙を書いた貴女の責任はどうなさるつもり?」

「ホホホ……」と、松山浅子は世間慣れた笑い声をもらして、

「でも貴女は、あんな風な手紙をもらうのが大好きだったんでしょう。ねえ、みなさん、ホホホ……」

そのあざけり笑いが終らないうちだった。キッという、叫びにならない音が新子ののどをもれると、彼女は、目の前にある、横幅のひろい、もちのように白くふくれた松山浅子の顔を、

力まかせに殴りつけていた。松山が転げそうになるほど強く——
同時に、すばやく地面にしゃがんだかと思うと、手に卵大の石ころをつかんで、立ち上って
いた。男の子のように精悍《せいかん》で敏捷《びんしょう》だった。
その目は、底光りを宿して、一つ一つ敵の顔をにらめまわしている。
「ま、乱暴な……」
松山は立ち直って、ひるんだ味方を励まそうとした。
ちょうどその時、六助と富永は、だれにも気づかれずにお下げ髪のギャングたちの後ろにま
わっていた。事情を知っている六助も、知らない富永も、ただ困惑した顔を見合せるばかりだ
ったが、ふと富永は、空を仰ぐような格好をとったかと思うと、いきなり、すばらしいバスで、
「ウォ！……ウォ！……」とほえたてた。
この奇襲で、ギャングたちは「わッ！」「きゃッ！」と思い思いの悲鳴をあげて、クモの子
を散らすように逃げ出した。
新子は口を少しあけ、また、もえるような目の色で、六助たちを茫然と見つめていたが、や
がて、手にした石ころをポロリと落すと、力がぬけきった、よろめくような足どりで、玄関の
方に歩み去った。
六助は、その後ろ姿に目を奪われながら、手にした白線入りの帽子を、両手で、手ぬぐいの

ようにきつくしぼっていた。

富永はさっきの名残《なご》りのように「ウー」とかすかにうめいた。

＊＊＊

——青年医師、沼田玉雄は、海光女学校にかけつけるために、自転車で大通りを走っていた。

と、ある店屋の中から、

「沼田先生、ちょいと、沼田先生……」となまめかしい声で呼びかけた者があった。

自転車をグィと止めて、振り向くと、梅太郎という年増《としま》の芸者が、ふろ敷包みを抱えて、店先に立っていた。

「あら、先生、お呼び立てして済みません。家へいらっしゃるんでしょう。私もこのまますぐ帰りますから、どうぞお先に……」

そういわれて、沼田は、梅太郎の家に今日診る約束の患者がいたことを思い出した。

「そうだったね。すっかり忘れてたよ」

「忘れるなんて、先生、しどいわよ」

「いや、医者に忘れられるのは仕合せだよ。ところで、ぼくはいまある用事で急いでいるんだから、君帰るんなら自転車の後ろに乗っけて行くよ」

「だって、先生……」

「いや、荷物だと思えば何でもない」

「荷物？　おっしゃいましたね。ええ荷物になりましょうとも。……恥をかいたって私のせいじゃないから……」

負けん気の梅太郎は、自転車の傍によって来た。

「いいかね。しっかりつかまるんだよ」

沼田は、派手なつぶし島田の荷物を後ろに乗せて、重いペダルを踏み出した。

道行く人がクスクス笑って、後をふりかえった。

「病人はいいんだろうね？」

「ええ、よっぽど落ちついたようですよ」

横合いから飛び出した子供を避けるために、自転車がグラグラと傾いた。

梅太郎は必死で沼田の腰にしがみついた。

「しっかり頼みますよ、先生。私は大和《やまと》なでしこの血をひいているんで、パンツだかズロースだか、あの窮屈なのが大きらいなんですからね」

「変なことをいうなよ。しかし、あれだな、近ごろの世の中は、食糧の遅配だ欠配だなんて、何一つ面白いことが無いんだから、派手に転んで見せるのも、世間のくどくになるかも知れないね」

「ごじょうだんでしょう、先生。往来で芸をしたんじゃあ、線香代がつきません」

「それもそうだな……」

まことに奇怪な会話を乗せながら、自転車は梅太郎の家に着いた。それは、板べいをうちつけた、小ぎれいな二階家だった。

沼田は、自転車から診察カバンをはずすと、一人で二階に上って行った。

病人は奥の八畳間に寝ていた。梅太郎の妹分で、駒子《こまこ》という、若いきりょう自慢の芸者だが、妊娠七カ月でだんなに逃げられ、一昨日、アダリンをのんで自殺をはかったのであった。

「せんせい、いらっしゃい……」

駒子は、青白い顔に目玉ばかり大きくキョロつかせて、沼田を迎えた。

「だいぶいいそうだな。どれどれ」

沼田は病人のまくらもとにすわると、すぐに手をとって脈を調べた。心臓も診たが、もうほとんど平常に復していた。

「もう起きてもいいな。そしてうまい物をウンと食って体力をつけるんだね」

「——先生、私、ほんとにバカなことをしてしまって……。ご迷惑をかけましたわ」

「迷惑なことはないさ。ぼくはゼニをもらうんだから」

「ねえ、先生、生れる子供にさわりは無いんでしょうね？」

駒子は無意識に、夜具の上からでも分る、大きなお腹に目をやった。

「アダリンをのんだんだから、少しは眠がる子供が生れるかも知れないけど、まあ大丈夫だ……」

「あんなことといってるわ」

駒子の顔にはかすかな微笑の影が動いた。

そこへ、梅太郎が、ぬれタオルやビールをお盆にのせて運んで来た。

「まあまあこの人が生き返ったんでよかったわ。生きてりゃ、負けたはずのものが勝ったことになり、いろいろ面白いこともあるけど、死ねばそれっきりだわ。あんチキショウ、ただじゃ置かないんだから……。先生、おビール」

梅太郎があんチキショウといっているのは、市会のボスで、駒子をひどい目に合せた、井口甚蔵《じんぞう》というブローカーだった。

「まあ、その気持は分るが、無理をしないことだな。駒子ちゃんには気の毒だが、この社会にはありがちのことだからね」

「ありがちに踏まれたりけられたりしてたまるもんですか。先生も変に男に味方するんですね」

「おい、からむなよ」

沼田は、くちびるのビールのあわを手でぬぐいながら立ち上った。と、また患者のまくらもとにしゃがんで、駒子の腕をとり、

「これは医者として脈をみるんでなく、生きかえったお祝いの握手だからな。クヨクヨしないことだ……」

「ありがとう、せんせい」

感じ易くなってる駒子は、目にいっぱい涙をためて、沼田のゴツイ手を握り返した。うしろで、梅太郎もグスンとすすり上げた。

沼田は玄関に下りて、クツをはいた。見送りに出た梅太郎が、ふと大仰な声で、

「まあ、先生。たいへんなほこりよ。ちょっと待って」と、奥からブラシをもち出して、沼田の肩や背中を払ってやった。

「もう奥さんをもらうんだわね。独身者はどこかむさ苦しくて、貫禄がつかないわ」

「ウン、もらうさ。しかし芸者はもらわないよ」

「だれがもらってくれといって？　わざと人を怒らすようなことをいうのが、貴方のわるい癖ね」

沼田はいったん立ち上ったが、何か思い出した様子で、ひどく真面目くさって、

「ねえ、君などは海千山千の古ダヌキだからよく分ってるんだろうが、女がだね、若い女が男を殴るというのには、どんな意味があるのかね？」

「変だねえ、せんせいは——」梅太郎は首をふって、沼田の顔をまじまじとながめた。

「やぶから棒に何てえことをいうんだろう。殴るだって、それあ、そのときどきの事情で違うでしょうよ」

「つまりだね、男がさんざん失礼なことをいって女を怒らせるんだよ。しかし男自身は自分で真面目なことをいってるつもりなんだ」

梅太郎はクスリと笑った。

「自分じゃ真面目のつもりで相手を怒らせるようなことをズケズケいう。だれかに似てるわね」

沼田はすこし赤くなった。

「それで返事はどうなんだい？」

「男が先生だったら大いに脈がある。しかしほかの普通の男だったら、殴られ損のそれっきりさ。……こんな返事をただでいわせようなんて、イケ図々《ずうずう》しいや」

「その代り、あれだよ、君が卒中でも起したらすぐ飛んで来る」

「——私も殴りたくなったわ」

梅太郎から、母親のような目つきでにらまれながら、沼田は自転車にまたがった。……

学校に着いてみると、会議室には、古参の四、五人の職員が招集されて、事件の対策を相談しているところだった。末席には島崎雪子が、自分だけでは胸を張って、昂然《こうぜん》としているつもりなのであろうが、被告のようにションボリとひかえていた。

「やあ、ごめんなさい。生徒がつまらんことで騒いでるというんで、どんな工合かと思って来てみたんですが……」

沼田は、何気ないあいさつをして、雪子の隣のイスにすわった。

「それはどうもわざわざ。いま田中君が生徒をなだめに行ってますが、どういうことになりますかな……」

武田校長は、迷惑そうな顔色を隠そうともしなかった。ほかの職員もあまり口を利かず、沼田は自分が「招かれざる客」であることを意識した。

「こんな席へ、私など入るべきではないでしょうし、みなさんの顔色からそれがよく分りますが、しかし私もみなさんと同じく、県庁から辞令をもらって校医をしてる以上、生徒の肉体的健康のみならず、精神的健康についても、大いに責任ありと感じてるものですから……」

だれも黙っていた。そこへ、田中教師が、ひと働きしたあとのような、赤い顔をして、あらあらしく室に入って来た。

「いや、もう、問題になりませんよ。下手すると、学校全体に対する不満の爆発ということにもなりかねませんな。五年生ともなれば、亭主の胸ぐらにくらいつくお上さん気質になりかけてますからな。どうして一筋なわではいきませんよ、ハハハ……」

田中の話しぶりには、事件やそれに対する自分の影響力を楽しんでいることが、露骨に示されていた。

沼田はムカッと来た。

「田中先生、どうも貴方のお話しぶりは、生徒を抑えに行ったんでなく、あおって来たように聞えますな」

「なんですって！」と、田中教師は色をなして、テーブルに身体を乗り出させた。

「聞きすてならんことをいいますね。どうして私が生徒をたきつけたというんです？」

「いや……」と沼田は落ちつきはらっていった。

「ぼくは結果がそうなるんじゃないかと思ったんですよ。それで、うかがうんですが、貴方は、今度の事件に対して、だいたい生徒と同じ考え方をしてるんじゃないですか？」

「お尋ねですから率直に答えましょう。島崎先生を前にして、お気の毒ですが、私は今度の事では島崎先生のやり方が片手落ちでよくないと思ってます。生徒の学校を思う気持は買ってやるべきです」

田中は勢いで本音を吐いた。

「さあ、それですよ。物資の横流しが悪くないと思ってる人間には、他人の横流しを本気で止めさせる気持がありませんからな」

「これあ、どうも。今度は横流しですか？　私もこないだまでは軍人だったんですから、すこしムズムズしますな」

そこまですごみを利かせた声でいってから、急にくだけた調子に変えて、

「それあまあ、沼田さんが島崎先生を支持される気持も分らなくはありませんがな。……何しろ生徒というものはたくさんの目をもっておりますから、どうしてバカになりませんよ」

ニヤリと笑って、田中はほかの職員の顔をながめまわした。沼田はなにかトゲのようにひっかかるものを感じた。

「私は島崎さんが正しいと思うから支持するのです。それからまた、先生の中にも生徒と同じ感情の人がだいぶいるんじゃないかと思うから、私の立場をハッキリさせるのです」

「いや、生徒の目がたくさんで、はしっこいというのは……」と、田中は強引に自分の話題をひきずった。

「沼田さんは三十分ばかり前に、芸者を自転車に乗せて大通りを走っておったでしょう。家に帰った生徒から、学校に居残ってる生徒に電話で教えてよこしたんですよ。ハハ……」

事柄は何でもないが、たった今の出来事なので、沼田はいささか驚いた。

「その通りです。患者の家の者ですよ。それで、その報告には、さだめし、沼田がニヤニヤ、デレデレしておったというおまけがつくんでしょう。ついてなければ、聞いた方が新たにつけ加える。そして自分たちの卑しい興味を満足させるという順序でしょうな。田中君もだいぶご満足らしい……。

ところで校長先生、私は今度の騒ぎは、人間でいえばハシカのようなもので、学校が成長していく途上において、ときどき生ずる、避け難い現象だと思っております。処理の仕方では結果が非常によくなると思います。ただし、処理がまずいと収拾がつかないことになるでしょう。

第一に、事件に対する学校側の判断をハッキリ決めてかかることが大切だと思います。それがグラついておったんでは、ハシカをこじらせてしまいますからね。ともかく徹底的にやることですね」

「徹底的に——。賛成しますな」

田中教師がいどむような目の色をみせて答えた。それにつづいて島崎雪子も、案外落ちついた声でいった。

「私も是非そうしていただきたいと存じます」

「いや、まあ、今度の事はいずれ職員や父兄たちと大衆討議をして決めることになるでしょうが、沼田君が生徒の精神的健康まで心配して下さることは感謝にたえんですよ。それではまあこれで……」

武田校長はチクリと皮肉をいって立ち上った。

会議室には、沼田と雪子と二人だけ、とり残された。

「先生、どうしてこんな騒ぎになってるのが分りましたの？」

「寺沢新子がフラフラと高等学校のテニスコートに迷いこんで来たんですよ。ぼくはちょうどそこで遊んでいたものだから……」

「そして新子さんはいまどうしています?」

「学生たちとテニスをやってるでしょう。金谷六助という学生と友達らしいですね。六助はいい人間ですよ。……寺沢は貴女と裏山でダンスをしたんだってホクホクしていましたがね」

「あら、あの子、何でもしゃべっちまって……」

雪子の顔には、はじめて、明るい微笑が浮び上った。

「私、ありがたいと思わなくちゃいけないんでしょうけど、先生はどうして田中先生に向ってああ乱暴に口をきかれるんですか。私も先生のおっしゃるとおりだと思いますけど、しかしいくら何でもと思って……」

「いや、田中はこの学校のガンですよ。戦争中は、生徒たちをはだしにさせて、校庭の凍った雪の上を長時間カケ足させたり、すわらせたり、まるで狂人めいた訓練をほどこし、あの野卑な精力で学校いっぱいにのさばっておったくせに、このごろは教職追放を恐れて、もっぱら生徒のごきげんとりにつとめてるヤツですよ。ファッショの下等品ですね。……それにまた、うまくできてるもので、ぼくの言葉もむき出しかも知れないけど、あの手合いは、貴女の神経が感じてるほどには、そう強く感じておらないものですよ。……手袋は投げられたり、あとは闘うばかりですね」

「先生に……すみませんわ」

「いや、ぼくは貴女に鼻の下を長くして闘うというんじゃありません。自分の生れた町のためですよ。いまのところ、九分九厘までぼくらの敗北という見透しですね」

「構いませんわ。負けてもそれが自分の成長に役立つように振舞いたいと思います」

室の右手の壁に、廊下に面して胸ぐらいの高さの小さな窓があけられていた。紙をはったその窓ガラスを外からひっかくような音が聞える。二人は顔を見合せた。沼田は緊張した様子で、カギをはずし、ガラッと窓をあけた。と、笹井和子の大きな眼鏡をかけた顔が現われた。

「入れてやって下さい、私の味方ですから……」

沼田は両腕をさし伸べて、軽々と和子を室の中に運び入れた。そして窓をしめた。和子はあたりを見まわして、もののしげに、

「ね、先生、五年生が手分けして、寺沢さんに退学をすすめに行ったり、父兄の有力者に味方を求めに行ったりしたのよ。たいへんだわ」

「ふむ。しつこいな。……父兄の有力者というと?」

「ホラ、市会議員をしてる井口さんという方。あの人にはよく学校側で何かと相談をもちかけてるようですわ」

「井口甚蔵ですね」

沼田はアゴに手を当てて考えこんだ。

笹井和子は、雪子の肩に手をかけて、

「ねえ、先生。先生を好きな生徒だってたくさんいるのよ。でも恐いもんだからだれもそれをいえないんだわ。それでね、私……朝礼の時にでも、先生が壇の上で気絶の真似をするといいと思うの。すると、先生々々ってみんな泣き出しちゃって……」

雪子も沼田もプスッと吹き出した。

「貴女は利口だが、そういうセンチな戦術はいかんね。堂々とやらなければ……」

沼田は、和子の頭を大きな掌でおさえて、笑いながらいった。

「そお。私、名案だと思ったんだけどな……」

和子は不満そうだった。その時だれか室に近づく足音が聞えた。

ドアがあいて、白木という、家事受持の年とった女の先生が、

「ちょっと失礼します」と、何か探し物でもある様子で、室の中に入って来た。

すると、笹井和子が、いきなり上衣のフックをはずして、小さな平べったい胸を、沼田の前にひろげて見せ、

「もっと強く息を吸うんですか？　ハイ。もう一回ですか？　ハイ。今度は背中ですか。ハイ……」

と、真面目くさって、診察を受ける真似をはじめた。沼田は苦笑して、それに調子を合せた。

白木先生は、備え付けの大きな本箱から、書類のようなものをとり出して、ふと、雪子の方に優しい笑顔を向け、

「島崎先生、今度のことで、私は貴女が迷わないで、貴女の道をおすすみになるように祈っております。私は年をとり、若いころの私の良心のようなものは、脂《あぶら》がかかり、はたらきが衰えて、一つの事柄について善し悪しを強く主張することができなくなっておりますけど、しかし一人の人間が自分の信念を貫くのを見ているのは、ほんとに気持がいいものです。貴女はまだお若いし、貴女の生活はここで終る訳のものではありません。どうかそのおつもりで……」

「まあ、白木先生……ありがとうございます」

雪子は不意に示された温かい理解で、涙が出そうになった。白木先生は、同じ笑顔を和子の

方に向けて、

「笹井さん、貴女いつまで胸をあけてるんですか？　もう沼田先生の診察は済んだでしょう。ホ、ホ、ホ……」

「済みましたとも。診察の結果この子には俳優の素質が多分にあることが分りました」

沼田は、人差指に和子のアゴをひっかけて、真面目くさっていった。和子は、賞められたのか、くさされたのか、ちょっと迷っていたが、賞められたことに一人で決めて、ニコニコと笑い出した。

「ごめん下さい、お邪魔しました」

白木先生は会釈をして、室から出て行った。

「いい人だな。あんな気持はだれにだってあるんだから、それを呼び覚ますように、ぼくたちが行動すればいい訳だ。……ところで、笹井一年生はもう帰るんだな。いろいろ働いてくれてありがとう」

沼田は、廊下に面した窓をあけ、笹井を抱え上げて、外に出してやった。

「さあ、ぼくたちも帰りましょう。今夜はぼくの家に関係者に来てもらって作戦を練りましょう」

「先生、今日はどうぞお先に……。こんな時でうるさいといけませんから……」

「それがいかん」と、沼田は平手でテーブルをたたいた。

「それじゃもう貴女は退却してることになりますよ。いったん、浮足だったら、結局総崩れになってしまいますからね。なんだったらぼくの自転車に乗っけて……」

今度は雪子が笑い出した。

「先生はよっぽど自転車に人を乗せるのが好きだと見えますね。——きっと、美しい芸者さんだったんでしょうね？」

「いや、なに、年増ですよ。変なヤツでしてね、ぼくが自転車をひっくり返さないかと思ってハラハラしてるんです。それというのが……いや、まあ、普通の芸者ですよ」

沼田はすこし赤くなって、何だかハッキリしない返事をした。とまた、廊下の窓をひっかくような音が聞えた。あけて見ると、いま出してやった笹井和子の顔が、窓わくの上に浮んでいた。そして、何もきかれないうちから、

「私ね、沼田先生はふだん口が悪いし、身体検査の時だって、なんだ、こんなしなびたお乳をくっつけてなんて、身体の取りあつかいが乱暴だから、ほんとに島崎先生に親切かどうかと思って、さっきからのぞいていたとこなのよ」

雪子と沼田は顔を見合せて苦笑した。

# 一つの流れ

六助も富永も、新子を見送ったあと、それぞれ興奮がしずまらなかった。

「おい、今夜は家で飯を食えよ」

「うん、そうする」

いま目撃した出来事について、六助は語りたい、富水は聞きたい熱望を、二人とも抑えきれなかった。

しかし、それっきり、六助は黙りこくって歩いていた。富永も、自分からは尋ねようともせず、相変らず文庫本に目を通しながら、上背《うわぜい》のある身体を少しそらし加減に、ヒョウヒョウとした格好でならんで歩いた。

二人が、駅前通りの六助の家に着いた時は、もうあたりが薄暗くなっており、電灯のともった居間には夕食の支度ができていた。

「やあ、ガンちゃん、いらっしゃい」

六助の父親は、息子の友人を見かけると、アダ名で呼びかけたりして、親愛の情を示した。母親も喜んで、食卓に一人前の支度をふやした。

食事がはじまってまもなく、六助は何気ない調子で、

「お父さん、じつはね、富永にある話をするつもりで家にひっぱって来たんだが、その話はお父さんたちも知って置いた方がいいと思うし、みんないっしょのいま、話すことにするんだが……」と前触れして、寺沢新子に関する出来事を、おまけも不足もないように、注意深く話した……。

「あれ、まあ。どうりで私は米びつのお米が少し増えてるような気がしたよ。そしてまあ、その女学生はお前にどんな物を食べさせておくれだったね？　焦げたご飯だの、落し味噌の辛いおつけなどは食べさせなかったろうね？　ほんとにまあ……」

六助の話したことは、母親の素朴な人生観をくつがえすような大事件だった。そこで彼女は、さしあたり、自分以外の女性が、息子の食事の世話をしたという、腹にこたえた一つの事実を問題にしたのであった。

「おとく。お前はなんてバカなことをいってるんだ」と、父親の弥吉《やきち》は、物をゆっくりかみながら自分の妻をたしなめた。

「できたことは、できたことだが……それで六助。このあと一体どうしようというのだね？」

「どうって、ぼくも多少の責任は感じますし、このあとの成行きしだいで、自分でできるだけのことは、してやらなければいけないと思ってるんです」

「ふむ。しかし六助、今度の事は、学校を落第したなどということとは違って、人様の一身上に関係し、世間的にも影響のあることだから、よほど慎重に考えんといかんぞ」

「分ってますよ、お父さん。お父さんたちとしては、息子がそんなことに関係しない方がいいという気持もあるんでしょうが、ぼくとしては、自然に訪れた機会には、学校以外の学問をしてもいい年ごろだと思ってるんです」

「ふむ。お前が真面目にやるかぎりはな」

夫と息子の間に、自分などが口出しできない話がはじまってさびしくなった母親は、今度は富永をつかまえて、気ぜわしく、

「富永さん、あんたもその女学生を知ってるんでしょうが、身体は丈夫でしょうね？　裁縫はできますか？　これからは洋裁の方がいいでしょうがね。それから茶の湯や生花《いけばな》も一通り心得ておった方がね。それにね、富永さん、男と女は何てたって合い性かどうかが大切ですよ。うちの人と私もうちの人がトラ年で……」

「おとく、黙ってなさい。お前はよっぽどバカなことをいってるぞ」

夫にきめつけられて、おとくは仕方がないという風に首をふって黙りこんだ。

六助は食後の番茶を飲み干して、腰を浮かしながら、

「さあ、それで報告が済んだから、ぼくたちは二階に行きますよ。もしかすると、今度その女

学生を家に遊びに連れて来ますからね」

「ほう！」

おとくは、たったいま夫にとがめられたことも忘れて、嘆声をあげた。

「あんた、だから私が障子を張り替えましょうといったんですよ。それから壁の落ちた所にも何か絵紙をはらなくちゃあ。それにお父さんはヒゲをそって下さいよ。私だって小ざっぱりしたものに着替えて置かないと……。ね、富永さん、こういうことはおたがいに初対面が大切ですからね」

母親には、息子にできた若い女の知合いを、「嫁」以外の概念では考えられなかったのである。それだけに、一方ならぬ興奮にとりつかれていた。

弥吉は苦りきって、

「富永君、女の年寄りというものは、この通り愚かなもんだよ」と嘆いてみせた。

「小母さんは心の温かい人だと思います」

富永ははじめて、誰につくとも分らない、自分の意見らしいものを述べた。

「ええ、ええ、お父さんは私をバカだバカだといいますけど、こういうことはやはり女親が間に入らないとね、富永さん……」

「お前はほんとにバカだよ」

口ではいい争ってるようなものの、小ゆるぎもしないほど太ったおとくと、つるのように背が高くやせた弥吉とは、ほんとに気心が合った夫婦なのであった。

六助は富永に目配せをして二階に上った。そして、めいめい気楽な格好で、往来に面した窓ぎわにすわり、ゆっくり煙草を吹かした。

「いまの話の切り出し方はよかったと思うね。お父さんたちだって、新しい時代というものを、だんだんに理解してもらわなければいけないんだからね」

「ウン。親父は分ったようなことをいってるけど、あれで腹の中では、おふくろ以上にたまげているんだよ。ともかくぼくは、家庭の中で、おたがいに秘密なしにやっていきたいんだ。そのために年寄りたちはときどき心配な思いもさせられるだろうけど、そうした心配は、年寄りたちの新しい時代に対する勉強になると思うんだ」

「賛成だね。しかしおふくろさんは愉快だな。すっかり嫁あつかいじゃないか。男と女が知合いになる。するとすぐ、恋愛とか結婚とかいう観念にこだわるのは、あまりに男女の間を狭く貧しくする考え方で、ぼくは賛成できないんだが、しかし君のおふくろさんのようにひとすじなのも、かえって好意がもてるよ。——君、寺沢という人を好きなのか?」

富永は、最後の質問の部分だけいたわるように口をきいた。

「きらいじゃないさ。しかし知合ったばかりで、かれこれよけいな思いすごしをするのは、あまり狭く貧しいことだって、たった今、君がいったばかりじゃないか」

「うん。しかし、あの人は魅力的だな。石ころをつかんで立ち上ったのを見た時、ぼくはビクリとふるえたよ」

「――――」

六助は返事の代りに熱い嘆息をもらした。

停車場が近いせいか、汽笛の音や、蒸気を吐く音や、重い車輪のとどろきなどが、窓ガラスをふるわせるほど、なまなましく聞えて来た。六助にとっては、毎日聞きなれている音ばかりであったが、今夜はどういうものか、心が切なく揺すぶられるようで、落ちつけなかった。石ころをポロリと落して、崩れるように去って行く新子の後ろ姿が、まぶたのうちに、花火のようにひらめいては消えた。

六助は、身体をもてあましたように、畳に寝そべり、腕を高く折り曲げてまくらにした。

「――おい、ガンちゃん。何か一席やってくれよ」

しばらく沈黙がつづいたあとでふと六助がいい出した。

「うむ……」と、夜空をながめていた富永は、顔をしかめて、頭をボリボリかいた。

一席というのは――六助はあまり本を読まず、楽天的な人間だった。生活力は豊かな方だし、それに素直なカンがはたらき、そう苦労もせず、古い習慣を捨てて新しい生活に入っていける型だった。しかし、何といっても、十分な思想の裏づけがないので、時おり、自分のしていることに、迷ったり自信を失ったりすることがあった。

そんな時に、六助は、学校一の読書家である富永に、忠言を求めるのであった。その忠言は、必ずしも六助がその時当面していた出来事に対する直接の批判とはかぎらず、富永自身の最近の感想といった風なものになることもあったが、ともかくも六助は、富永のゆっくりした、奥行の深い話を聞いていると、気持が休まり、時には勇気がわいて来るのであった。

ついでに富永のことをいえば、彼は六助とはおよそ正反対な性格で、頭につめこんでる思想は豊富だが、生活の仕方はぎこちなく、古くさいところがあった。そして、そういう性格の相違が、かえって二人を親密に結びつけていたのでもあった。

「そうだなあ。さっき汽笛が鳴っていたね……」と、富永は無理がない調子で話し出した。

「君も知ってるように、ぼくは戦争の後期に六カ月ばかり召集された。入営するために汽車で出発する時、大勢の知己友人が見送りに来てくれた。そして小旗をふりながら、熱狂して軍歌をうたった。軍歌が尽きると、今度は例のワイセツなうたの合唱だ。繰り返し繰り返し――。もちろん、ぼくは彼らが、あのうたを文字通りの意味で、死にに行く人間のはなむけにしているとは考えないさ。しかし最も高貴な感激を、ああいう歌で表現するしかすべを知らない日本人の暮し方の貧しさが、氷のようにぼくの心を白けさせたのだ。……

一番厳粛な時、一番下品な歌をうたう。こうしたゆがめられた、惨めな矛盾は、ぼくたちの身のまわりに無数にある。男も女も、異性によってインスパイヤされ、お互いの人格を豊かにしていくということは、神様のみこころに適ったことであるにもかかわらず、男女の交際は汚らわしいと教えこまれていたことも、その一つだ。

もっと身近な例では、ぼくたちのこのバンカラな服装だ。バンカラの所以《ゆえん》は、結局、人の目をひきたい、自己を主張したい、その心理なんだ。それは青年期に当然目を覚ます心理で、これもまた神様のみこころに適ったものだ。それならばぼくたちは、一般の青年男女のように、できるだけ身ぎれいにオシャレして人目をひくべきで、こんなひねくれた、不自然なみえは捨てねばならないと思う。『ワイセツな歌』はぼくたちの間でもうたわれているんだ……」

階下で電話のベルが鳴り響いた。

六助は起き直って、両腕でひざを抱いた。

「そりゃあ、ガンちゃん。青年が質実とか剛健とかいう気性を養うことはいつの時代だって大切なことじゃないのか？　その意味で、ぼくたちの弊衣破帽主義は、先輩が残してくれた光輝ある伝統だと思うがな」

「いや、六さん。その考え方が穴なんだよ。質実とか剛健とかいうことは、もっと自然で素朴な型のものなんだ。ぼくたちの長髪や、紋付羽織や、白い羽織ヒモや、ほう歯の高ゲタなどというものは、その底に鼻持ちならないテライの気持がひそんでいる。質実、剛健とは似もつかないものだ。結局、自分たちの青春をどう表現すべきかを知らないで、『ワイセツな歌』をうたっていることになるのだ。

先輩の残した光輝ある伝統――そういう感傷的で大ざっぱな表現を用いるなら、男尊女卑も、家長中心の家族主義も、地主と小作人の関係も、天皇神権説も、ことごとくが、光輝ある伝統でないものはない。じっさいまた、そういう感情は、国民の間にまだ相当強く潜在しているのだ。

それでだね、具体的にいえば、ぼくは、ぼくらの三、四期あとの後輩は、髪をきれいになでつけ、背広をリュウと着こんでいる――そういう風俗に変って来て欲しいんだよ。もっと、素直で、自然な生活をするようであって欲しいのだ。いいかね、ぼくがそれにしつっこいほどこだわるのは、人間性をゆがめたり、否定したりした生活の地盤には、どんな人道主義的な思想を移植しても、ほんとに根を生やし、育っていくことができないからなんだ。

ぼくたちの先輩はずいぶん勉強した。日本の知識階級は世界の文化人と同一の呼吸をしているかに見えた。それが、戦争の期間中に、あのように惨めな無力さを暴露したというのも、首から下の肉体は、君がいう『光輝ある伝統』――つまり、古い、誤りに満ちた生活環境に満足して浸っておりながら、頭の中だけに、ヒューマニスティクな思想をつめこんでおった。そこに原因があるのだと思う。思想が一つも血肉に溶けこんでおらなかったのだ。

それでぼくは、これからの知識階級というのは、従来のように不消化な思想の蓄積で、青白かったり深刻だったりする代りに、知ることはわずかでも、それが直ちに生活に溶けこんで、積極的な活動力となって作用する——そういう型であって欲しいと思うのだ。当分の間はね……。

結論として、現在の場合、自ら知識人をもって任ずる人たちが一番自戒しなければならないことは、自分たちは昔から物事を民主主義的に考えて暮していた、とボンヤリ信じこんでしまうことだ。これが一番すべり易い穴なんだよ。はじめにかえっていえば、人間性をゆがめた、不自然な生活から、間歇泉《かんけつせん》のようにときどき噴き出して来る『ワイセツな歌』は、いまでも、ぼくらの周囲至る所に、濁ったゴボゴボという音を立てているのだ。

ニセのラブレターを書いて、性的興奮を満足させるというのも、これまた『ワイセツな歌』の現象の一つにほかならないとぼくは思っている……」

富永の話には、無理に絞り出した息苦しさが無い代りに、ザルから水がもれるように、自然ではあるが、盛り上る調子に乏しいところもあった。それと、例の文庫本のカントの『純粋理性批判』上巻を、絶えず両手で丸めたり、ポケットにつっこんだり、また取り出したり、仕草が見慣れていても、少しわずらわしい感じだった。

だが、六助は、富永の「一席」を、濃いミルクでもあるかのように、彼の胃袋に吸収した。

「面白かったよ。……しかしあれだな、理屈はどうあろうと、もしガンちゃんが明日から、髪をなでつけて背広を着こんだところを想像すれば、ぼくにはちょっとつきあいきれない気持がするな」

富永は苦笑した。

「それでありがたいよ。口先でいろんなことをいいながら、古い暮しのカラを一番長くひきずっていくのは、結局、ぼくだろうからね」

その時、階段を登る足音がして、上り口に、六助の母親が顔を出した。

「いま沼田さんから電話があってね、相談したいことがあるから、お前にすぐ来てくれということだったよ。それで富永さんが遊びに来てますがといったら、いっしょに来てくれってさ……」

「沼田さんから？　行くよ。おい、ガンちゃん、行こう」

六助たちが話に気をとられていなければ、電話のベルが鳴ってから、母親が顔を出すまで、時間がすこし長すぎたことに気づいたはずだった。

というのは、沼田が電話で、女学校の島崎先生や寺沢新子という女学生が来てるから、と無造作にしゃべったので、弥吉とおとくの間に、六助を行かせるか行かせないかで意見の対立が生じたのであった。

行かせたくないというのが弥吉で、人にアテにされて顔を出さないでは義理に欠けると主張したのが、おとくであったことも意外だが、結局、おとくの正論が通ったのである。

「沼田さんとこには、女学校の先生や女学生が来てるんだそうだから、二人ともキチンとして行って下さいね。さあ、二人とも足を出して下さい。足だかアカの塊りだか分らないというのでは恥をかきますからね」

「ハイ……」

二人の学生は、子供のように、四本の大きな足を、おとくの前に並べてみせた。それは、アカの塊りよりはやや色が白く、いずれも粗末に洗った大根といった風の代物だった。

富永の足首には、一カ所、かわいたドロのあとがついていたが、彼はそれを発見すると、人差指にツバをタップリなすって、こすり落してしまった。

「ネコみたいな真似をしますね、富永さんは――」と、おとくはあきれて嘆声をもらした。

「さあ、それからハンカチや鼻紙をもってますか。汚れたのはいけませんよ。それから……と、お前さんたちが二階で話していると、ときどき変な音が、下まで聞えて来ることがあるようだけど、あの音は便所の中のほかはさせてはなりませんよ。女の人の前でやると、きらわれますからね。それから――と、ゲタをふいてあげるから待ちなさいよ」

二人が出かけるまで、おとくの注意は微に入り細をうがって、尽きなかった。

外はもうすっかり夜の世界だった。まだ街灯も復活されず、店屋の戸締りも早いので、いきなりでは鼻をつままれても分らない暗さだった。

「いいおふくろさんで君は仕合せだなあ……」

富永はそうつぶやいて、とつぜん、そのおふくろさんに注意された音を、彼の体内から高らかに発した。六助もそれにならった。これは訪問先で礼を失しないためには、当を得た行いであるのかも知れなかった。

「今夜の星はきれいだなあ……」

六助は、天の川がハッキリ見える夜空を仰いでいたが、ふと、柔らかい音量のバリトンで歌い出した。

泉に沿いて茂るぼだい樹
慕い行きてはうまし夢みつ
……………

富永も、幅のあるベースで、それに合せて歌い出した。

沼田の家は、しずかな裏通りの角屋敷にあった。前の二階建の一むねが、診察室や入院室になっており、細長い廊下で、奥の平家建の住宅に通じていた。庭がひろく樹木もたくさんあって、落ちついた住居だった。

六助たちが入って行った時、あけ放した座敷には、沼田と雪子と新子が、大きなテーブルを囲んですわっており、沼田は珍しく和服にくつろいで、ビールを飲んでいた。

和服といえば、新子も、大柄な花模様のあわせを着て、水色の三尺帯を胸高に結んでいたが、におうような女らしさが加わって見えた。

雪子は黒のコスチュームに、清楚《せいそ》なネック・ウェヤーをつけていたが、はだが白く、ひきしまった面長な顔立ちなので、その色彩がスッキリとうつって、目が覚めるようにすがすがしかった。ビールを飲んだとみえて、目のふちを少し赤くしていた。

「やあ、いらっしゃい。これでわが党の人間が全部そろったことになる……」

沼田は上機嫌《じようきげん》で二人の後輩を迎え、島崎雪子にそれぞれ紹介した。そして、手をたたいて、年とった雇い女を呼び、コップを二つとり寄せた。

「さあ、注《つ》ごう。……ところで六さんや富永君は芝居ができるかね?」と、沼田は二人にビールを注いでやりながら、とつぜんな事をいい出した。

「ぼくはできないけど、ガンちゃんはうまいですよ。この前の寮祭に、ゴーリキーの『どん底』をやった時、ガンちゃんは巡礼のルカ老人で大当りをとったんですから」

「そりゃあ頼もしいな。それほど上手でなくてもいいんだよ。……今度のことでね、二、三日中に父兄会が開かれるに決ってる。私立学校の悲しさ、蚊傷ぐらいのことでも、いちいち父兄の意見を求めなければ、物事が決らないんだ。大体この、私立学校というものは、創立の趣旨にはたいへん結構なことを述べてあるが、もうかる商売ではないからすぐ経営難に陥る。そこで金持の父兄から寄付を仰ぐ。すると寄付した父兄は、寄付の代りに、学校に対する発言権を握る。そうでなく、金はやる、あとは貴方がたの好き勝手にやりなさい――。そういう大きな腹がもてる段階に、日本の金持はまだ達しておらんのだね。

ところでだね、その父兄会が、大体、今度の出来事の成行きを決めることになる訳だが、ぼくは出席して大いに闘う。しかし、ぼく一人ではどうしたって心細いから、六さんや富永君にも、保護者代理ぐらいの資格で出席してもらいたいんだ……」

沼田はビールのせいか、いつになく雄弁だった。

六助と富永は、困ったように顔を見合せた。

「――だって、先輩。まるっきり縁故が無いものを、そんなことをいったたって無理ですよ」

「いや、構わん。保護者が出席できない事情にあるミーちゃんハーちゃんを、ぼくが調べて置くから、当日君らはそのミーちゃんハーちゃんの父兄代理と名乗って、もっともらしい顔をして入場するんだ。何だったら、ぼくの背広を二人に貸して上げてもいい」

「――つらい役目だなあ……」

六助と富永はもう一度顔を見合せた。

「町の民主化のためだよ。むかし韓信《かんしん》は人のまたぐらをくぐったというから、それに較べれば、女学校の父兄代理ぐらい何でもない……」

雪子と新子は、六助たちの当惑ぶりを、温かい微笑を浮べて見守っていた。

「先輩がそれほど言うんでしたら、出席してみてもいいですが、ただ黙っていればいいのですか?」

富永の口調はいかにも自信がなさそうだった。

「いや、君には大役が一つある。六さんは、食って遊ぶほかに能無しという型だから、黙ってすわっていればいいんだがね……」

笑って頭をかいている六助に、新子が片目をつぶって、イー! という顔をしてみせた。

沼田は、富永のコップにビールを注いでやりながら、

「君にはね、父兄会で議論がはじまる前に、一般論を述べてもらいたいのだ。つまり、今度の出来事は、地方の封建性を露骨に示したものであるが故に、この際、徹底的に校風を改革しなければならんという意味のことを、なるべくむずかしい哲学的な言葉をたくさん使ってしゃべってもらいたいのだ。これは威嚇《いかく》射撃であり、同時に煙幕の作用もする。そのあとで、具体的な討議に入るが、これらは恐らく醜悪にして愚劣なものになるだろうから、ぼくがやる。白を

黒と言い、黒を白と言い、相手の首根ッ子をつかんでグイグイ地面に圧しつけるようなことをやるんだ。こちらもやられる。それに耐える神経と気力がなければ、勝つことがむずかしい。ぼくは市会議員を一期勤めてそれを経験したんだがね……」

「ふーむ」

富永は返事の代りに大きな嘆息を吐いた。

「やれよガンちゃん。ポケットにいつもの倍ぐらい本をつめこんでいけよ」

六助に変なあおり方をされて、富永は苦りきった顔をした。

「それあ、いよいよの場合、やってもいいですよ。ほんとを言うと、ぼくは今日はじめて事情をきかされたんで、実感はうすいんだけど、でも、さっき新子さんがギャングたちの一人をなぐるところを見て、美しい行為だと感激したんです……」

「ほう、寺沢君はなぐったのかね？」と、沼田はおどろいたように雪子の方をながめて、

「島崎先生は、さっきそこだけぼくに省いて話したんですね……」

「ええ。必要ないことだと思いましたから……」

雪子は赤くなって、目をそらせた。

「美しき行為か。——そういう表現もできるもんかね」

沼田は感心したように首をふった。

雪子は軽いせき払いをして、庭の暗やみをながめる風をした。うらを知ってる六助は、おかしくて仕方がなかった。

「いずれにしてもそんな風じゃ情勢は悪化するばかしだね。じつはさっき父兄会の幹事長をしている、井口甚蔵という市会のボスから電話があって、五年生の代表と称する生徒たちが二度も訴えに来てたが、一体どういう訳なんだ、と尋ねて来ていたが、暗にぼくに手を引けとおどかしているのさ。調べてみると、松山浅子の父親も田舎政治家で、井口とは兄弟分の関係なんだね……。寺沢君、こうなったら君にはもう一切責任無しだ。問題は君から離れてしまって、もっと一般的なものになってしまったんだ。メソメソしてはいかんぞ。メソメソは美しき行為とは認め難いよ、なあ富永君」

自分の名前が口外された時から、何となく沈みこんでいた新子は、そう言われて、弱々しく微笑した。

その時、廊下を踏むピタピタという足音が聞えて、笹井和子が、眼鏡のお化けのような顔をヒョッコリのぞかせた。

「あれ、変な子がやって来たよ。……どうしたね、お腹でも痛むのかね?」

沼田は、ふに落ちない顔で、室に入って来た笹井和子を見上げた。

「いいえ。家では病気の時、みてもらう先生がちゃんと決ってます」

和子は恐ろしくとりすました様子で、雪子と新子の間にすわった。

「ごあいさつだね。——子供にビールはやらないから……」

「いらないわ、そんな苦いもの。でも私、ビール一本、ヤミでいくらだか知ってるわ」

一年生にしては、いうことが手きびしい。沼田もタジタジだった。

「どうしたのよ、和子さんは。そんなにムクれるもんじゃないわ」と、雪子は和子の身体に手をまわして、なだめにかかった。

「だって先生。私の家からここへ来るまで、大きな犬のいる家が二軒もあるのよ。その犬、人をかむこともあるんだわ。そういう危険を犯してやって来たのに、沼田先生たら私のこと変な子だって——」

「ああ、取り消すよ。謝るよ。……何か情報をもって来たんだね」

「そうよ。でもこの人たち、どんな人?」

と、和子は六助と富永を、人差指でつぎつぎに指さした。

「味方だよ。それで——」

「ちゃんと紹介してよ」

「一人前だなあ。島崎先生のイキがかかった子は扱いにくいよ。……紹介する。背の高いのが富永安吉君で、低いのが金谷六助君だ……」

「私、笹井和子と申します。どうぞ、よろしく。ホホ……」

和子はひどく満足そうだった。

「ね、沼田先生、私の家に間借りしてる人、新聞社に勤めてるの。その人、いま刷り上った明日の新聞だって、さっきくれたんだけど、たいへんなことが載ってるのよ……」と、和子はポケットから折りたたんだ新聞をとり出して、まず沼田に渡した。

新聞はつぎつぎとみんなにまわされた。それには、

「制服の処女、学園の民主化を叫ぶ」という煽情的《せんじようてき》なミダシで、

「終戦後、学校の民主化運動は生徒自体の下から盛り上る熱意によって、全国的に高まりつつあるが、市内某私立学校においても、生徒が校内風紀を自主的に解決せんとする試みに、一女教師が無理解な弾圧を加えたことに端を発し、生徒の学校当局に対する不満は爆発寸前の状態に悪化し、これをめぐる父兄会の動きと相まって、今後の成行きが注目されるに至った……」

という記事が掲載されていた。

「まあ。ひどいわ。まるっきり反対なことで、しかももっともらしく書いてあるわ」

雪子は腹を立てるよりも、あきれたという口ぶりだった。

「そんなもんだろうな。世間でいま騒いでいる民主化とか何とかも一皮むけば、半分ぐらいはそういう正体のものではないかな……。しかし、この記事であおられて、生徒も職員も父兄も

硬化するだろうし、苦戦だな」と、沼田はくちびるをかんで考えこんだ。

それを受けて、富永がおだやかに自分の意見を述べた。

「ぼくはかえっていいと思います。今度の事件はどっちが悪いのかな——一般にそういう中途半端な気持でいられるよりも、この記事であおられて、生徒や父兄の中にひそんでいる封建的な毒がすっかり吹き出してしまい、今度のことではニセ手紙の側が正しいと信じこむ。そういう状態の相手と闘った方が、大局から見て、効果的だとぼくは思うんです」

目玉のギロリとした、そまつな風貌《ふうぼう》の富永が、あんがい立派な意見を吐いたので、雪子は好意のこもった眼差しを向けて、

「私もそう考えることにしますわ。どっちつかずの相手では、かえって扱いにくいということもあるでしょうからね……」

「それあ意見や考え方としてはハッキリして気持がいいかも知れないけど、問題は現実のことですからね。ぼくらは自分たちの力を過大に評価することはできませんよ。同時に世間の力を見くびることも禁物だと思うな」

沼田は多少苦々しい調子でいった。表面に立って闘うのは、結局彼一人であろうことが予想されたからだった……。

「あら、あら。この人、眠りこんじゃって……。早く帰して上げないと、家で心配するわ。第

一ここへ来たんだって、断わって来たのかどうか……」

ふと、雪子は、自分にもたれてスウスウ寝息をもらしている笹井和子に気がついて、頭に手を当てて揺すぶり起した。

「和子さん……和子さん。眠っちゃだめよ、貴女もうお帰りなさい」

和子は目を覚まし、小さなアクビをして、みんなの顔をボンヤリながめまわした。

「帰って寝るんだ。うちのばあやに送らせるからね」

沼田が手をたたこうとすると、和子は目をハッキリさせて、恐ろしくませた口調で、

「それでもいいけど……。でも、外国では、婦人が夜道を歩く時に男の方が送って行くことになってるんでしょう。なぜって、途中に大きな犬が……」

みんなプスッと吹き出した。和子はふくれ面をして口をつぐんだ。

「それあ、まあ、君だって婦人の一人に違いないね。……だれか送って行ってくれるかね?」

と沼田は笑いながら、六助と富永の方に目を向けた。

「ぼくが行きましょう」と富永がさっそく応じた。そして六助が「ぼくもいっしょに……」といいかけたのに、

「君はもう少し経ったら新子さんを送って上げ給え……」と柱時計を見上げながらいった。

時間は九時半をすぎていたのである。

「富永さんはほんとに親切でいらっしゃるわね。オホホホ……」と、和子はひとりで満足そうだった。

沼田は、太いまゆを、大げさにしかめてみせ、

「やりきれないなあ。そのオホホホだけは止めてもらいたいんだがね。キャッキャッとかキッキッとか、もっと一年生らしい声を出してもらいたいもんだね」

和子はそれに対して、自分も顔をゆがめて、ペロリと舌を出してみせた。

まもなく、富永と和子は星空の下の夜道を歩いていた。和子の頭は、ようやく、富永の胸ぐらいまでしか達しない。その胸の所で、ペチャクチャと際限ないおしゃべりがつづけられるので、富永はくすぐったくて、困った。

それは、島崎先生と寺沢新子の今夜の服装の批評からはじまって、六助が美青年であること、沼田は診たてはいいんだけど、口が悪いから患者がふえないということ、自分の家の家庭の話など、大人と子供の観察がチャンポンに入り混じっているので、聞いていると、目がまわりそうだった。

しかし決して不快ではなかった。

遅い月が上ったとみえて、道の上に、うすい影が浮くようになった。

両側の家々はひっそりと寝しずまって、トタン屋根にあおい月光が流れていた。

「犬よ！　犬だわ！……」

和子の果てしないおしゃべりは、どこかのかきねの下から、あまり大きくない一匹の犬が現われ出たことで、ピタリと中断された。

その犬も寂しいのか、しっぽを振って、二人のあとについて来た。和子は、富永の右に添ったり左に隠れたりして、犬から遠ざかるようにしていたが、とうとう富永にすがりついて立ち止り、

「ね、貴方、背が高いでしょう。私、貴方におぶさることができるわ。そう思わない？」

「そう思いますね。どうぞ！」

富永は腰をかがめて和子を負った。犬はまだついて来たが、和子は安心してまたおしゃべりを復活させた。

「ね、うちの叔父ったら、このごろ食糧の買い出しにばかり行くんで、背中に何か重い物が載ってないと気持が悪いくらいですって。オホホホ……」

「いやあ、お世辞をいわんでもいいです」

「富永さんは探偵小説が好き？　私、少し研究してるのよ。なかなかためになるわ。私の研究してるのは、捕物帳みたいなつまらないんではなく、推理や心理の探偵なのよ。ね、富永さんに簡単なテストをしましょうか。馬一匹でひく綺麗な馬車があるの。それを馬でなく、かえっ

て二週間ぐらいのヒヨコに絹糸をつけてひかせるとします。ヒヨコ一羽の力は五千分の一馬力だとしたら、馬車をひっぱるのに幾羽のヒヨコが必要ですか」

「それは五千羽でしょう——」と、富永は真面目くさって答えた。

「オホホ……違いました。ヒヨコは何万羽おっても馬車などひけません。そこに理屈と実際の違いがあるのです。名探偵は富永さんのような過ちを犯しません。オホホ……」

「——ぼくは探偵はきらいですよ」

「まあ。探偵がおらなかったら、第一、面白い探偵小説ができないじゃありませんか。……でも、私、自分が小さい王女様であって、何千羽というヒヨコに色とりどりの絹糸を結びつけて、金ピカのお馬車をひかせてみたいと思うわ。太陽はキラキラと輝いて、ヒヨコはピヨピヨと鳴いて、私のお洋服の宝石はピカピカと光って、まあなんてすばらしいんでしょう……」

和子は富永の背中の上で、飛び上るようにした。

「ぼくは王女様の臣下にしていただきましょう。そして、王女様がいらなくなったヒヨコをときどきお下げ渡し願って、チキン・ライスをこさえて食べますよ」

「まあ、いやしい！……学校の寮では二合五勺《しゃく》ですか？」

「二合五勺です。それにぼくたちが作ってる学校菜園の収穫物で補いをつけています」

「そお。発育盛りなのにお気の毒ね。一体、政府は何を考えているんでしょうネエ」

「いや、どの政府も一生懸命なのだと思います。しかし……」

「政府は……ヒヨコは……私のお馬車は……」

それっきりおしゃべりが止んで、背中の荷物はズッシリと重みを加えた。

富永安吉は、童話的な興奮に浸りながら、月夜の裏町をズンズン歩いて行った。

とある四つつじに出た。

冷たい夜風が、横の通りを、右から左に吹き抜けていた。

そこまで来て、富永は、和子の家がどこにあるのか、聞いておかなかったことに気がついた。

（さて！）

富永は途方にくれて、空を仰いだ。

月は、高い所で、さえた光を放っており、白い綿雲が二ひら三ひら、澄みかえった紺青《こんじょう》の空に、動くともなく流れていた。

どこかで法事でもあるのか、坊さんのお経を読む声が、風の紛れに聞えて来た。

探偵心理のテストに落第した富永には、いつまで立っていても、和子の住所が推理できる訳がなかった。ただ、スヤスヤもれている和子の寝息の中に、夕食にでも食べたらしい、干しにしんのにおいを、かすかにかぎつけただけであった。

しかし、沼田の家にノメノメと引っ返すのはバカげてると思った。で、富永は、ズリ落ちそうになる荷物をグンとせり上げて、月の光が浸《し》みこんだ夜の町を、またゲタを鳴らして歩き出した。

アテはなかったが、たくさんある家のどれかだろうという、あわてない、大まかな気持だったのである。

和子の方は、夢で、ヒヨコの馬車に載ってるつもりかも知れなかった。そういえば、まだ学生の身分である富永など、人生のヒヨコであると考えられないこともない。目玉のギロリとした、ずいぶんむさ苦しいヒヨコではあるが……。

いつのまにか、彼は大通りに出ていた。荷物の重さが加わるにつれて、彼の気持もだんだん余裕が無くなった。そして、自分自身が迷子にでもなったような、変な錯覚にとらえられたりした。

富永安吉は、今度こそ途方にくれて、大通りの橋の上に立ち止った。両岸の屋敷の間にひらけた、五重塔がある、遠い高台の森の、墨絵のような景色をながめたり、チカチカと金色に光って流れる足もとの河水をながめ下ろしたりしたが、いい知恵は浮ばなかった。

ふと、右手の空が赤く燃えているのに気がついた。

火事であった。

空の一かくに、赤い、太い火炎の柱が、すさまじいうずを巻いて立ち上り、崩れてはまた巻き上った。家の燃えはぜるパチパチという音とともに、火の粉が雨のように降っていた。

遠い所ではなかった。そして、町はまだひっそりと静まっていた。

富永は、ゴボゴボと物の煮えたぎるような音をたてて空を焦がす、赤い炎の勢いをながめ、ああ美しいな——とそれだけ感じた。

そのうちに半鐘が鳴り出し、町はにわかに騒々しくなった。人が駆け出し、消防自動車も非常ベルをガンガン鳴らして走って行った。

和子はやっと目を覚ました。

「火事だわ。私、帰らなきゃあ……。そして荷物の支度をするの」

「貴女の家は近いんですか？」

「いいえ、反対の方だけど、でも私には大切なものがたくさんあるの」と、和子は富永の背中からすべり下りた。

「万一の時は、私、バスケットと子ネコを抱えて、貴方の寮に避難するかも知れないわ。ね、いいでしょう。さよなら。まあ、火事だわ、どうしたんでしょう、まあ火事だわ……」

和子はまだ寝ぼけが覚めきれない風で、何かつぶやきながら、人の流れに逆らって、うすくらがりの中に走り去った。

富永は、帽子で汗をふきながら、そのあとを見送っていたが、やがて自分も人の流れの中に入り、だれとも歩調が合わないゆっくりとした足どりで、火事場の方に歩き出した……。

＊　＊　＊

そのころ、六助と新子は、沼田医院の屋根の上で、火事をながめていた。二人とも、雪止めのタル木に腰を下ろし、ひざの上にほおづえをついていた。

火はさかんに燃えていた。その明りで、屋根の上の二人の姿は、影絵のようにクッキリと浮き出してみえた。

あちこちで鳴らす半鐘の音が、中空で、固い、不気味な反響を呼び合い、その余韻がみんな二人の身辺に吸い寄せられて来るようであった。

もう一つ高い所では、下界の出来事にかかわりなく、月が青白く照っていた。

「恐いわ――」と新子は、足もとが軽く浮いて来そうで、六助の方に身体を近づけながらつぶやいた。

「――夜中にこんな大きな火を見ていると、人間には原始人の感覚がよみがえって来るんだとさ」

「原始人の感覚って――?」

「喜びも悲しみも恐れも、すべてひどく単純なんだよ。長い間の社会生活で習慣づけられた、礼儀だの体面だの義理だの人情だの、そんなわずらわしい心遣いは一切無くなるんだ。そしてただ、そのときどきの衝動で行動する。だから善もなければ悪もない世界なんだよ。

あの火を見ていると、ぼくは遠い先祖たちの、そうした単純な感覚が呼び覚まされるような気がするんだよ……」

六助は身じろぎもせず、赤い空をながめながらいった。新子は、息をのんで、六助の横顔を見つめた。

赤い、ほのかな照り返しの中に、半分は柔らかい影に包まれ、額から首筋まで、一筆で書き下ろしたデッサンのように力強い輪郭が浮き上ってみえた。それは、男の顔であり、男の首であった。それはまた、善もなければ悪もない、衝動で行動するという原始人の横顔でもあった。

新子は、自分の身体の奥底からも、それに応じて動き出そうとする生き物の気配を感じて、かすかに身ぶるいした。

「でも、六助さん。今日の世界に生きてる私たちは、そういう原始人の感覚を、自分たちの上に許してはいけないんだわね。でないと、動物と同じことになっちまうわ」

「そうだとも――」と、六助は強くうなずき返して、新子の顔をながめた。

二人は、お互いの目の奥に、血の臭いにまみれた、はだかの魂をのぞくような気がした。そして、熱い吐息が、のどを生ま生ましく膨らませるのが、お互いの肉眼にハッキリ映った。

ふと、六助は顔をそむけて、いいつづけた。

「それあぼくたちは人間であることをほこり得るような生活をしなければならないさ。だが、富永の説によると、人間はいつの時代でも原始人の感覚から完全に脱けきるということはできないという。つまり、文化というのは、人間が原始時代からもってる欲望をどう処理するか、その段階だというんだ。たとえば、食欲について考える。原始人は、空腹を感じると、いつどこでも、手づかみでナマの物を食べた。ぼくたちは空腹という感覚から今日でも脱け出すことはできないが、しかし、時間を定め、清潔な食器を用い、食物をさまざまに調理して、空腹を満たす。これが文化だというんだね……」

赤い大きな火の粉が、熱した空気にあおられて、二人の身近に飛んで来た。その行方《ゆくえ》を目で追いながら、新子は、六助が次にいい出すはずの言葉を待った。

「それでだね……」と、六助も火の粉の行方を見定めてから言葉をつづけた。

「そういう文化という見地から日本人の食事法を考えると、腹を満たす量だけ考えて、質を吟味するまでの段階には達しておらなかった。――戦《いく》さに負けたばかりの今日の場合は特別だがね。

この傾向は男女関係の上にも現われて、一対《つい》の男女が夫婦となって家庭を営んでいくという形式には変りはないが、日本人は、真面目な精神力を費やさなければならない恋愛を敬遠して出雲《いずも》の神様だの、三々九度のさかずき事だのという簡単なオマジナイで、男女が結びつく習慣をつくった。

そして、そういう暮し方の根底に横たわっているものは『要するに――』という、安易で消極的な人生観なんだよ。食事は、要するに胃袋を満たせばいいんだし、男女は、要するに夫婦となって子供を生めばいい。むずかしいことはいわんで、間に合せていけばいいという主義だね。素朴だといえば、そうもいえるが、しかし、そういう素朴さを合理的に高めていく過程が文化というものなんだから、やっぱり、もっとまっすぐな、骨おしみをしない生活に改める必要がある……。

ただその場合、注意しなければならないことは、日本人は観念主義者だから、民主主義だの、恋愛だの、人間の基本的権利だのという言葉がもち出されると、それを迷信染みたものにしてしまい、それをうのみにしてしまえば、何もかもよくなるんだという、安易な考え方に陥りやすい。そこを警戒しなければならない訳だ……」

六助は、よその火事を高見の見物しながら、なぜ富永の受け売りにすぎない、そんな抽象的な長話をしなければならなかったのか、自分にも分らなかった。

だれか、それは、自分が衝動で行動する原始人ではないということを、自分自身にいい聞かせるためなんだと説明してやったら、彼はどんなに顔を赤らめたことであろう。

火事はいくらか下火になり、半鐘も間遠くなっていた。眠りを覚まされた夜ガラスが、ガオガオ鳴きながら、空を横ぎって行った。羽の音がバシバシと聞えるぐらい近い所だった。

「むずかしい話で、私にはよく分らないけど、では六助さんも将来は恋愛結婚ってわけなの？」

新子は六助の顔をちかぢかとのぞきこんで尋ねた。その目には、赤い火のあかりがほのかにうつって、不思議な魅力を宿していた。

「ぼく？——それあまだ分らんよ。実際問題となると別だもの。なぜって、男女の交際が、家庭からも社会からも締め出しをくってる現状では、健全な恋愛なんて、なかなか育ちにくいからね。環境と機会しだいだと思うよ……」

「でも、それじゃ、卑怯だと思うわ。正しい生活に対する認識があって、正しい生活の環境をつくろうとする努力がないというのは……。みんながそんな消極的な態度でいたら、いつまで経っても世の中が改まらない訳でしょう？」

「責めたってダメだよ。ぼくには先駆者的な情熱が無いんだから……。いまのところ、ぼくの生活のモットーは、よく遊び——よく眠れという事なんだ」

「遊んで眠ってどうなるの？」

「——飯をよく食うっていうことかな」

「世間ではそういうのを、バカの大飯食いって言うんじゃないのかしら？」

「ひどいヤツだ——」と六助は苦笑したが、はじめて気楽そうに大きな息を吐いた……。

＊　＊　＊

六助と新子が、屋根の上で、若い感傷を未熟な会話に託していたころ、農村へ通ずる街はずれの国道を、二台の自転車が並んで走っていた。沼田玉雄と島崎雪子であった。

火事を見るために、みんな屋根に上り、若い二人を残して座敷に引っ返してまもなく、看護婦が来て、A村から急病人の迎えが来たと告げたのだ。

「それあ困るな。先生は留守だっていってくれよ」

ビールで気分がよくなっている沼田は、だいぶ大儀そうだった。

「お客さんだからと、そう申したんですけど……」と、眼鏡をかけた人の好さそうな若い看護婦は、当惑したように答えた。

「だめだな、君は。これからの看護婦養成所では、教授課目の中に、居留守を使う技術を加える必要がある。島崎さん、女学校でも、社会科で、借金いいわけ法といった風な、もっと実際的なことを教える必要がありますね。どれ、ぼくが行って断わってくる」と、沼田は立ち上った。

「いけませんわ、先生。行って上げなさい。向こうは一命にかかわるかも知れないんですもの」

雪子は心配して、あとからついて行った。

医院の玄関には、背の低い、ガッシリした身体つきをした、五十がらみの百姓が立っていた。

「君かね？　先生は火事にかけ出して行って、いないよ。うちの先生は昔から火事騒ぎに夢中になる方でね」

沼田は、敷台の上から百姓を見下ろすようにして、ズケズケといった。

「へえ——」

百姓は何も聞えなかったかのように、ボンヤリ沼田の顔を見上げていた。

「まあ、あんな事をいって……。ウソですよ。この人が先生なんですよ。少しビールを召し上ったから大儀がってるんです。必ず行かせますから……。病人はどこが悪いんですの？」と、

雪子は見かねて傍から口を出した。

すると、百姓は腰から汚れた手ぬぐいをとって、汗ばんだ額をこすりながら、

「奥さんは親切でがすよ。男ってえものは、酒を飲むとダラシ無くなっちまって、自分が居るのに居ねえと思ったり……いろいろバカになるだよ。わしも今夜、寄り合いでドブロクを少し飲んだもんで、ここまで来るのに、二度も自転車から転げ落ちただよ。男って……なあ、先生、

イヒヒヒ……」と、きいろい歯をむいて、大声で笑い出した。なるほど酒臭い息だった。雪子はあきれた。

「困った人ね。貴方、病人の話はしないんですか?」

「おお。わしの孫だよ。五つだがね。朝のうちは何ともなくて、昼すぎから少し元気がなくなり、夜になったら急にグッタリして、呼吸遣《いきづか》いが苦しげになっただよ。嫁が泣き出す、ばあさんはギャアギャア騒ぐ。わしは寄り合いから呼びもどされて、ここへ寄越されただよ」

「何だってまたぼくの所に来たんだね? A村からなら、もっと近い所に医者がいくらもいるのに……」と、沼田が、まだ不機嫌な様子で尋ねた。

「それがな、先生。ばあさんがイタコ(神下ろしをする女)をよんだだよ。そしたら、イタコが、医者を呼ぶなら、ウシトラの方角で、屋敷内に大きな樹がある医者がいいというんですだ……」

沼田の裏庭には、遠くからでも目立つ大きなイチョウの木があった。

「ふむ。変だなあ。ウシトラの方角で、屋敷内に大きな樹がある医者といえば、ぼくのことかも知れないが、何から割り出してそんなことをいうのかなあ。世間には農村のイタコと協定を結んで、病人を自分の所に寄越すようにさせてる医者もあるという話をきくが……」と、沼田は雪子に聞かせるようにいった。

「そらあ。先生。神様がイタコに教えるだよ」と、百姓が答えた。

「神様が——。それじゃ神様がお前さんやわしの酒飲みの邪魔をしたという訳か。わしはそんな神様は信じないね」

「先生、おらも信じねえよ、ヒッヒッヒ……」と、百姓は陽気に笑い出した。彼はどうやら沼田の人柄が気に入ったらしい様子だった。

「ふむ。じゃ、ともかく、支度して行ってみるからな。お前さんは一足先に行って、村の入口で待っててくれ」

「へえ。奥さん、おら、今度町へ来る時、新米でついた餅か野菜をもって来るだからな」

百姓は雪子に向って、ピョコリと頭を下げると、はげ上った額にはち巻をしながら、外に出て行った。

「貴女も医者の細君を三年間勤めたら、今夜のように感傷的でなくなると思うがな」

沼田は座敷に引っ返しながらブツブツいった。

「いいえ。私は一生涯《いっしょうがい》でも、夫を患者の要求に従わせるでしょう……」

「やりきれん……」と、沼田はまるで、自分が夫でもあるかのように、まゆをしかめてつぶやいた。そして、ふいと思いついたように、

「どうです、島崎さん、これから貴方もいっしょにA村まで行ってみませんか。自転車で、片

道三十分ぐらいです。農家の暮しぶりをのぞいてみるのも参考になると思いますよ」

「私が——？　行ってもいいわ。私が貴方にすすめたんですから……」

二人は身仕度をして外に出た。

月が照っているので、夜道でもそう危ないことはなかった。それどころか、自転車の速力が涼しい風を呼ぶので、かえってすがすがしい気分だった。

町を出ると、両側に、植付を終った水田がひろびろとひらけて来た。苗のすき間の水面に、月の光がもぐりこんでるせいか、全体に青く煙っているように見えた。

部落が黒い塊りをなしてところどころに散在し、赤い、かすかな灯《ひ》が、チカチカとふるえていた。——風も倍ぐらいに強くなった。

「ああ、いい気持だ。これで道路がよければ、快適なドライブなんだがな……。のどが渇きませんか。ぼくはやけつきそうだ……」

最初の部落に入ると沼田は自転車から下りた。そして、両側の農家をちょっと物色していたが、ふと一軒の農家の屋敷の中にズカズカと入って行った。

「あったあった……。井戸がありましたよ。貴女もいらっしゃい……」

雪子が屋敷の中に入って行くと、沼田はかいきねの裏の井戸端に立って、いきなりガラガラとつるべを落してやった。その歯ぎりっこい無遠慮な音が、あたりの静けさを破って不気味に鳴りひびくので、雪子は思わずヒヤリとさせられた。

「怒られないんですか――」と、雪子は傍のカヤぶきの農家を見上げながらつぶやいた。

「水は土からわくんですからね」

沼田は、くみ上げたつるべオケに顔を近づけて、ゴクゴクと音を立てて水を飲み出した。

「ああうまい。貴女もどうぞ……」

沼田はオケから顔をはなすと、手の甲で、ぬれた口のまわりをこすった。

雪子ものどが渇いていたので、しゃがんで、オケから口うつしに飲んだ。月の光がオケの中にもさしこんで、金を溶かした水を飲んでるような気がした。

と、農家の勝手口の戸がガラガラとあいて、短いももきりの着物を着て、すねをむき出した老人が敷居の所に姿を現わし、じっとこっちを伺いながら、

「だれだね？」と、しゃがれた声で呼びかけた。

「水を飲ませてもらったんだ。……ぼくは医者だが、A村の急病人の所へ呼ばれてね」

「そうかね。あんた医者かね？……中風《ちゆうふう》をなおす薬は無いものかね？」

「無いね。いまのところ、中風には医者よりもイタコの方がきくね。だれだい、お前さんかね？」

「いや、ばばあだよ」

老人は、戸口に影のようにつっ立ったきり、黙っていた。

沼田と雪子は往来に出た。町の方を見ると、火事の名残りが、まだほの赤く空の一ヵ所を染めていた。

雪子は不思議な気がした。こんな夜更《よふ》けた田舎道を自転車で走っている。それが、昨日から自分の身にふりかかってるトラブルとどんな関係があるというのか？　何もありはしない。そのくせ、雪子はこうしていることが、しっくりして、楽しい、いい事のような気もするのだった。

「沼田さんはきっと、両親に可愛がられて腹いっぱいなわがままを言って育ったんでしょうね？」

雪子は自転車を沼田の方に近づけながら話しかけた。

「それあ可愛がられたでしょうね。でも、何でそんな事をいうんです？」

「いえ。貴方は世の中が自分のためにつくられてるように振舞ってるからですわ。今夜のことだけ考えても、平気で居留守を使うかと思えば、すぐ気が変って出かけて来る。よその井戸の水を勝手に飲む。そして、貴方だと、何をしてもそれが当然のように、板について見えますわ……」

「困るな。そうぼくをジロジロ観察しないで下さいよ。……高等学校で教わった英語のテキストの中に、カーライルの文章がありましてね。その中に『人は多くのことを議論することによって生くるにあらず、ある事を信じて生く』という意味の言葉があって、ぼくはいまでも記憶してるんですが……」

「人によっては危険性の多い格言ね。なぜって、無知な人ほど、つまらんことを、バカの一つ覚えのように信じこんで、ゆがんだ生き方をしてることが多いですからね。ある事を信じて生きるのは結構ですが、そのある事は、やはり多くの議論や多くの思索の結果、得られたものでなければならないと思いますし、またいったん信念となったものでも、それは始終反省に上されていなければならないと思いますわ」

「そしてぼくにその反省が不足してる。――それはぼくも認めますがね。しかし、議論や思索ばかりで、それから生活上の信念を生み出せない学者や思想家が、日本には多すぎはしないかとぼくは思ってるんですよ……」

その時、二人は道端にある物を認めて、足を止めた。さっきの百姓が、切石に腰をかけ、自転車を抱えこむようにして、大きないびきを立てて眠っていたのであった。

月の光を満身に浴びて、うらやましいような寝相だった。

「のんきなオヤジだな……」と、沼田は傍へ寄って、百姓の肩をつかんで揺すぶり起した。

百姓は目を開いて沼田を認め、それから雪子の方を透かすようにながめた。

「奥さんもいっしょけえ、先生……」

「君は奥さん奥さんていうけれど、奥さんじゃないよ。友達だよ」

「トモダチ?……先生、年寄りをからかうでねえだよ。自分を自分でねえといったり、奥さんをトモダチといったり、そんなことは面白くねえだよ」

百姓はきげんをそこねたらしく、自転車をひきずって、一人でボソボソと歩き出した。その、率直らしい人柄が、思わず雪子を微笑《ほほえ》ませた。沼田は口笛を吹いていた。

しばらく歩いてから、百姓は、どれも同じ構えをした、庭のひろい屋敷の一つに入った。

「ここがわしの家だよ。あんた方、さきに入って下せえ。わしはみんなの自転車を片づけて行くだから……」

入口の戸をあけて、中の土間に踏みこんだ瞬間、雪子は「アッ」と低く叫んで、沼田にしがみついた。土間の右手がうまやになっており、顔の長い裸の馬が、いきなり雪子になま温かい鼻息を吹っかけたからだった。

上り口から、大きな炉を切った台所になっており、そのさきに座敷が二間あったが、沼田たちが入って行った時、ソダをくべた囲炉裏の傍に、この家の主婦らしい肥ったお上さんが、両手をほおに当ててつくねんとすわっており、もう一人、えりに白いキレをかけた老婆が、座敷の仏壇の前で祭文《さいもん》を唱えていた。

「病人はどこかね?」

沼田は勝手に上りこんで、炉端につっ立ったまま尋ねた。その声を聞きつけたのか、台所の左側の暗い室から、じゅばんに赤いえりをかけた、若い、丈夫そうな身体つきの女が出て来た。

「病人を、寝間へ寝かしておいてはダメだな。すぐ座敷にうつすんだ……。ばあさんも手伝いなさい……」

沼田は、何も聞かないうちからそういって、暗い室の方へ歩き出した。その室へ入ると、ホコリともアカともつかない、刺すような臭気がムッと鼻を衝いた。

「これは寝間といいましてね、小さな窓が一つぐらいあって、年中しめ切りにしておくんですよ。万年床です」

沼田は雪子にそう説明して、ほかの室からさす明りでやっと見える、寝ている病人のまくらもとにまわった。そして、雪子にも手伝わせ、四人で病人をフトンごと抱え上げて、明るい座敷にうつした。

患者は男の子だった。顔色が青ざめ、白いうす目をあけて、乱れた、せわしい呼吸をつづけていた。一目見て重態であることがわかる。

「どんな工合だな、先生、せがれが復員して来ねえうちは、この子を殺したくねえだよ。嫁もそういうて泣くだ……」

いつのまにか主人の百姓も傍に来て心配そうにのぞいた。

「疫痢だ。だいぶ弱ってるな……」

沼田は、必要な手伝いを雪子に命じて、患者の腸を洗ったり、注射をうったりした。そして、一通りの手当を終ると、台所の炉端に来てすわった。

「イタコは何といってるね？」

「イタコは必ずなおるっていいますだ」と、目を赤くはらした嫁が答えた。

白いえりがけした老婆のイタコは、ロウソクをとぼした仏壇の前で、まだブツブツ祭文を読んでいた。

「ふむ。じゃあちょっとあのばあさんを呼んでくれないかね」

沼田にそういわれて、お上さんは座敷の仏壇の前から、老婆のイタコを炉端につれて来た。目に白くホシがかかり、もう相当な年らしいが、ほおにはツヤツヤと赤味がさし、明るい童顔をした老婆だった。

「ぼくはウシトラの方角の、屋敷内に大きな樹がある医者だが、お前さんの神様は病人のことをどういってるかね？」

「ホオ。なおるとも。先生。神様はなおるっていってるだよ」と、イタコは顔よりももっと子供らしい、キンキンした声で答えた。

「そうか。神様がそういうならなおるかも知れん。……これから四、五時間の間は、ぼくなんかよりもこの婆さんに権威があるんですよ」と、沼田はおしまいの言葉を雪子に向って語った。

「だが、何だってお前さんの神様は、わしをここに呼び出したのかね?」

「ヒヒヒ……」と、イタコはずるそうに笑い出した。

「それあな、神様のなさることでな――。わしはお前様のお父様をよく知っとりますぞ。診たてのいい、親切なお方でな。わしは娘のころ、さし込みの持病があって、お前様のお父様にずいぶんお世話になりましただよ。わしのことを、お前様のお父様は、ひなにはまれなる美人だとよく賞めて下せえましただよ。ヒヒ……」

いかにも陽気で、霊術者らしい病的な感じがしないのが、雪子を微笑ませた。

「ふむ。いかれたよ、おばあさんには。……だが、これからはどうか、お前さんの神様に、夜は遠い所へぼくを走らせないようにお願いしてもらいたいな」

主人の百姓が、飯茶わんと大きなドビンをもち出して、客たちにドブロクを振舞った。沼田もイタコの老婆も、その白く濁った酒をうまそうにのみ干した。

「さあ、お前さんはまた神様を拝んでくれ。ぼくとしては、もうほかに施す手が無いんだから」

沼田は、二杯目のドブロク茶わんを片手に持ち、あいてる片手の太い指先で、ひざにはねて来たノミを器用につまんで、炉板の上でブチンとひねりつぶした。

「うまやが近いんで、ここの家はノミが多いな」とつぶやきながら、見てる間にもう一匹ひねりつぶした。雪子は自分の身体までかゆくなるような気がした。

イタコは仏壇の前にかえって、また祭文を唱え出した。

「様子を見るために、もうしばらくおることにしますから、貴女はまくらとかい巻を借りてお休みなさい。ぼくも休みますから……」

お上さんと嫁は、病人の寝てる座敷に、床を二つ敷きのべてくれた。

沼田は、洋服のまま、その一つに転がったかと思うと、すぐにゆっくりした寝息をもらし出した。

雪子は、嫁といっしょに昏睡状態に陥っている幼い患者を、団扇《うちわ》であおいでやったり、炉端で年寄りたちと世間話をしたりして時を過した。主人の百姓には、沼田と雪子が夫婦でないことがのみこめたらしく、お上さんが「奥さん、奥さん……」と呼びかけると、

「奥さんでねえ。トモダチというもんだ……」と、知ったかぶりに訂正するのが、ひどくおかしかった。

そのうちに、雪子は、昼からの気疲れが出たのか、堪え難い眠気に襲われた。

「私もちょっと休ませてもらおうかしら」

雪子は、床につく前に、病気の子供の様子をしばらくのぞいてみた。

鉛色に青ざめたほおや額。うすく開いた白目。苦しそうにあけられた口からは、臭いにおいを含んだ熱い呼吸《いき》が、せわしく不規則に吐き出されている。

それは幼い生命が目に見えない恐ろしい力に向って、必死の闘いをいどんでいるすがたであった。あえぎ、迷い、疲れはてて、いまにも気息が絶えようとしている。

雪子は、自分の身体の中にいきいきと動いている命を、うつしてやろうとでもするように、白い二本の指先を子供の顔にじっと当ててやった……。

寝床に身体を横たえると、背中合せで、まだ根気よく唱えているイタコの低い調子の祭文が、子守うたのように、雪子のこごった神経を、揺すぶり、解きほぐした。雪子は理性の上では、一切の迷信染みたものをきらっていたが、しかし古風な祭文の調子が、否応《いやおう》なしに、彼女を幼い思い出の日の世界に導いていった。……そして、雪子は夢もみずにグッスリ眠った。

沼田に肩をこづかれて、雪子が再び目を覚ましたのは、翌日の夜明け方だった。雨戸がすっかり繰られて、まだ明けきらない朝の青い光とすがすがしい空気が、霧のように座敷の中に流れこんでいた。寝ている者も、雪子と病人と二人だけで、ほかの人たちはみんな起きて、それぞれの仕事をしており、家の中には一種の活気が動いているのが感じられた。

「患者は危機を脱しましたよ。もう大丈夫です。昨夜から今朝にかけてが大切な時期でしたが……」

そういう沼田の様子には、昨夜あれぎり眠ってしまった訳ではなく、ときどき起き出しては、患者の容態に注意を払っていたのだということが感じられた。目も少し充血していた。そして、彼とともに一睡もしないで祈禱《きとう》をつづけていたらしいイタコの老婆は、炉端で長煙管《ぎせる》を使ってプカプカ煙草をくゆらしていた。

病気の子供は、見たところ昨夜とそう変りないが、しかし呼吸がゆっくりと整って来て、青い顔に、生命の色とでもいったような、さえざえとしたつやが現われていた。

「――よかったわ」

雪子は沼田のひざに片手を置いて、奇跡でも見るように、生き返った男の子の顔をしばらくながめていた……。

水屋で顔を洗ったりしてる間に、沼田と雪子とイタコと、三人分の朝飯のおぜんが支度された。熱いご飯と熱い味噌汁とたくわんづけとあぶった干魚と、それだけの献立だったが、雪子はこんなにおいしい食事をしたことが無いと思ったほどだった。

いよいよ帰ることになると、男の子の母である若い嫁は、たんすの中から、白粉《おしろい》と脱脂綿をとり出して雪子に無理に受けとらせた。沼田の自転車には、わらに包んだ鶏がくくりつけられ、わらの間から首を出した鶏が、窮屈そうに朝のトキをつくっていた。

「こいつのスキ焼には貴女も参加する資格がありますね」と、沼田は子供のように顔をほころばせて言った。

二人は、人々の素朴な感謝の目の色に送られて、農家から引き上げた。野面《のづら》には朝のもやが漂い、空はしだいに黄色い明るさを増していた。雪子が気持が弾むままに、

「ねえ、軽業《かるわざ》をしましょうか？」

「軽業——？」

「ええ、お互いに片手を組んで片手だけでハンドルを握るの」

「そんな軽業ならへ、え、ち、ゃ、ら、ですね」

そこで二人は自転車を並べ、片腕を水平に組んで、さわやかな朝風に逆らって、人気《ひとけ》の無い国道をまっしぐらに走って行った……。

# 理事会開く

雪子は朝の六時ごろ下宿に帰った。

農業会に勤めている、人の好い宿の主人は、庭ボウキを門口に立てかけ、ちょうど配達されたその日の新聞を読んでるところだったが、雪子を見ると、新聞を折りたたんで、懐《ふとこ》ろの中にしまいこんだ。

「昨夜はご心配かけました。その新聞に出ていることで、友達の家に泊って、いろいろ相談などをしておったものですから――」

「やっぱり貴女のことでしたかい……」と、主人はいったんしまいこんだ新聞を、またとり出した。

「先生のことだから大丈夫だと思いますけど、できるだけ穏やかに事を済ませるようにして下さいよ。むずかしい世の中になったものですな……」

「ご心配かけますわ。いずれくわしいお話をしますけど……」

雪子は室に入って着更えを済ませ、下で熱いお茶をよばれると、すぐ学校に出かけた。

ちょうど朝の出勤時間なので、往来には人通りが多かった。その中を歩いていると、雪子には、自分の学校の生徒はもちろん、ほかの通行人たちも、自分一人に目を注いでいるように感じられてならなかった。

また、両側の店屋の中で新聞を読んでる人があると、それもみな、自分に関する記事を読んでいるように思われてならなかった。

(ホラ、私は一躍してこの町のスターだわ……)

雪子は心の中で、苦笑まじりにそうつぶやいた。しかし気持は落ちついていた。

そのゆとりは、第一に、昨夜から今朝にかけて、沼田に協力して善きアルバイトをしたあとの、快適な肉体的条件から生れているものであった。

また、封建的に相違ない農村の暮しの中に動いている、素朴な美しい義理・人情にじかに触れたことで、人間に対する広い大きな愛情が刺激されたことも、雪子の心を明るくしている理由の一つであった。

学校に着くと、雪子はいつものように、出勤簿に印をおすために、校長室に入って行った。テーブルを囲んで、武田校長と八代教頭と田中教師が、何か話しているところだった。

「お早うございます」

「お早う。……島崎さんは今朝の新聞をみたでしょうね」と、武田校長は眼鏡越しに雪子をジロリとながめた。

「ハイ。ある人が持って来てくれて、昨夜のうちに読みました」

「困ったことですな。ま、おすわりなさい。……こうなったらみんな協力して、火をもみ消すより方法がありませんな。貴女のご感想は――?」

「私は無理にもみ消さない方がいいと思います。このごろ、中身がまるでデタラメなことに民主化の名前をかぶせている傾向が多いと思いますし、それにどこの学校でも、新しい教育の在り方について迷ってる時ですから、外聞などにかかわらず、この学校が裸で試験台に上ったつもりで、今度の事の処置を考えた方がいいと思います……」

「自信満々ですな、だが、慎しみを徳とする日本婦人として、学校や世間を騒がしてることに対して、多少の責任は感じてしかるべきでしょうな……」

田中教師はそういって、なおいい足りない感情を、煙管で煙草盆を強くたたくことで現わしてみせた。

雪子はテーブルの端の方に立ったままで、かなり高い声で答えた。

「責任は感じております。でも貴方のおっしゃる責任とはだいぶ意味が違ってるようです。なんで騒いでるのか、その騒ぎの中から何を導き出せばいいのか、それをハッキリさせていくのが教育者としての私の責任だと信じております。生徒が動揺した、新聞がとり上げた……そんなことであわててしまって、ひたすらもみ消そうとするのは、ほんとに情けない責任のとり方だと思います。新聞社へは、私の立場から観た真相を、あとでお話してもいいと思いますけど……」

「いや、もう、外国人と話してるようなもんですな。……貴女の目の前で、校長先生や私どもが、朝早くからこうやって相談しているのは何のためだと思うんです？……貴女のお説はたいへん立派だが、一体だれがそれを実現させていくんです？　貴女一人ですか？」

田中は煙管で空をうちながらたたみかけて来た。むき出された眼には、人を脅かすような荒々しい色が浮んでいた。

「私一人にやれとおっしゃるんでしたら、私いまからでも組の生徒たちに会って、二日でも三日でも、いっしょに話し合いますわ。……もしもみなさんが、今度の事を、新しい時代精神に生徒の目を開かせる一つのチャンスだという風に、教育的に、積極的にお考えにならないで、新聞種になったりして迷惑なだけだという風にお考えでしたら、私の立場はほんとに申訳ないことになりますけど……。

ついでに申しますと、私は校長先生にお仕えしておって、ただ校長先生のごきげんをとることが誠実な仕え方だとは考えておりません。ときには誠実であろうとすれば、そのために校長先生の感情を害《そこ》ねるようなことが起るかも知れないと思っております」

「いや、もう、いい。貴女の気持はもう分ったから、職員室へおかえりなさい」

武田校長は、抑えるような手真似をしながら、あんがい穏やかな調子でいった。

彼には、雪子が今度のことで、迷わずひとすじに自分をかけていることがよく分った。そして、そういう態度は、なんのバックも無い一人の女性であっても、あなどりがたい力をもつものである。雪子の支持者は生徒の中にある。いまはこじれて閉ざされているかも知れないけど、ふとした弾みで彼女たちの若い素直な心が開けば、雪子になびく者が続々と現われて、今後は生徒間に対立が生じることになるかも知れない……。物は分るが決断力の乏しい武田校長は、そんな先走った妄想に自ら脅かされたりしているのであった。

雪子は時間通り授業に出た。彼女自身が落ちついているので、五分間もすると、生徒もひきつけられて、ふだんと変りない授業ができた。

会議室では、校長たちの相談がつづけられ、そこへ五年生の代表が出入りしたり、午後からは父兄のすがたもボツボツ見えたりした。

廊下を歩いてると笹井和子が、すれちがいざまに密書を手渡していった。

「今日はニュースがありません。お姉様たちは今日もガヤガヤやってますが、今に飽きるでしょう。先生にご相談があります。来週の金曜日は私の誕生日で、家では赤飯をたいてくれるそうです。私はその時、富永安吉さんもご招待しようと思うのですが、どうでしょう。あの人は推理能力は十分でありませんが、でもほんとにいい方です。私は彼が、足を洗って、新しい手ぬぐいを下げて、誕生日のお客様になってくれることをのぞみます。先生も必ず来て下さい。……それから、お互いに火の用心！　カチ、カチ、カチ……」

その晩も、次の晩も、雪子、新子、六助、富永たちは、沼田の家に集った。かくべつ学校の話に触れる訳でもなく、沼田と六助は将棋をさしたり、ほかの者は雑談したりラジオを聞いたりして気楽に時を過したが、そうしている間に、同志的な親しい感情が、しだいにお互いの間に濃くなっていった……。

火事があった三日目の午後から、学校の会議室では、父兄の理事会が開かれた。正面の会長席には、理事長の井口甚蔵が着席していた。半白の髪をきれいになでつけて、背が高く、面長で、鋭い目つきをしている、立派なかっぷくの男だった。ほかに、父兄側としては、ただ一人の例外を除けば、いずれも中年すぎた十八、九名の男女が出席していた。

ただ一人の例外というのは、富永安吉だった。小倉の新しい夏服を着用して、扇子などをもてあそんでいたが、一人で、ああでもない、こうでもないと身体をもてあつかい兼ねてる様子がよく分った。

ほかにもう一人、我々の知っている人物がいたが、それは芸者の梅太郎だった。ひどく地味なつくりで、目を半ば閉じ、口をおちょぼにして、両手をひざの上に重ねて神妙にひかえていた。

学校からは、武田校長以下七、八名のおも立った職員が参加していた。島崎雪子は遠慮するように校長から望まれたのだったが、自分の面前でどんなきびしい批判が行なわれても構わないから――と無理に出席させてもらったのである。また校医の沼田玉雄が「招かれざる客」として強引に参加しておったことも、改めて断わるまでもない。

大体の顔触れがそろったところで、井口理事長が立ち上り、場なれのした、渋い調子で、

「それではただ今から臨時の父兄理事会を開催いたします。理事並びに代理の各位にはご多忙中のところ、はなはだ恐縮に存じます。さて、本日の理事会の目的は、みなさま新聞などでご承知でありましょうが、いわゆる学園の民主化という問題で、昨今、生徒の間に多少動揺の気配が見えますので、本理事会はその実体を究明し、あわせてこれの善後策について案を練り、学校当局と協力せんとするものであります。よろしく各位のご配慮をお願いいたします。なお、これからの議事進行につきましては、学校側にご一任したいと思いますから、校長先生、どうぞよろしく」

あとを受けて武田校長が立った。

「それでは井口理事長よりご希望もございましたので、私が本日の理事会の司会役を勤めさせていただきます。このたびはご父兄の各位に思いがけないご迷惑をおかけいたしまして、まことに恐縮に存じます。これは、つまり、学校長たる私の不徳のいたすところでありまして、そ

の点、汗顔にたえない次第であります……」

「校長先生！」と叫んで、沼田が末席から立ち上った。

「私どもはだれも校長先生を不徳だなどとは考えておりません。……理事のみなさんにおはかりするのですが、本日の会合はいわば内輪同士でありますし、体裁にかかわらず、ザックバランに話し合って、事件に対する理事会の見解をハッキリした形のものにまとめ上げたいと思います……」

「そう、そう。それがいいな――。いわゆる民主的にだな、ハハハ」

井口理事長がおうような態度で、沼田の動議に賛意を表した。武田校長は出鼻をくじかれた形で、流し目に沼田の方をジロリとながめて、

「それではまず、八代君から今度の事件の経過を一応ご報告願いましょう。八代君、どうぞ……」

「それでは私から――」と、八代教頭は、両手でテーブルの縁をつかむような格好をして立ちながら、言い落しや言い間違いの無いように、慎重な口調で、事件の説明をはじめた。

富永安吉はひそかに緊張した。自分の出番が迫ったからである。彼の役目は、八代教頭の説明が終ると、ほかから雑音が入らないうちにすぐ立って、民主主義の原則は、集団で無理を通すことでなく、基本的な人権を尊重することであるという趣旨を分り易く概説し、事件の解決

に有利な下地をつくることであった。

彼は大切なことをする時のくせで、まず無意識に、ポケットの上から本を抑え、それをとり出し、それをもてあそび、最後にその二冊の小型本をテーブルの上に置きならべた。そして、うすく目を閉じて、昨日から練っていた演説の筋書を、頭の中で諳誦《あんしよう》してみた。

そのうち、ふと富永は、自分の周囲に、異常な気配がただよっていることに気がついた。目をあいて、隣近所の様子を伺うと、いずれも中年すぎた婦人たちが、なにかヒソヒソささやき合って、おかしそうに口を抑えているのだ。

右へ三人目の所には、士族風の老人がすわっていたが、これも女たちの気配に不審を感じたのか、たもとから眼鏡をとり出してかけ、首を少し伸ばして、富永の方をのぞいた。

この視線におされて、富永の目はしぜんに、自分が置き並べた本の上に落ちた。どちらも、白い表紙に大きな活字で、『お産の知識』と印刷されてあり、一冊には『子宮外妊娠ト其ノ処置法』一冊には『胎児ノ異常位置ト其ノ矯正法』という小ミダシがついていた。

富永は、士族の老人の非難と侮蔑の視線を、焼かれるようにほおに感じながら、世にも悲痛な声音で、

(しまった!……)と、心の中で叫んだ。

――富永は、この会議に出席する前、沼田医院の診察室で、金谷六助や、寺沢新子といっし

ょに、作戦の打合せをしたのであった。いよいよ出かけるという時になって、富永は何か身のまわりが物足りなく感じられ、両手で無意識に自分の身体をなでまわした。

「ガンちゃん、ポケットに本が入ってないんだろう。何だか分らんが、ここにあるのをつっこんで行って、今日は書物の重量感だけで奮闘してくれよ」

六助は笑いながら、そこらの机の上にならんでいた本の中から、ポケットに入りそうな小型本を二冊抜き出して富永に手渡した。そして、富永も、表紙を見ずにそれを無造作にポケットにつっこんだのであった。で、正しくいえば、富永は、沼田医院の看護婦が、産婆の資格をとるために勉強中の本を無断で借用したということになるのだ。

——富永は赤くなり青くなった。『お産の知識』は、右隣へも、左隣へも、三人目、四人目と、しだいに多くの人々の注意をひきそうな形勢だった。そして二日がかりで準備した民主主義の概説などは、一ぺんに頭の中からふっ飛んでしまった。

とうとうたえられなくなった富永は、二冊の本を重ねてポケットにつっこみ、音をさせないように何気なく立ち上って、会議室からひき下った……。

沼田も島崎雪子も、富永が室から出たのを軽く不審には感じたが、戦闘を開始する早々から、味方の計画に重大な穴があいたことは、夢にも気づかなかった。

八代教頭の経過報告は、牛のヨダレよろしくダラダラとまだ続けられていた。

廊下に逃れ出た富永安吉は、まず腰の手ぬぐいをとって、顔の汗をふいた。水が欲しくてたまらなかったが、廊下を足しげく往来する女学生たちに、尋ねる勇気も出なかった。

と、どこからか、豆スパイの笹井和子が現われて、さも親しげに、

「ああら、ガンちゃん」と呼びかけた。

富永は、折も折、百万の味方を得たような気がした。

「和子さん。ぼく、水が欲しいんです。水です……」

「お水ね?……富永さんは、そう暑くもないのに、ビッショリ汗をかいて、きっと失敗なさったのね?」

和子は、富永の様子をジロジロながめて、得意の推理能力を働かせた。

「そうです。ぼくは重大な失敗をしてしまいました。……ともかく水を飲ませて下さい」

「さあ、いらっしゃい。ここのお水は掘り抜き井戸のもので、少し塩分がありますけど、身体には無害ですわ」

和子は、ズックの手提《てさげ》カバンをブランブランさせながら、先に立って、廊下を幾曲りかした水飲場に案内した。

富永は、備えつけのコップで、立てつづけに四杯ほど水をあおった。だが、たったいま経験した屈辱の念が、まだ頭の中に火ともえており、飲んだ水がすぐ汗になって、身体をジトジト

にぬらした。

富永は、気持を落ちつかせるために、すぐ傍の、中庭に下りる出口の石段に腰を下ろして、充血した目を、クローバーの緑に注いだ。和子もならんで腰を下ろした。

「ね、富永さん、私あとで正式に招待状を差し上げるつもりですけど、来週の金曜日は私の誕生日ですの。それで家ではお赤飯やそのほかのお料理をつくるそうですから、貴方、お客さんとして来て下さいます？」

「はあ、しかし——」

「いえ。そのご心配は要りませんわ。私も男女の交際は慎重にいたさねばいけないと思いまして、島崎先生にご意見を伺ったら、富永さんは、いつも足さえきれいに洗っておれば立派な紳士だから、おつきあいしても差支えないとおっしゃいましたわ。ホホホ……。ね、富永さんは私と交際することに喜びを感じますの？」

「はあ、感じます」と富永は口写しに答えた。

「ところで和子さん、ぼくはこれからまた理事会に出て自分の義務を果さねばならんのですが、この二冊の本を貴女にあずかってもらって、帰りにでも沼田先生のお宅に返してもらいたいのですが……」

富永は、二冊の本の表紙を合せて——つまり題名が見えないように二冊を重ねて、何気なく和子に手渡したが、素人探偵をもって任ずる和子が、そのまま不用意にカバンの中に入れる訳がなかった。すぐ二冊の本を裏返しにして『お産の知識』とそのサブタイトルを、しかつめらしく読んでいたが、赤くもならず、驚きもせず、

「富永さんはお医者さんが志望なのね。産科婦人科を選んだのはどういうわけ？」

「はあ、それがその、全く偶然なんです」と、富永は苦しげに答えた。

「つまり貴方の使命は婦人を救うことにあるというインスピレーションがひらめいた訳なのねえ……」

「そうです、インスピレーションです」と、富永はもっと苦しげに答えた。

中庭には日の光もささず、一面の草のにおいが、ひえびえとにおっていた。

富永は、今になって、どうしても自分の出る幕でないといって出席を拒んだ六助を、賢明だったと思わずにはいられなかった。責任ということを感じなければ、自分もこのまま引き下ってしまいたい気持だった。

和子は、『お産の知識』をペラペラめくっていたが、

「ねえ、富永さん。ここに『胎児ノ異常位置』と書いてありますが、私もお母さんの身体の中におった時、そういう位置だったんですって。そして、もしそのままにしておけば、私は口から先に生れることになったんですって……。もし、そうだったら、私はこんなに無口でなく、

ずいぶんおしゃべりな子だったでしょうね。ホホホ……」

（いや、今だってずいぶん……）と富永はおかしかった。

「さあ、それじゃ、ぼくはまた理事会に出ますから、本を返すことをお願いしましたよ」

「ええ、たしかに。私は富永さんが常に落ちついておられるように望みますわ。ご用があったら、また廊下に出ていらっしゃれば、私どこかで見張っておって、貴方を助けるために姿を現わしますから、親舟に乗ったような気持で、安心していらっしゃいね」

「やあ、どうも……」

富永は苦笑して立ち上ったが、立ち上ってみて、どうもポケットのあたりが身軽く、このまま、またあの苦手な世間の大人たちの間に入って行っても、自分の役割を果せる自信がなかった。

彼は、わざわざ新しい上衣に着更えてきたことを、心から後悔した。このごろ、彼のふだん着のポケットには、ヘルマン・ヘッセの小説集や、スピノザの『哲学体系』、カントの『判断力批判』、世阿弥の『花伝書《かでんしょ》』、エッケルマンの『ゲエテとの対話抄』、夏目漱石の『三四郎』などの文庫本が詰めこまれていたのであるが、ああ、それらの一冊でも手もとにあったら、どんなに彼の気持は和み、勇気づけられたことであろう……。

富永は歩きかけて、また未練らしく立ち止り、無意識にポケットを押えて、

「和子さん、どこかに本が無いかしら。ポケットに入るぐらいの大きさなら、なお結構なんだけど」

「ご本？……あるわ。ちょうどポケットにも入ると思うわ。でも、富永さんは紳士として私の言葉を信用して下さるでしょうね。これは私が読むんじゃなくて、弟にせがまれて、今日お友達から借りたばっかりだということを——。私は一ページも読まないのよ」

「はあ、信用します」

「そんならお貸しするわ。……なかなか面白いのよ。私、時間中にみんな読んじゃった……」

和子は勝手に白状しながら、ズックのカバンの中から二冊の小型本をとり出した。一冊は『フクチャン部隊』という漫画の本であり、一冊は『猿飛《さるとび》佐助漫遊記』という講談本で、極彩色の表紙に、佐助が白雲に乗って忍術を使っている絵が描かれてあった。

富永は茫然とした。

（これはまあ！）

しかし、『お産の知識』に較べて、刺激性がなく、無害であることは確かだった。

「ありがとう。お借りします」

そこで富永安吉は、和子との会話によって得た、少しばかりの、たよりない童話的勇気にも支え、『猿飛佐助』と『フクチャン部隊』を引き連れて、激戦が予想される理事会の席上に、再びとって返したのである。

そのノッソリした後ろ姿を、和子はバイバイと手を振って見送っていた。

――八代教頭の経過報告は終りに近づいていた。

富永は元の席に着いた。と、隣近所のお母さんたちが、今度は富永が何を出すか、といった風な好奇の眼差しで、チラチラと彼の様子を伺った。

それに誘われたのと、どうにもならない身にしみついたくせで、富永はまずポケットを押え、それから本を引き出して『猿飛佐助漫遊記』と『フクチャン部隊』を机の上にならべた。

お母さんたちは首をかしげてそれをのぞいたが、今度はみな安心したような顔でうなずき合った。例の士族風の老人も、眼鏡をとり出して、遠くからのぞいたが、これはわが意を得たというように気むずかしげな顔に、かすかな微笑を浮べて、富永の横顔をながめたりした。

まず、無難であった。しかし富永自身は、自分の頭脳の能力が小学生の程度に低下したような気がして、身軽く、自信がなかった。

「――たいへんまずい説明でありましたが、これが大体の経過報告でございます。そこでまあ、この事件は、イタズラな手紙を書いて人を侮辱した、という被害者の立場に力点を置くか、学校内の風紀を自主的に維持しようと思ったという加害者の立場に力点を置くか、立場次第で考え方もいろいろに変って来ることと思いますが、どうかそういう点で、みなさんから率直なご意見を伺わせていただきたいと存じます。報告を終ります」

そういって、八代教頭は汗をふきながら着席した。会場にはちょっとしたくつろぎが生じた。すると、富永安吉がヌッと立ち上った。片手で『猿飛佐助』を押えて、しばらく室の隅《すみ》の天井をじっとにらんでいたが、深いバスで、

「ゲーテいわく、新しき真理に対して最も有害なものは、古き誤りである……」

それだけいって、またスウと着席した。

みんなはアッケにとられた。島崎雪子や沼田や武田校長など、二、三の人たちには、彼の短い言葉の暗示するものが、分るような気もしたが、他の人々は、この奇怪な風貌の学生が、正常な神経の持主かどうか、疑わしく感じた。そして、そういう場合の白けた空気が、会議室の中にサッと流れた。

富永自身もそのツモリでは無かったのだ。首尾一貫した民主主義概論を、トウトウと述べるはずだったのが、『お産の知識』以来のつまずきで、頭の中に用意した演説がガラガラに崩れてしまい、演説の一節に引用する予定だった、ゲーテの格言だけが、骨の一片のように形を残したにすぎなかったのである。

さらに別の面から考察すると、彼の思想的な教養は、同じ程度の仲間に対しては、暗号や符帳のような表現でどうにか通じることができたが、物の考え方の上で、別世界の住人であると

も思われる、世間のお父さん、お母さんたちに分り易く解説するためには、あまりに未熟であり、不消化なものであったことも一つの原因であると考えられる。

また、女学校という桃色じみた環境も、生理的に彼を動揺させていたであろうし、一切のコンディションがはなはだ不良であったといえよう。

それはともかく、富永の一行演説で一番失望したのは沼田玉雄であった。自分には演説をうつ能力が乏しいだけに、彼は今日の作戦の中で、富永の意見発表をかなり高く評価していたのであった……。

「それではどうでしょうな。まず今度の騒ぎの原因になった問題のラブレターというのを、一度読んでもらうことにしては……」

一人のお父さんが、気まずくなりかけた空気を緩和しようとして、そういう提議をもち出した。

すると、それに応じて、

「結構ですな」

「それがようございますわ」という賛成意見も二、三出た。

「ではそういうことにいたしましょう。岡本君、どうぞ問題の手紙を読み上げて下さい」

武田校長から指名された岡本教師というのは、色がさめた黒のツメエリ服を着て、頭がツルツルにはげ上った老人だった。この年まで教師を勤めて、教頭にも校長にもなれない好人物であるが、彼がラブレターの朗読者に指名されたのは、国語、漢文科の主任である理由によるものだった。

「ハッ」と、岡本教師はひどく緊張して立ち上った。そして、まず、ポケットから老眼鏡をとり出してかけ、八代教頭から手渡された問題の手紙を、両手でひろげもった。

一座はシンとなった。もしこの時、列席者の顔を顕微鏡でのぞいたとしたら、未婚者を除いては、ほとんど例外なく、堅実な媒酌《ばいしやく》結婚をしており、したがってラブレターなどは、書いたことも送られたこともないお父さんやお母さん連の面上には、当面の事件をヌキにして、ラブレターに対して個人的な興味を感じている表情が動いていたかも知れないのである。

「ああ、それではただ今から読ませていただきますが、その前にお断わりして置きますことは、これは何分にも重要書類でありまするので、一字一句、原文のままに読みまするから、左様にご了承を願いまする……」と、岡本教師は丁重に前置きをして、老人らしいおかしな節づけをして、案外な高声で朗読をはじめた。

「――ああ、ヘンすいヘンすい私のヘン人・新子様。ぼくは心の底から貴女をヘンすておるのです……」

「あっと、岡本先生。そのヘン、ヘンというのは英語ですかな、フランス語ですかな」と、国民服を着た、赤ら顔のデップリ太ったお父さんが質問した。

「いや、これは——」と、岡本老教師は、ちょっとあわてた様子で、身のまわりをながめまわしたが、斜め後ろの黒板の前にズカズカと歩いて行って、大きく、

恋

変

とならべて書いた。

「つまり『恋』と書くべきところを、国語力が幼稚でありまするために『変』と間違えて書いておるのであります。でありまする故、ここの一節は、正しくは、

——ああ、恋すい恋すい私の恋人・新子様。ぼくは心の底から貴女を恋すておるのです——

となる訳でありますが、さきほどもお断わり申しましたように、これは何分にも重要書類でありまする関係上、私といたしましては、一字一句原文のままで……」

「なるほど。それで分りました」と、国民服のお父さんが大きくうなずいた。

ここでちょっと注意をひくことは、漢字の間違いには抗議が出たけれども、お国ナマリの仮名づかいにはみんな満足しておったという事実である。

「しかし、あれですなあ。恋という字も知らないなんて、戦時中に勉強ができなかったせいもあるでしょうが、まず、心細い話ですな――」

こう嘆いたのは、柳屋という醤油屋《しようゆや》の主人だった。

「ホッホッホ。柳屋さんなど、若い時は、恋という字を筆がチビれるほど書いたでござんしょうからな」と、ひやかしたのは、宝屋という旅館のお上さんで、その太った身体と、世話好きと、雄弁とで、町の婦人界に重きをなしている人物だった。

みんなクスクス笑い出した。

「ええ、書きましたとも。ところが熱海《あたみ》の海岸の貫一じゃないが、宮さんに振られてばかりいて、一つも物になったのが無かったですよ……」と、柳屋のおやじさんは、古風なシャレ混じりに答えた。

岡本老教師は、思いがけない雑音が入ったので、少しあせり気味に、

「ただ今、国語力の低下うんぬんのお話が出ましたが、それとは別に、私は平素、性に関する汚らわしい熟語はなるべく生徒に教えないような方針をとっているのでございます。これは私が、どの学課も生徒の人格を高めるのが、究極の目的であろうと信じているからでございます……」

二、三のお母さんたちが、それに共鳴してうなずいているのを見て、とつぜん沼田校医が立

ち上った。

「性の問題が汚らわしいという意見には、医者の立場から反対です。もしそれが真実なら皆さんは汚らわしく結婚して汚らわしく子供を生んでることになりますが……」

その発言は、一握りの塩をばらまいたような気まずい空気をもたらした。人間はほんとのことをいわれるのをあまり好まないものだからだ。悪口家で名を売っている沼田の観察によると、日本人は人といっしょの時ほどウソの空気に酔いたがる傾向があり、社交婦人のおしゃべりなど、科学的に分析すれば、八十パーセント以上は、ウソを語っていることになるのだった。

「いや、私の申したのはそれとは別の意味でして、つまり道徳的にですな。しかし医学的な立場ももちろんある訳でして……」と、岡本老教師は気の毒なほどどとり乱して、

「ええと、それでは先に読み進むことにいたします。どこまで読みましたっけな……。――ぼくは心の底から貴女をヘンすておるのです――までしたな。そのつぎに進みます。

――ああ、新子様、貴女の目は星のように美しく、貴女のくちびるはバラのようにあでやかです。ぼくの胸は貴女を想うノウましさでいっぱいです。ぼくはノウんでノウんで、ノウみ死ぬのではないかと思います……」

「また外国語が出ましたな。ノウは英語にもありましたね。イエスとノウのノウ……」と、柳屋のおやじさんが、語学に含蓄が深いところを示した。

「はい。ここでは『悩』と『脳』とを間違えて書いておるのでありまして、正しくは、――ぼくの胸は貴女を思う悩ましさでいっぱいです。ぼくは悩んで、悩んで、悩み死ぬのではないかと思います――となるのでございますが、何分にも重要書類でありますので、一字一句……」

言葉半ばに、理事長の井口甚蔵が苦々しげに発言した。

「みなさん、どうでしょうな。こういう外国語入りの手紙をいちいち読んでもらっても仕方がありませんし、ひとつ岡本先生から、手紙の要領だけ、かいつまんで、お話を願うことにしたらいかがでしょうな」

「賛成ですな。全くこういうむずかしい手紙を聞かされておりますと、こっちの頭までノウましくなっちまいますな」と、どこかのお父さんが機敏なシャレをいってみんなを苦笑させた。

「いや、岡本君、そうしたらいいでしょう。ほんの荒筋だけかいつまんでな……。保護者の各位には、思いがけない場面で、生徒の学力低下を暴露したようなことになって、はなはだ面目ない次第ですが――」

武田校長はそういって、つまずきがちな会議の進行に、油を差すように努めた。

「さあ、岡本君、どうぞ――」

岡本老教師はすっかりショゲかえっていた。幼い時から孔子や孟子《もうし》の教えでたたき上げられて来て、今日でもそれを一徹に信奉している彼としては、いかに職責とはいえ、汚らわしいラブレターなどを朗読するということは、胃袋を裏返しにされるほど辛いことだった。しかもそれがさっさと片づかないで、おかしくこねくり返されるので、いっそうたえ難い気持だった。老人は戦争で次男を失っていたが、それと同じく、こんな役目を自分が振り当てられるのも、敗戦の憂目の一つであろうと思ったりしたほどだ。

で、岡本教師は、悲痛な勇気をふるい起し、例の老人にしては高すぎる声で、

「それではごく簡単に、この重要書類の内容を説明いたしまする。

――アア、わしはそなたにラブしておる。思いこがれて死なんばかりである。それじゃによって、そなたもわしの心をくんで、情けをかけてもらいたい。もしそなたに、わしの熱烈なるラブをかなえる気持があるなれば、木曜日の午後四時ごろ、公園の松林においいて密会をいたそう。委細はそのとき談合いたそうではないか――。

かような意味の手紙でございまして、かの『恋しくばたづね来てみよいづみなる信田《しのだ》の森のうらみ葛《くず》の葉』という古歌の趣とやや似通っておるかに思われまする……」と、岡本老教師は、最後の部分に、一首の風流を点じて、不快な報告を終った。

あまり道草を食いすぎたので、この報告が、一体なんのためになされたのだったか、みんなボンヤリした気持でいた。

と、まず婦人界の権威者である宝屋のお母さんが発言した。

「そうしますと、そういう手紙を送って、みだらな心の子を試してみたっていう訳ですね。大《おお》岡越前守《おかえちぜんのかみ》のように知恵がまわって、感心なもんじゃございませんか……」

島崎雪子が立ち上った。

「手紙を書いたのも送られたのも私の受持の生徒ばかりですが、ただいま、みだらな——という言葉が出ましたが、寺沢新子という生徒はべつにみだらな子ではありません。もしみだらなという言葉を当てはめるなら、そういうニセ手紙を書いた方がみだらなのであって、送られた方は迷惑しているだけのことです」

それに対して田中教師が一矢酬《いっしむく》いた。

「しかし寺沢は過去において、男女関係の失敗があって、こちらへ転校して来たんですからな……」

「失敗かどうか。かりに失敗だとしても、過去のことをいつまでも根にもって、疑ぐったりいじめたりするのは、最も非教育的なやり方だと思います。それならば、はじめから、寺沢新子の転校を認めなければよいのです」

「しかしですな、寺沢は単に過去において前科があったばかりでなく、現在でも男の学生たちととかくのうわさがあるんですからな」

「前科などという言葉は、教育者として、自分のあずかってる生徒に用うべき言葉ではあるまいと存じます。それで、貴方が繰り返しおっしゃる男女の交際が、みだらで悪いものかどうか、これは人の考え方で違って来ると思います。さきほど沼田先生は、性の問題を汚らわしいと考えるのは間違っているとおっしゃいましたが、私も同じ意味で、男女の交際が汚らわしいものだとは思いません。夫婦というのは、男女の交際の最も深い形のものだと思いますし、それが悪いというのであれば、日本には夫婦などができないはずだと思います」

「それは——」

と田中教師は口ごもった。

議場の空気はにわかに緊張した。

出席のお母さんたちは、自分たちの同性である雪子が、男に負けずに意見を述べるばかりか、かえって男の田中教師をやりこめるのを見て、一種の驚異を感じた。しかしその驚きの気持が、雪子に対して有利に働くか不利に働くかは、いまのところ、極めて微妙な問題であった。なぜなら、人間は、それが正しいと分っていても、自分たちと違った性格の者に対して、さっそくに好意を寄せるということは、むずかしいことだからだ。

「しかし……」と、田中教師は顔を真赤にしてねばった。「方法は間違っておったかも知れないが、ともかく学校を善くしようとしてやったことだから、貴女のようにそれだけを責めるというのは教育的でないと思いますな。教育というものは親心をもって……」

「いいえ。学校を善くしようなんていうのは、後からつけた屁《へ》理屈で、ほんとの動機は自分たちもラブレターというものを書いてみたい。そういう不純な気持を合理化するために、寺沢新子を、自分たちの汚ない足をのせる踏台にしたに過ぎないと思います。

私は田中先生の道徳的な価値判断が、少し古いし、間違ってやしないかと思います。かりに貴方がおっしゃるように、女学生が男の学生と遊ぶのが悪いといってみたところで、それは学校にいる間だけのことで、卒業してから、節度をもって男子と交際するのは、悪いことでも何でもありません。その間に正しい恋愛が芽生えて、結婚にでも進むようになれば、むしろそれは立派なことだというべきでしょう……」

雪子の話半ばに武田校長は人知れず顔をうつむけた。校長の家庭は、細君天下のウワサがもっぱらだったが、彼は女子大出のその細君と恋愛結婚をしたのだと伝えられていたのだ。

「これは中学生の場合でいいますと、煙草を吸うようなもので、在学中は悪いことかも知れないけど、卒業すれば悪いことではなくなります。つまり、異性との交際とか喫煙とかは、時と所をかぎって、悪いと考えられるだけであって、そう深く人間の本質に根ざした悪事ではないのであります。

けれども、ニセ手紙で人を試し自分がたのしむという行為は、子供であっても大人であっても、外国でも日本でも、昔でも、今でも、変りの無い、卑しい悪い行いだと思います。——私はそういう道徳的な価値判断に基いて、今度の事件では、手紙を書いた当人やそれに賛成した生徒たちの反省を求めているのでございます……」

雪子は、保護者たちに分ってもらえるよう、できるだけ平易な表現を用いたが、しかし、田中教師とのゆきがかり上、針のように鋭い気合がほとばしるのを抑えきれなかった。そして、勢いにかられて、

「なお、さきほど、保護者の方から、手紙を書いた思いつきを、大岡越前守のようだというお話がありましたけど、大岡越前守は、自分が楽しむために、そういう下品な思いつきはしなかったろうと思います」とつけ加えた。

この不用意な発言が思いがけない波乱をまき起す直接の動機となった。

越前守をいい出した宝屋のお母さんは、少しく色をなして、太った身体をテーブルに乗り出させ、

「いや、これはなあ、お互いにむずかしい理屈をいい合ったって、なかなか事が決らんとわしは思うでごぜえますよ。それで、さっき沼田先生から、今日の会は内輪同士だから何事もザックバランにというお話がありましたが、全くその通りだと思いますし、わしがまず、そのザックバランの皮切りをいたしますだ……」

何事かある！　その気配が早くも敵、味方を一様に緊張させた。

宝屋のお母さんは、貫禄を示すために、そこでちょっと言葉をきって、巻煙草に火をつけて、うまそうにプカプカくゆらした。

「今度のことでは、沼田先生や島崎先生が、寺沢新子という、男と交際する生徒をかばっておいでになるよう聞きましたが、お二人の考えはこれまでのお話でよう分ったようなものの、一般の生徒にはどうもそこに納得のいかない節《ふし》があるのでごぜえます。

なあ、沼田先生、わしは貴方のお父さんもよく知っておりましたし、貴方もお父さんに劣らない、仕事に熱心な名医だと思うて、町のために喜んでおるのでごぜえますよ。ただ一つ玉にキズは貴方が早くお嫁さんをもらわねえことだと思うておりますだ。

それぐらいだから、貴方が島崎先生と親しくなさっても、お二人とも大人なんだし、いっこう差支え無いどころか、わしはむしろ、お二人の間にうまく実が結ばれるように願ってるぐれえですが、ただこの、生徒の前で仲のいいところを見せるのは教育上どんなものかと思ってるでごぜえますよ。それというのが、ついこの間も、たくさんの生徒が、お二人が川端の道の柳の木の下で、センプンしているところをちゃんと見てるでごぜえます」

「ぼ、ぼくはセンプンなぞしません……」と、沼田はいきり立って否定した。すると、横合いからせんさく好きな柳屋のおやじさんが口を出して、

「今日の会議には奇体な言葉ばかり出て来るようですが、センプンというのは何の事ですか

な？」

「はあれ、まあ……」と、宝屋のお母さんは心外な顔をした。

「柳屋さんはセンプンをご存じねえですか。ホレ、外国の活動写真の中で、若い男と女が顔をくっつけて、チュウチュウやりましょうがな。あれでごぜえますよ……」

「ははあ、セップンのことですな」

「そうですよ。そのセンプンのことでごぜえますよ。まあ、沼田先生、そんなに恥ずかしがる必要はねえでごぜえますよ。貴方も島崎先生も大人なんでごぜえますから、ちゃんと納まりをつければ何でもねえことでごぜえますだからな……」

と、宝屋のお母さんは、顔を真赤にして何か発言しようといきり立ってる沼田を、白くふくれた、大きな手で、軽く押えつける仕草をしてみせた。

「ほんとに先生、恥ずかしがったり隠したりすることはねえでごぜえます。こりゃあね、たしかに大勢の生徒が見てるんでごぜえます。家の娘なども、ちょうどお二人が別れて歩き出したところから見たそうで、芝居で申せば、中幕のいいところを見逃したようなもんで、残念なことをしたと申しておりましただよ。

そういえば、沼田先生よ、貴方がセンプンで夢中になってる間に、診察カバンが川の中に落っこって、ドンブラッコドンブラッコ下の方へ流れて行った、つうことですが……」

「ば、ばかな事を……。カバンはありますよ」

すっかりのぼせ上った沼田は、フンゼンとして、足もとに置いてあった診察カバンを、テーブルの上にたたきつけるようにした。

「あれ、拾い上げましたかい。それは結構でごぜえましたよ。もうすっかり乾いてるでねえですか……」

宝屋のお母さんの言葉には、悪意のトゲは含まれておらなかった。かえって、ワラの匂いのようにホカホカと温かいものさえ感じられた。しかし、それだけに、沼田や雪子には、何ともいえず、重く、息苦しく、やりきれないものに感じられた。

保護者たちのクスクスもらす笑い声や、それに混じる田中教師のことさらな高笑いが、いっそう二人の気持を窮地に追いつめた。

沼田は、反射機能が鈍い自分の頭と舌をのろいながら、間が抜けた時分に、恐ろしく力みかえっていった。

「ぼくたちはセップンしたんじゃありません。……殴ったんです」

「殴った? そりゃあ沼田先生、いけませんがな。ここらの男どもはよく女を殴ったり髪をひっぱってひきずったりするそうですが、そりゃよくありませんぞ。そのくせ、日本の男は世界で一番男らしいつもりでいるようだけど、弱い者をいじめて何が男らしいんですね。女というものはいたわってやらにゃあいけませんがな」

宝屋のお母さんは、肥えた手をふってジュンジュンと説き訓《さと》すようにいった。

沼田はじだんだふんだ。

「チッ！　宝屋さん、ちがいますよ。島崎先生がぼくを殴ったんです……」

「ほう！　女が男を……ほう！」

場内には波のようなどよめきが起った。すると、それを圧するように、とつぜん、しわがれた大声で、

「黙れエ！　黙らんか……」とどなった者があった。

それは、富永の近くにすわっている、例の士族風の老人だったが、満面朱を注いで、青い静脈を額に浮かせ、興奮のためにブルブルふるえている骨ばった手で、テーブルの面を荒々しくたたきながら、

「さきほどから聞いておれば何事かアー。うん？　セップンだの、殴ったの殴られたのと、生徒の面前で左様な汚らわしい醜態を演じる者には、断じて教師たる資格が無い。しかもテンとして己《おのれ》の所業を恥じざるのみか、ツベコベと理屈をぬかすに至っては、言語道断じゃ。さっそく教師を止めさっしゃい。わしは一刻たりとも左様の者に自分の娘をあずける訳にはいかん。武田校長。事ここに至っては、部下の取締り不行届のかどをもって、足下《そっか》の責任また重大で

すぞ、理事会は即時解散。二人の不届者は即時解職。それにて万事解決じゃ。

理事の各位。不肖・長森源八郎、僭越《せんえつ》ながら武田校長に意見を具申いたしました。諸君のご賛成を得たい。……ウーン、怪しからん」

長森老人は着席する時、身体のふるえのため、危うくイスからズリ落ちそうになった。

一座の空気はギーンと凍りついた。と、富永安吉がヌッと立ち上った。そして、天井の一隅《ぐう》をにらんで、無精ひげのあるアゴをなでまわし、ゆっくりした、よく通るバスで、

「セネカいわく、思慮深き者はたやすく怒らず……セネカいわく、思慮深き者はたやすく怒らず……」と、二度繰り返して、しずかに着席した。

今度もまた一同はアッケにとられた。しかし、富永のいうことが分った者も分らない者も、富永の短い発言が、長森老人のいきり立った意見具申の空気を、西の海へサラリと流し去るような、不思議な効果をもたらしたことだけは、ハッキリと感じさせられた。

さらに奇怪なことは、だれも茫然としている富永の発言に対して、長森老人ひとり、汗をぬぐいながら、

「その通りじゃ……その通りじゃ……」とつぶやいておった事である。興奮のあまり、富永の言葉など全然耳に入らなかったのか、それとも自分の意見は意見として、富永の言葉にも道理を認めたものか、それは恐らく、長森老人自身にも不可解な心理だったに違いない……。

この時、思いがけなく、芸者の梅太郎が起立した。これには男も女もいっせいに好奇の目を光らせた。三味線を持たない芸者は、一体何を語るものか――？

沼田が、ある保護者代理の資格で、イヤがる梅太郎を、無理に理事会にもぐりこませたのは、理事長の井口甚蔵の口を封ずる目的であった。精力家の井口が、会議がはじまって以来、一言もいわないところを見ると、その目的は達せられておるものと考えてよく、沼田はそれ以上の働きを梅太郎に期待していた訳ではなかった。いや、お座敷のつもりでムヤミな事をしゃべられては、かえってヤブヘビになる恐れがある……。

しかし、梅太郎は、いま何事か発言しようとしている。さすがにだいぶ固苦しい口調で、

「あのお、ただ今、婦人が男子を殴ることについて、みなさんからだいぶ非難のお声が出たようでございますが、それについて私の意見を述べさせていただきます。この、婦人が男子を殴るということは、みなさんが考えてるように珍しいことでもなんでも無いのでありまして、ただみなさんが、うっかり見逃しているだけのことでございます。一体、男子というものは、婦人に殴られることをたいへん喜ぶものでありまして、私どもの仲間のタチの悪い人間は、お金や着物が欲しくなりますと、男子の背中をたたいたり、ほっぺたをたたいたり、そのほかの所をつねったりいたします。すると、たたかれた男子はホクホクと喜んで、気前よく着物などを買ってくれます。

しかも、私の長年の経験から観察いたしますと、家でしかつめらしい顔をしている男子ほど、婦人にたたかれるのを喜ぶ傾向があるようでございます。以上、簡単ながら、婦人が男子をたたくことは、ちっとも珍しいことでは無いという意見を申し上げました。オワリ！」

これは重大な発言だった。なぜなら、わが国の料理屋というものの性格を考えるに、どんな真面目な男子でも、生涯に数回、数十回、そこに足をふみ入れない訳にはいかないのだし、してみると、どこのお母さんたちも、自分の夫が婦人に殴られて喜ばない人間かどうかは、自信がもてないことだった。いわんや、梅太郎が、長年の経験から、家で真面目くさった顔をしてる男子ほど——と念を押しているではないか。

この発言に勇気を得た訳でもあるまいが、スローモーの沼田も、やっと立ち直りの気勢を示して、

「ああ、ただ今は栄屋の梅太郎君より……」

「ちょっと沼田先生！　失礼でござんしょう。梅太郎というのは、お座敷でバカな男どもをだます時に用いる名前ですわ。私はきょう、本名・浅利トラとして、この席に出ているのでございますよ」と、梅太郎はすわったままで、手厳しく抗議した。

「いや、これは失礼。……ええ、と、ただ今は浅利トラさんより、その神聖なるご職業を通して得ました貴重なるご体験に基づきまして、婦人が男子を殴ることは、珍しくないことだとい

うご意見のご発表がございました……」

思いがけない味方にかみつかれて面食らった沼田は、ひどく丁重な言葉で失言を取り消した。それから、さっき自分をナマスのように切りさいなんだ宝屋のお母さんの方に向き直り、

「ところで宝屋さん。私もこれから同じことを証明するつもりですが、貴女のとこのご主人はまことにサッパリした愉快な気性の方で、私も将棋友達として、日ごろ懇意にしてもらっております。ところが、先日お会いしますと、ご主人の腕にかみ傷やかき傷らしいものの跡がありましたので、わけを聞きますと、昨夜遅く飲んだくれて帰ったら、家族のだれかが怒って、組打ちのケンカになった、その時の傷だ、というお話でした……。

そこで私は、これほどの傷をこさえるぐらいだから、弟さんでも遊びに来ておって、飲んだ上の兄弟ゲンカでもしたのかと聞きますと、いや、そうじゃない、相手は家族の中の一婦人だというお話でした……」と、沼田はグイグイ話をすすめた。

「そらあおおかた、あの人があまり飲んだくれるので、あの人の親に——おばあさんにせっかんされたんでござんしょう。わしはトンと知りませなんだ」

宝屋のお母さんは苦い顔をして空とぼけた。

「いや、貴女のところのおばあさんには、昨日、道で会いましたが、このごろは歯がみんな抜けてしまって、おカユか豆腐でなければ食えなくなったとこぼしておりましたよ。ご主人のあ

のかみ傷は、ウンと歯の丈夫な……」

「そんなバカげたこと、わしは知りませんぞな」と、宝屋のお母さんは、金歯が光る大きな口を手でふさいで、子供のようにツンとすねた。

沼田はいささか溜飲《りゆういん》が下った。これは、彼のいわゆる愚劣にして下等なる闘いであった。しかし彼は真面目であった。彼が市会議員を一期間勤めた経験によると、そこではもっと愚劣な論争や、醜悪な裏面工作が横行していた。いや、観方《みかた》によると、世の中はつまらん事だらけなのだ。そのつまらんと思われることに、一生懸命ぶつかってもみ合ってるうちに、たくさんのつまらない事の中から、一つの公約数のようなものが生れて来て、それが世の中を進歩させたり、後退させたりする働きをするのだ。——沼田はそう考えていた。

「まあ、こんなことで、婦人が男子を殴ったり、かじったりすることもあり得るという証明はできたと思いますが、そこで問題は、私と島崎先生がセップンしてると見た生徒たちの色キチガイ的神経についてであります。私は自分の身にふりかかったことで、しみじみと痛感したのでありますが、生徒とかぎらず、大部分の日本人は、男女問題に関するかぎり、頭の中に色キチガイ的な神経をもっていると思いました。若い男女がいっしょに居る所を見ればすぐ怪しいと感じる。これははなはだ哀れむべき片輪な神経であります。

どうしてそういう病的な神経ができ上ったかと考えますと、結局男女を無理に引き離して置く社会の習慣のせいでありまして、異性との節度ある交際によって適当に発散させなければならない生理的欲求が、そのはけ口がないために頭に上って毒素となり、これが神経を侵して、男女いっしょの姿さえ見れば怪しく見えるのであります。そして、私としては今考えついたのですが、その不健全な神経は、単に男女問題を考える時だけでなく、ほかの仕事をする場合でも、少なからぬ悪影響を及ぼしているのではないかと思います。

もちろん、ここの生徒がそういう神経をもっているという事は、生徒自身の罪ではなく、社会の風習のせいでありますが、いずれにしても本日の会合で問題になっている、寺沢新子という生徒は周囲のそういう色キチガイ的神経のギセイとなって一度は転校を余儀なくされ、二度目にまた今度の迫害を受けていると見るべきだと信じるのであります……」

沼田にしては珍しく筋の立った雄弁で、その趣旨にうなずき合ってるお母さんたちも二、三見えた。

「まあ、そういう不健全な精神は、これからの新しい社会制度で、だんだん改まっていくことでしょうな」

と、武田校長がすわったままで意見を述べた。そのあと、富永安吉がまた立ち上った。人々の面上には、今度も何とかいわくの格言を聞かされるのかと、困惑したような表情が浮び上った。

だが、ようやく落ちつきをとりもどしたものか、富永は、今度は格言ではなく、自分の意見をのべ出した。

「ただ今、沼田先生から、男女関係の非常に窮屈な風習が、いろんな仕事の上に悪影響を及ぼしているというご意見がありましたが、ぼくも同感であります。

みなさんもご承知でありましょうが、私の現在おります学校は、そのむかし左翼運動はなやかだったころ、たくさんの実践運動家を出したことで有名であります。で、私は学校生活はいかにあるべきかという自分の個人的な関心から、当時の先輩たちの動き、その後の彼らの人間的な発展の方向などをできるだけ調べてみたのであります。それによりますと、今日なお同じ道を歩いてる人は、ほとんど無いといってもいい位に少ないのであります。当時彼らがダラ幹と呼び、口汚なくののしった社会党員に自分もなっているなどは、思想的にそれだけ大人になったと考えられないこともありませんが、そういう径路をたどってる先輩だってごくわずかで、中には反対の右翼に走っている人もあり、大部分の人たちは政治運動を止めて、青年時代の情熱を昔の夢にしてしまっているのであります。

こういう結果を総合して私が考えましたことは、彼らがそのころ政治運動に熱中したのは、理想を追求したという一面もあろうが、危険とスリルと反抗に青春のはけ口を求めた——極端にいえば胸をドキドキさせるものなら何でもいい、そういう心理が底強く働いておったのだと思います。

これを別の面から考えますと、それほど我々のふだんの生活風習には新鮮な風を通す窓口が少ないということであります。感情も意志も生理的欲求も、率直に表現することが禁じられている。ところが青年の盛り上る生活力は、そういう牢獄のような生活にはたえきれない。そこでいったん何かやり出せば、必要以上にドギつく、迷信染みたものにしてしまうのであります。もし、私どもの生活にもっとたくさんの窓があけられておれば、政治運動にしても思想運動にしても、一般的な教養にしても、もっと健全で自然な発展をとげるであろうと思われます。そして、青年男女にとっての生活の窓口——その一番大きなものは、やはり相互の健全な交際であろうと思うのであります。発散されないものが、頭に上って毒になるような、そういう生活の風習は、これから改められていかねばならないと思います……」

富永の長い意見発表に、最も熱心に耳を傾けていたのは、武田校長と島崎雪子であった。しかし、一般のお父さん、お母さんたちの中には、居眠りをしている人たちも二、三あった。

理事長の井口甚蔵がはじめて重々しく発言した。

「それでは、みなさんの熱心な討議もあらかた済んだように思いますし、これから最も民主的な方法で、理事各位の無記名投票によりまして、理事会の態度を決定いたしたいと思います。

……田中先生、紙と鉛筆を用意して下さい……」

「いや、それは……」と、沼田があわてて立ち上った。井口はその方に大きく目をむいて、

「沼田君、君は今日だいぶ奮闘されたようだが、理事会の決定には口を入れないでくれ給え。君は理事ではなく、オブザーバーにすぎんのだからね……」

井口は、梅太郎を出席させて自分の口を封じたのは、沼田の術策であることを知った。それさえ無ければ、彼はこないだの市会議員の選挙運動で演説し慣れた、婦人解放論や人権尊重論を一席のべた上で、顔はきれいだが、小生意気な島崎雪子を、少しこらしめてやろうという魂胆であった。

ところが、真正面に、無鉄砲な性格の梅太郎にひかえられてみると、さすがに彼もいい気持なおしゃべりはできなかった。しかし、そのまま引っ込んでしまうほど青臭い人間でもなかった。彼はみんなにしゃべるだけしゃべらせて、最後は投票で決をとろうと、老獪《ろうかい》な策に出たのである。

なぜなら、口先でどんな理屈がのべられようと、土地の人たちが、どんな生活感情をもっているか、彼はよく心得ていたからである。沼田があわてて異議を申し立てようとしたのもそのためであった。

田中教師はニヤニヤ笑いながら、紙と鉛筆を保護者たちに配った。

「それでは、間違いがないよう、ハッキリといくことにして、生徒が正しいと思う方は生徒、島崎先生が正しいと思う方は島崎先生と書いて下さい。……」と、井口は自分も鉛筆をとりながら、みんなに注意した。

「ちょっと理事長さんにお尋ねしますが、私は子供のころ、ほかのおけいこが多くて、字の方はゴブサタしてしまったんですが、私が口でいって人に書いてもらっても差支えないんでしょうね？」

と、梅太郎が大きな声で質問した。みんなクスクス笑い出した。井口も苦笑して、

「はい、どうぞ――」

「それじゃ沼田先生、済みませんが書いて下さい。……島崎先生――と特別大きな字で書いて下さいよ」

「示威運動は困りますな……」

井口は一杯ひっかかったなと思ったが、腹の中ではもちろん高をくくっていた。

まもなく、小さく折りたたんだ投票が井口の手もとに集った。

「それでは岡本先生。またご苦労でも貴方に読み上げ役をお願いします……」

岡本老教師は、井口のそばに立って、眼鏡をかけ直した。息詰るような空気が会議室にみなぎった。

「それでは読み上げます。……島崎先生——島崎先生——島崎先生——生徒——」と、岡本教師は読み上げた投票を、いちいち、井口に示した上で、テーブルの上に二通りに分けて積み重ねていった。

「島崎先生——と、この投票には、ほかに感想のようなものが書いてありますが、いかが計らいましょうか？」

「読んで下さい」

「——私は島崎先生と沼田様がご夫婦になられるよう心からお祈りいたしております——」

「分りました。ただし投票としては無効です」と井口理事長は目をつぶりながら断を下した。

岡本教師はその一票をそばへとりのけて次へ読み進んだ。

「島崎先生——島崎先生——生徒——」

全部の投票が読み上げられた。

「ええ……結果を申し上げますと、投票総数十八票、うち無効一票、島崎先生を可とするもの十四票、生徒を可とするもの三票ということであります……」と、岡本教師は眼鏡をはずして自分の席に引っ返した。

この結果は意外だった。出席者のだれもがどうしてそういう結果が現われたのか、理解することができなかった。しかし、お父さんたちもお母さんたちも、その驚きの気持の中に、夜明けの空のようにすがすがしく厳粛な心のたかぶりを感じていた。いい事をした——簡単にいえばそういう気持だった。そして、おそらく、宝屋のお母さんも、士族の長森老人も、訳も分らず、島崎先生を支持する一票を投じたのではなかろうか……。

雪子はせくりあげる熱い涙をおさえるのに一生懸命だった。勝ったとか負けたとかいう小さな料簡《りょうけん》ではなかった。人生はひろく大きい……一生懸命に生きよう! そういう、幼い、けなげな気持だった。

井口は、集った投票用紙を何気なく引きちぎりながら、

「ま、大体予想した結果が現われたというものでしょうな。私どものような年寄りでも、物の考え方が、ひと昔前とはすっかり変ってしまいましたからな……」と、まるで自分が第一番に島崎先生を支持したもののように言い、それから調子を一変して、

「ま、しかし今日は理事の欠席者が、六、七名もありますし、理事会としての最後的な意志の決定は四分三以上の出席者を得た上で、改めてご相談して決めることになりましょうな。規約がそういうことになっておりますから……。本日の分は参考意見というところでしょうかな。ハッハッハ……」

「賛成でございますわ、理事長さん。こういう大切なことは念を入れて相談した方がいいと思いますわ」

芸者の梅太郎――本名・浅利トラ女史が間髪《かんはつ》をいれずに賛成した。そして、あとはひとり言のように、

「でも私はせわしくて、そういつも出る訳にはいかないし、今度の理事会には妹の駒子にでも代りに出てもらおうかしら……」

この言葉に含まれた強い毒気はたちまち会議室の空気をマヒさせた。狭い町で、井口甚蔵ほどの人物になると、その醜聞はたいていの人に知れ渡っているからだった。

しかし、さすがに井口は顔色一つ変えず、自若《じじゃく》としていた。

そこへ、何かの用事で、ちょっと室をはずしていた田中教師が、荒々しい勢いで入って来た。

「理事長に申し上げます。本日の理事会は全然無効に終るものかと思います。なぜかと申しますと、この席には、理事の正式な委任を受けないニセ者が、理事代理と名乗ってもぐりこんでおるからであります。……オイ、君！」と、田中教師はすさまじい剣幕で、富永安吉を指さした。

「君は一体だれの代理でここに出席しているのだね？」

「――ぼくは三年生の岩田トシ子の保護者代理です」と、富永は案外落ちつきはらって答えたが、その面上にはいちまつの不安の色が浮び上った。

田中教師は体当りでもするように、富永の身近く詰めよせ、

「ハハハ……。今日の出席名簿に君はそう書いてある。ところがいま私は、廊下で本人の岩田トシ子に会ったので、つかまえて聞きただしたら、親類にも知合いにも、君のような人間はいない、何なら対決してみてもいいといってるんだ。学生の分際でこんな席に出るなんて、どうもおかしいと思ってたんだが……。いや、みなさん、だれのたくらみかは知れませんが、本日の理事会にはこんなインチキが行なわれておるのであります。理事会を侮辱するもはなはだしい。……オイ、君。さっそく退場し給え!」

「ぼくとしては、たしかに岩田トシ子の保護者代理のつもりでありますが……。つまり主観的な意味合いにおいてです……」

そう答えながらも、富永はイスから不安そうに腰を浮かせていた。

「ハハハ……。主観的はよかったな。しかし君イ、むやみに主観的であられては、はたが迷惑するからな。……これあ、みなさん、考えようによってはニセ手紙以上の重大事件ですな……。オイ、君イ、人間の顔は正直だからな。君が口先で何といおうと、君の表情は、君がニセ者であることをハッキリ物語っているぞ」

田中教師は、ネコがネズミをいたぶるように、できるだけ大勢の面前で時間を長引かせて、楽しもうとしているようだった。

沼田も雪子も顔が上げられなかった。

士族の長森老人は、眼鏡をかけ直して、極度の窮地に追いつめられた富永を、ジロジロながめまわし、

「こりゃ、若い者。わしはお前がときどき面白いことをピョコリといい出すので、見どころのある奴じゃと思うておったが、お前はそういう悪者だったのか。若いのに何という料簡じゃ。こうなったら潔くみなさんに謝罪して、さっさと席から退場しなさい。そして、何のためかは知らぬが、二度とかような不料簡は起さぬようにしなさい……」

もしこの時、梅太郎の発言がなければ、富永は命じられるままに退場するしか無かったであろう。

「ちょっと、田中先生。そうむやみに人を疑ぐるもんではないと思いますわ。そりゃあ、まあ、学生さんがこんな席に出るのは場違いの感じがしますけど、しかし世の中には場違いなことがずいぶん起るもので、たとえば、男の人が産婦人科の医院で治療を受けるということだって、あり得ないことじゃないんですからね……」

その一言は、たけり立った田中教師の上に、驚くべき変化をもたらした。赤くなり青くなり、すっかり度を失って、

「いや、全くです、その通りですとも……、場違いはあるものでして……いや、全く……あれなんですよ。岩田トシ子もこちらの方を親類の方に似てるけど、遠くから見ただけなので、ハ

ッキリしないといっただけで……そりゃもう正式の保護者代理に間違いありませんとも……。ちょっとこの、私はとりのぼせておって誤解したんですな……。誤解も場違いも人生にはありがちでして……ヒヒヒヒ……。そりゃもう正式の保護者代理ですとも。私が保証します。岩田トシ子はふだんから少し軽率な生徒でして……少したしなめて置きましょう……ハハハ……」

田中教師は一人でキリキリ舞いしたあげく、はじき出されるように室から出て行った。

人々は何のことか訳が分らず、茫然としていた。富永にも訳は分らなかったが、しかし彼は、見たところ悠然《ゆうぜん》として自分のイスに再びドッカと腰を下ろした。機に処し変に応じてあわてないのが、彼の人柄の特色の一つであった。

で、梅太郎だけが心得ている、この間の秘密の種を明かすと、——田中教師は戦争中の一期間、陸軍少尉の資格で華北に従軍していたが、その間に、戦地の生活にありがちな、不名誉な病気を患《わずら》い、帰還後もなおりきらずに、親類筋の産婦人科の医院でひそかに治療を受けていたのであった。

困ったことに、その産婦人科の医院長はひどく遊び好きな人間であり、しかも梅太郎にぞっこんほれこんでいたので、彼女の歓心を買うために、自分の身辺の秘密を何でもベラベラしゃべってしまうのであった。その一つに、田中教師に関する話もあったことを思い出し、梅太郎は、際《きわ》どいところで味方の危機を救ったのである……。

「それでは、このへんで本日の理事会を終ることにいたしましょう。や、みなさん、たいへんご苦労様でした」

井口理事長はムッチリした表情で、閉会を告げた。だれの顔にもホッとした色が浮び上った。するとと、富永がいまの腹いせのつもりか、ヌッと立ち上って、彼の頭に用意されていた最後の格言を披露《ひろう》した。

「ゲーテいわく、誤りは表面にはびこり、真理は深く隠されてあり――」

「その通りじゃ……その通りじゃ……」と、長森源八郎老人がうなずいた。

人々は立ち上って席を離れた。

富永も、今日の闘いに相当な役割を果したかに思われる『猿飛佐助』と『フクチャン部隊』を、ポケットの中に納めた。

# ならず者

理事会がたけなわなころ、六助と新子は、海でボートを浮べていた。

この辺の海は、ミサキが幾重にもとり囲んでいるので、ふだんも波は穏やかな方だったが、その日は風もなかったので、入江の中は青畳でも敷いたようにないでいた。そして、その上に涼を追う若い人々を乗せたボートが、オモチャ箱をひっくり返したように、ゴチャゴチャと浮んでいた。

ボートの腹を塗ったペンキの白や赤、派手な海水着の色彩、ボートの上でかざすパラソルの色などが、海も空も青い中に、小さな花が咲いてるように鮮やかだった。

「富永さんどうしてるかしら?……」

白の海水帽をかぶり、黄色と赤のシマの水着をつけた新子が、握ったオールを流しながら、ふと口走った。

「そりゃ、やってるさ。ヤッコさん、ポケットに本さえ入ってれば、断然ねばるんだから……」

腰だけ、黒い水着で包んだ六助は、はだかの胸をなでさすって、笑いながら答えた。

「ほんとにいい人だわね。……でも私、フッと憂うつになって困るの。みなさんにいろいろ心配をかけて、果して私がそれに値する人間かどうかと思って……」

「いいさ。だれかもいったように、問題は君から離れてしまった形なんだから……。そんなことよりも、今度ぼく、君を家へ遊びに連れて行くよ。そして、ぼくも君の家へ行くんだ……」

「なぜ?」

「なぜって、女と男のつき合いは、双方の家庭に根拠を置かないと、不健全なものになり易いからさ。……ぼくの両親など、男女七歳にして席を同じうせず、という教えで育てられ、新しい憲法が出た今日でも、感情の上ではやはりそう信じている。そこで息子のぼくが君を遊びに連れて来る。そしてキチンとしたつき合いぶりを見てもらう。すると両親は、なあんだ、こんな事なら何でもないじゃないか、と思うようになる。オヤジたちだって決して野蛮人じゃないんだし、自分たちが教えこまれて来た事と反対な事でも、それが正しいものだったら、だんだんに理解するようになる。


ぼくは子供として、両親が新しい時代に、少しずつでも目を覚ましてくれることがうれしいんだよ。

また別な考え方をすると、各人が自分の身辺のことで、ぼくがやろうとするような、小さな心遣いを払っていってこそ、新しい時代が築かれていくので、演壇で民主主義の演説をぶったり、頭に民主主義の知識を詰めこむだけでは、決して世の中のシンが変っていくものではないと思うんだよ」

「よく分るわ。私いつだって貴方の家へ行くわよ。でも私、礼儀作法も知らないし……」

「いらないよ。そんなもの……。ぼくの両親にとっては、かざり気がなく、健康で明るい印象が何よりの礼儀作法になるんだ。君がデンと腰をすえて腹いっぱいご飯でも食べるところを見せてやったら、ぼくのおふくろは飛び上って喜ぶと思うね」

「まあ、いやだ」

二人は固い笑い顔を見合せた。というのは、たくさん浮んだボートの中に、はだかの青年が三人乗っている一隻《せき》があり、これがあたり構わず汚らわしい歌をわめき散らしたり、若い女の乗ってるボートに近づいて水をはねかしたり、傍若無人にふるまっていたが、しだいに六助と新子のボートをねらって、ハエのようにうるさくつきまとい出したからだった……。

六助と新子は、そのボートのならず者たちを無視するように努めた。だが、相手は、ついたり離れたり、六助たちのボートのまわりをしつっこくこぎまわって、

「やい、真昼間からだらしがねえぞ」

「それでも日本人かい。若《わけ》え者《もん》がそんな料簡だから戦さに負けたんだぞ、バカヤロ」

「ねえちゃん、肉体美でいやがら、ヒヒヒ……」

そのほか、聞くに堪えない悪口を浴びせたあげく、若者の一人はすれちがいざま、青いリンゴの食いかけを投げつけてよこした。それが六助の横腹に当った。

「何するんだ……」

怒った六助は、ボートの中に立ち上ると、リンゴの食いかけを、力いっぱいに相手のボートに投げ返した。それは、まん中にすわっていた若者の胸に当った。

「チキショウ！　貴様、やろうてんだな……」

いきり立つ被害者をほかの二人がおさえて、何かヒソヒソと耳打ちをはじめた。

形勢不穏と見た新子は、オールを握って、そこを抜け出した。そして、そのままグイグイこぎすすめて、長く突き出た岩の鼻を曲り、赤い岩肌が露出した絶壁の下に出た。

ここは水が深いのと、ガケにさえぎられて、いつもあおいヒンヤリした空気をたたえているので、あまり人の来ない所だった。濃い紺青《こんじょう》色の水を透して、底の岩のたたずまいや、長い海草や、泳ぐ魚の影がハッキリと見えた。

「いやな人たちね。あんなの、どこにでもいるのねえ……」

「いるさ。あれで、本人たちはそう悪気がないのかも知れないが、富永のいわゆる『ワイセツな歌』をうたってるんだよ」

「なに？　何とかの歌って？」

六助は、先夜の富永の説を一通り話した上で、

「つまり、ヤッコさんたちも、自分たちのハチきれる若さをどう表現したらいいのかわからないんだ。我々のいままでの暮し方では、そういうもののはけ口が見つけにくいんだね。そこで人にケンカを吹っかけたり、人を困らせたり、そんなことでせっかくの若さを破壊的に発散させてしまうんだ。

そして、これが知識層の青年の場合だと、学問や思想の受け入れ方が、ひどく観念的・迷信的なものになっちまうんだね。富永の表現を借りれば、サルトル、わっ！　共産主義、わっ！　西田哲学、わっ！　ということになってしまうんだ……。

さっきのヤツらだって、そんな意味では、自分たちには罪はない訳だよ……」

六助は、そういい終ると、いきなりザンブと水の中に飛びこんだ。新子は、少し驚いたが、追いかけて自分も飛びこみ、六助と並んで、ボートのまわりを遠巻きに泳ぎはじめた。

「うまいんだな、君は——」と、六助は、手足がよく伸びて軽く浮いている新子の泳ぎ方をながめながらいった。

新子は白い水アワをふきながら、笑って、

「ウン。私それよりももぐるのが強いのよ。いまからもぐって明日の朝までぐらい……」

「よし、もぐろう。下に岩があるはずだから、それにつかまってにらめっこだ……」

「いいわ」

二人は目顔で合図して、ドブンと水の中にもぐりこんだ。そして、二匹の魚のようにヒラヒラと水をかいて、あまり深くない所につき出ている岩まで達すると、それにつかまって根くらべをはじめた。

上を仰ぐと、日光が太いシマをなして、青い厚い水の層にさしこみ、途中でいくつかに折れて、ユラユラと揺れ動いていた。そして、新子には、自分のすぐ傍に、手足を絶えず動かしながらうごめいている六助の生白い肉体が、アルコールづけの胎児でも見るように不気味なものに思われたりした。

聴覚の無い世界。——それは全く世間から隔離された、青い、深い薄明の世界であった。ヒレで泳ぐ魚や、岩の間からユラユラとなびいている海草の生命のあり方が、そのままヒタと分って来るような哀しい世界でもあった。

新子はふっと寂しくなり、手をさし伸べて六助の頭を小突いてみた。ぬれた風船をつくような空しい手応えだった。六助の方からも青白い腕をさしのべて、新子の胸のあたりに触ったが、新子は六助の腕に植物的なものを感じたきりだった。

そのうち六助の顔のあたりから、細かいあわ粒が吹き出され、それが間を置いて、二、三回繰り返されたかと思うと、六助の青白い肉体は、にぶく、岩をけって浮び上っていった。新子もあとを追った。

二人はボートの両側にすがりついて、ぬれた顔で大きく呼吸をした。

「負けたよ。君はつまらんことが強いんだね」

「つまらなくは無いわ。女は世の中で縁の下の力持ちのような役割をさせられるから、息が長く続くようにできてるんだって……」

「もっともらしいけど……。でも、いつかの姓名判断では、君はだんなさんをしりに敷く方で、あまり縁の下におりそうもないんだがね」

「勝ったのは私、負けたのは六助さんよ。そのほかのこと何とでも……」

二人が冗談を言い合ってるうちに、さっきの三人の若いならず者たちを乗せたボートが、いつのまにか岩鼻を曲って、グングンこちらにこぎ進んで来ていた。

はじめにそれに気づいたのは新子だった。

「来たわ、六助さん、さっきの人たちよ」

二人は急いでボートにはい上った。六助は小指のツメをかんで、近づくボートをにらんでいたが、ふと新子の方をふり向いて、

「ぼく、ケンカするからね。あと、君は君の判断で安全な処置をとってくれ」

「いいわ……」と新子は自分の身体を深く抱くようにして、六助の顔をヒタと見つめた。ほお

の線がひきしまって、燃えるような目の色だった。

相手のボートが三十メートルぐらいに近づいた。三人とも陽にやけて、品は無いが、ハッキリした顔立ちの若者だった。その中の、手首に入墨をした一人の若者が、ボートの中に立ち上って、

「おい、さっきの話をつけようじゃねえか。おれたちは港屋一家のもんさ。海だから、水の中で勝負をつけよう。お前《めえ》女連れだし、一人と一人でいこう。行くぞ……」と、気負ったいい方をして、いきなり水の中に飛びこんで、泳いできた。

六助は指の骨をポキポキ鳴らして、最後にチラと新子の方をふりかえった。それに気づかぬ風で新子は、水の中のならず者に、刺すような憎しみの目を注いでいた。

六助は、少しでも息を乱さないために、ボートの縁につかまってしずかに水に下り、それから抜手をきって、若者の方に進んでいった。

海の中で組打ちをする場合、相手に対する恐ろしさよりも、水に対する絶対的な恐怖が、意識の下に隠されている。水は感情をもたないからである。そして、六助は、しだいに目前に迫る、角ばった、額が狭い若者の顔の中に、その恐怖心が浮んでいるのを、本能的に感じとった。ニキビなど出して、二十歳前後の年ごろであろう……。

距離が六尺ぐらいに縮まった時、六助はトボンと逆立ちして、水の中にもぐりこんだ。そし

て、あわてた相手が、それに応じる体勢を整えきれないうちに、相手の片足を小脇にさらって、滅茶苦茶に水の中を引っぱりまわした。必死だった。

二隻のボートの上では、敵味方が、息をつめて、うず巻きあわ立つ水面を見つめていた。ときどき、だれかの肩や腕の一部が水面に浮き出たが、またすぐ水中に没した……。

まもなく——先に浮かび上ったのは、手首に入墨をした若者だった。したたか水を飲まされたと見えてゲエゲエ苦しげに吐きながら、ボートの方に泳ぎ出した。と、遅れて浮き上った六助は、二、三度呼吸を整えると、後から追いすがって、また相手を水の中に引っぱりこんだ。

「ようし。手を貸すぞう!」

ボートの中から、もう一人の若者が水に飛びこんだ。と、間髪をいれず新子も飛びこんでいた。まるで強い綱で引っぱられたもののようだった。

ここでは、腕力も暴力も水にとかされてしまい、水といっしょでなければ何事もなし得ないのであった。その環境が、水に慣れた新子に、男の暴力に対する恐怖を感じさせなかったのである。

二番目の若者は、自分の方に向ってまっすぐに泳いで来る新子を見て、意外な顔をした。新子が連れの六助の命ごいにやって来たのだと思った。だが、新子が一言も発せず、きびしくひきしまった顔をして、グイグイ迫って来るのを見て、こいつは闘う気なんだなと感じた。そして、この途方もない女の子を少しいじめてやれと思った。だから、新子が目の前でスプンと水にもぐると自分ももぐり、二人は片腕を組み合せてまるで仲の好い友達のように、底の方に沈んでいったのである。

岩の層まで達すると、新子は岩と岩の狭いすき間に身体を入れ、両足をひろげて身体が浮くのを防ぎ、改めて若者の片腕を両手で必死に抱えこんだ。

そうされて、若者はあわてた。彼は女の子の感情というものを知らなかった。どうするつもりなのか分らない！　その恐怖が電気のようにじりじりと背筋を焼いた。

若者は本気で暴れ出した。しかし、重い水圧が、彼の暴力をのりのようにふやけさせてしまい、打ってもけっても、水に落ちた絵具のようにその効果がぼやけてしまった。――新子は、頭をうつむけて、必死で相手の腕を抱えこんでいた……。

水の上では、手首に入墨をした若者が、ヘトヘトになって、ボートに泳ぎつこうとしており、六助はまだ呼吸遣《いきづか》いに余裕を見せてその後から追い迫っていた。

ボートに残ったもう一人の若者は、六助が近づいたら一撃を食らわせようと、オールを構えて待ち受けていた。だが、入墨の仲間がやっと舟べりに手をかけて、ボートがグラグラと傾くと、若者はオールを棄ててまっ青になり、

「おい、ひっくりかえるぞ。お、おれは泳げないんだ……」と、わめいて、ボートの動揺をし

ずめるのに夢中だった。

六助は安心して舟べりに手をかけた。

「貴様らなんだって人が楽しく遊んでるのに邪魔をするんだい。それほど精力をもて余してるんだったら、他人に迷惑かけないで、自分たちだけで殴り合いでもしたらいいじゃないか……」

「わ、わるかった。かんべんしてくれ……」と、入墨の若者は、舟べりに片ひじかけて、まだアップアップしながら叫んだ。

「気をつけろ」と言い残して、六助は気がかりな新子たちの方に引っ返した。ちょうど、二番目の若者が水から浮き上り、つづいて新子も少し離れた所にポッカリ首を現わしたばかりのところだった。その顔に、怒っている男の子のようなひたむきな表情が浮んでいるのを見て、六助はホッとした。

やっと、気が狂いそうな不気味な思いから逃れ出た若者は、六助がまっすぐに自分の方へ泳いで来るのを見ると、「助けてくれェ……」と、だらしなく悲鳴をあげて、横の方へ、バタバタ犬かきで逃げ出した……。

六助と新子は自分たちのボートに泳ぎかえった。そして、右左から助け合ってボートの中にはい上ると、すわってる気力もなく、肩を組み合せて、仰向けに倒れてしまった。

しばらくの間、二つの肉体は、自動する機械のように、烈しい呼吸運動をつづけていた。

六助はそっと目を開いた。青い空が、光の粉を無数に浮かせて、はるかに高く被《おお》いかぶさっている。ミルク色の雲も光っている。そして世界の果てに出てしまったような、深い静寂が、身のまわりにあった。

ふと六助は、冷たいものが目じりからほおに流れ出るのを感じた。何のための涙なのか、自分にも分らなかった。

隣で首を動かす気配がするので、自分も首を曲げてみると、新子が大きな青い感じの目でじっとこちらを見つめていた。あまり距離が近いので、目だけが一つの生き物のように思われた。水光りするはだ、ほおや鼻やくちびるの生ま生ましい彫り、それから不思議な暗いほら穴! 目!

「おい、大丈夫か――」

「ええ、でも私、後悔してるわ」

二人はまた顔をそむけた。

六助はそっと腕を抜いて起き上った。

「さあ、ぼくたちももう帰ろう。ガンちゃんが待ってるころだから……」

新子も起き上ってオールを握った。

もう、ならず者たちのボートは、まわりに影も形も認められなかった。

二人は黙りこくってボートをこいだ。ふいに、新子は話のつづきのように、

「だれだって私みたいなもの、好きになれないんだわ。男とケンカするなんて……」

「君がそうしなければ、ぼくは二人がかりで水攻めにされて、ノビていたかも知れないんだ」

「でも貴方は私を怒ってるんでしょう？　分るわ……」

「いや、ぼくが不快なのは、はたの者が汚らわしくぼくたちの間をゆがめてしまいそうなことなんだよ。……君と全然知らなかった方がよかったのかな……」

「環境に負けなきゃいいんでしょう」

「……しかし、人間は自分が信じてるほど、自分が強い人間でない事だって往々にあるんだから……」

「いやあねえ」

岩鼻を曲ると、夕日がまぶしく照りかえす入江の中で、まだたくさんの人たちが、ボートに乗ったり、泳いだりして遊んでいた。明るく、騒々しく、いきいきして……その中に混じると、二人ともやっとくつろいだ気持になっていった。

ボートをつなぐ小さな桟橋の上には、富永安吉がヌッと立って、海の上を物色しているところだった。

「ガンちゃん、ご苦労さん、どうだったい？」

六助は、新子と鼻をつき合せている息苦しさから解放されて、ほんとにうれしそうに声をかけた。

「うん。失敗だったよ」と、富永はニコリともせず答えた。

六助たちは脱衣所で着物にかえて来た。新子は紅《あか》い水玉を散らしたワンピースをキッチリはだにつけていたが、まっすぐな腕やすねが長く伸び出て、子供の娘——といった、精力の満ちあふれた感じだった。

三人は日陰を求めて、岩山の下の松林の方へ歩き出した。

ブラブラ歩きながら、富永は問われるままに、理事会の模様をボツリボツリ語ったが、何しろ理事会の討論があまりにも世俗的なものだったので、富永の口には説明がうまく乗って来なかった。

また、『お産の知識』や『フクチャン部隊』や『猿飛佐助』などについても、彼は一語も語らなかった。人に、ふざけてるような印象を与えることを、好まなかったからである。したがって、六助たちは、理事会の経過がどんな風であったのか、富永の説明だけでは、筋の通った了解を得ることができなかった。

反対に、彼らがたったいま経験した、海のヨタ者たちとの闘いの話は、ひどく富永の注意と興味をひいたようだった。

「はあ……。貴女が六さんに加勢して闘ったんですか？」と、富永は深い驚きの眼差しで、新子の顔をながめ下ろした。

「いわないで……いわないで……。私、身体中で後悔しているんですから。でないと、私、どこかへドンドンかけ出して行っちまうから……。ほかに仕様がなかったのですもの……」

新子は肩先をけいれんさせて、泣き出しそうな顔をした。

彼らが灌木の茂みに沿うた小みちのカーブを曲った時、とつぜん、目の前に三人の若者がバラバラと躍り出た。港屋一家と自称する、さっきのならず者の仲間だった。

「やい、今度は陸の上であいさつをするからな！」

六助にしたたか水をのまされた、手首に入墨をした若者が、そう怒鳴って、いきなり六助に躍りかかって来た。六助も受けて、二人は地面に倒れ、上になり下になり、烈しい組打ちをはじめた。

と、富永は、スッと両手を上げて小腰を屈《かが》めた、奇怪な姿勢をつくり、妙に底力のこもった声で、

「おれは、暴力を否定する……否定するんだ……おれは否定する……」と叫んで、味方の助勢に乗り出そうとする二人の若者の前に立ちふさがった。

若者たちは、唖然《あぜん》とした。彼らは両手を上げるケンカの構えを見たこともないし、「暴力を否定する」というケンカの名乗りを聞いたことも無いのだ。

その手は永久にあげられたままのものか、機を見て起重機のような力で自分たちの首根ッ子に落下して来るものなのか、目を燃えるように光らせて、ジリジリと迫って来る富永の怪異な風貌からは、なんの察しもつかなかった。

まるで性根の分らぬ野蛮人を相手にしてるような不気味さだった。若者たちは、その理解できぬ相手の心理に圧されて、無意識にジリジリと後退していった。

その間に、顔中、血とほこりに塗《まみ》れた六助は、やっと相手を組み伏せ、逆手をとってギリギリと締めつけはじめた。

「痛《いて》え痛え！　オウ、痛え痛え！　かんべんしてくれよ、オウ！　オウ！　オウ……」

その悲鳴を聞きつけて、富永は、二人の若者をにらみつけたまま、

「金谷！　放してやれ、放せ……」

と怒鳴った。

それが耳に達すると、六助はちょうどそこで精根が尽き果てたもののように、組み敷いた敵からポロリと離れ落ちた。

入墨をした若者は、びっこをひき、締めあげられた肩に手を当てて、

「オウ、オウ、オウ……」と、まだ苦痛のうめき声をもらしながら、二人の仲間に支えられてスゴスゴと引き上げて行った。

六助はわずかの間に無惨《むざん》な姿に変った。顔も手もすり傷と土で汚れ、くちびるが切れて濃い血がにじんでいるのと、目の上に青いハン点ができているのが、とくに痛々しい感じだった。そして、くさむらにあぐらをかき、火のようにせわしい呼吸遣いをしながら、

「ガンちゃん、ゆるしてくれよ、おれは、……おれは恥ずかしいんだ……」と、握りこぶしで目をこすった。

富永は、まだ両手をあげたままで、じっと六助をながめ下ろしていたが、しずかに手を下ろすと、ゆっくりした声で、

「金谷。貴様はバカだ。……そして、おれは偽善者だ……」と、吐き出すようにいって、スタスタと歩み去った。その目にも涙が光ってるようだった。

六助はガックリ首をたれて、しゃくり上げるように「うう……」とうめいた。

新子は——組打ちがはじまった時から、松の木の陰に飛びのいて、おののきながら成行きに目を奪われていた。富永の奇怪な無抵抗主義、それから六助との常識をはずれたような不思議な友情、そういうものが、心臓を裏返しにされるような、烈しい驚きを彼女に与えたのであった。

新子は、六助がうなだれて一人とり残されたのを見ると、急に吸い寄せられるように、そのそばにかけよった。そして、物もいわず、六助の顔の汚れを、手ぬぐいでふき清めようとした。

「構わないでくれ。ぼ、ぼくは一人でいたいんだ。……だれにも見られたくないんだ。行っちまってくれ……」

六助は身体中でイヤイヤをして、うしろのくさむらにドシンと寝ころび、両腕で顔を被うた。

その姿をじっとながめ下ろしているうちに、新子の身体には、さかれるような、生ま生ましい情熱の波が高まって来た。そして、どんな意味なのか、自分でも分らず、

「私は……六助さんが好きだわ……。好きなんだわ……。私は好きなの……」と、ハッキリ、熱病患者のように口走った。そして泣いた。

六助は、その言葉を弾《は》ね返すように、身体を転がしてうつ伏せになり、

「行っちまえ……行っちまってくれ……」と、口ごもった声で怒鳴りつづけた。

新子は気が抜けたように、目だけ大きく開いて、六助の息づく背中を見下ろしていたが、ふと足もとの方に、緒がきれた六助のゲタが片方だけ転がっているのが目に止った。

新子は地面にしゃがんで、そのゲタをひざの上に拾いあげ、手ぬぐいを細くかみさいて、鼻緒をすげ出した。肩先をふるわせて、グショグショ泣きじゃくりながら……。そして、緒ができると、もう一つのゲタも探し出し、二つそろえて六助の足もとにならべて置いた。

六助はまだくさむらにつっ伏したままだった。

「私、帰るわ、六助さんはいつまでもそうしていたいんでしょうから……。貴方はバカよ、でも私、好きだわ。……さよなら」

新子は訳の分らないことを口走りながら、その場を離れた。かけ出しては、歩き出し、またかけ出すという風にして、松林の小みちを、しだいに遠退《の》いて行った……。

一人になると、六助は大儀そうに身体を起した。そして、両手で頭を抱えこむようにして、切れたくちびるの血を吸いこみながら、小みちの向う側の灌木の緑にボンヤリながめ入った。海で、ならず者たちと出会ったあとのことは、混沌《こんとん》とした悪夢のようで、何一つ、彼の頭の中では整理がつかなかった。ただ、自分をさげすむ気持だけが、顔のすり傷とともにヒリヒリとうずいているのが感じられた。

ふと六助は、足もとにならべられたゲタに気がつき、新しく結《ゆわ》えられた鼻緒のきれの白さを、世界で一番美しい色だと思ったりした……。

# 和解へ

理事会の結果が知れ渡ると、生徒たちの島崎先生を排斥する熱は、しだいに冷めていった。投票数が多い少ないというようなことは大して問題ではなかった。それよりも、理事会の実情や雰囲気が、わりあい写実的に生徒の間に伝えられ、これが理屈なしに、生徒の心理を一変させてしまったのであった。

たとえば、岡本老先生の朗読した、間違いだらけのラブレターの話など、ことに生徒を喜ばせ、「あの人、このごろヘン（恋）してるんだって……」とか、

「雨が降ってノウ（悩）ましいわ」

とかいういい方が、たちまち生徒間のはやり言葉になってしまった。

そうなると、騒ぎの主謀者たちは、生徒仲間から浮き上った、変に間の悪い存在になってしまった。ヘンだのノウだのでは、おかしくって、学園の民主化も何もあったものではないからだった。

また、島崎先生と沼田校医は、センプンをしたのではなく、女の島崎先生が男の沼田校医を殴ったのだそうな、という新事実は、生徒たちの間に、島崎先生に対する驚きの感情を呼び起

した。

いいことか悪いことかは分らないにしても、お互いの周囲にウジャウジャしておって、お互いに鼻についている「女」でなく、そこに、なにかもっと新しい人格を感じさせられたのであった。

また、この事件で、陰に陽に生徒をあおって来た田中教師が、手のひらを返したように、騒ぎを抑えにかかったことも、意外な現象だった……。

ともかく、こんな訳で、主謀者の中でも、父兄の面前で、自分の書いた（ヘン）だの（ノウ）だのという、みっともない手紙を読みあげられた松山浅子など、気の毒なぐらい、ひっそりショゲかえってしまった。

情勢がそう変って来ると、雪子としては、主謀者たちをひねくれさせないこと、寺沢新子と松山浅子の心のわだかまりを解いてやることなどが、新しい心配の種になった。

そんな後始末をつけるにしても、新子をいつまでも休ませて置くのは工合が悪いことだった。

で、ある日、学校が退けてから、雪子は新子の母親の家を訪れた。

玄関に立って案内をこうと、四十をだいぶ過ぎた年ごろで、新子によく似た顔立ちの、品の好い婦人が出て来た。

「私、女学校の島崎でございますけど……」

「おや、はじめまして……私、新子の生みの母でございます。おうわさは始終伺っておりました。さあ、どうぞ……。あれは、お昼前せんたくや畑作りをやって疲れたからって、いま二階で昼寝をしておりますけど、すぐ起しますから……」

「いいえ、どうぞそのまま。お母様にお話するのも同じことですから……」

母親は、雪子を、庭がひろい座敷に案内した。縁側の板や、畳の目がきれいにふきこまれ、いかにも女世帯《じょたい》らしいすがすがしさがただよっていた。

母親は、ぬれタオルや団扇やお茶などを、バタバタさせずに手早く支度してから、客テーブルをはさんで雪子と向き合ってすわり、

「ほんとにこのたびは、あの子のことで、いろいろ先生にご面倒をおかけしまして……。何度もおわびに出ようと思いましたけど、学校へ届け出ている母親は私ではございませんし、つい出しぶりまして……。何しろ、あの子も夢がなく育ったものですから、なかなか一徹なところがありまして、世間とソリを合せていけない風で、困っております……」

「夢がないと申しますと……?」

雪子は、相手の中に、ある教養の深さを感じて、真面目な気持でそう聞き返した。

「夢と申しますのは、世間の子供たちは、幼い時分には、自分たちの両親を神様のように完全な人格者と信じきって、その夢の中で安心して育っていくのですが、私どもはあの子にそうい

う夢を与えてやることができませんでした。それどころか、世間の物事の判断もつかないあの子に、自分の両親は、欠点だらけの普通の人間にすぎないという現実を、始終見せつけてまいりました……」

そう語る母親の態度には、落ちついた余裕が感じられた。

「夢がなかったということは、お母様の貴女からご覧になって、現在の新子さんの性格のどういうところに影響が現われているでしょうか?」と、雪子は、ある生ま生ましい興味にかられて尋ねた。

「第一に、あの年ごろの少女の感傷性をもっておりません。だから滅多に泣きませんし、ときどき女の子らしくない思いきったこともいたします」

「それだけならば、むしろいいことではございませんかしら。思ったこともロクにいえず、すぐ泣きたがる現在の少女の感傷性というものは、決して自然なものでも健全なものでもなく、婦人がこれまで強いられて来た社会の境遇のためにゆがめられた気質だと思いますけど……。泣くより手がない。――そういう境遇に長い間しばりつけられて来たのですわ。

よく、男の人が、女が職場で長い間働いてると、女らしさを失うとか何とかっていいますけど、その場合、男の人たちの頭を支配してる女らしさの概念は、泣き女の概念なんですわ。資本家は労働者が目覚めることを好まない。男は女が愚かな感傷性から脱け出ることを好まない。

そんなんではいつまで経っても世の中が進歩しないと思います。

それで私は、女がほんとに成長していく過程は、私が現在あずかってる年ごろの少女たちの上には、まずちょっとやそこらのことでは泣かなくなる、そういう形で現われて来なければならないと思いますの。外国映画を見ても分りますけれど、少女たちのメソメソシクシク趣味は日本だけのもので、世界のどこにも、あんな貧しい、陰気な習慣はないと思いますわ。

そうはいっても、まだ職員たちの中でも、何か取調べられて泣かずにハキハキ理屈をのべる子がありますと、あの子は図々しいとか、女らしくないとか、生意気だとか、女の先生自身がそういう評価を下してるぐらいですから、まだまだ急には改まらないでしょうけど……。あら、お話の途中で、勝手な意見をのべてごめん下さい……」

「いいえ。お話を伺っておりますと、あの子が先生をしたっている気持がよく分るようで、たいへんうれしゅうございますわ」と、新子の母親は、大人びた愛情をこめた眼差しで雪子をやさしく見守った。

「女の子のむやみに泣くのはよくない――それは私もそう思いますけど、しかし私どもはハッキリした認識をもってそんな風に育てたのではなく、どうにもならない境遇があの子をそうしたのですから、あの子の現在の性格の上では、やはり一つのマイナスになっているのではないかと心配しているのでございます。

もう小さい時分からきかん坊で男の子たちと取っ組みあいのケンカをするのが珍しいことではございませんでした。顔や手足に傷をつけられても、私どもには隠して見せないようにしておりましたし、年下の男の子などは、あれの姿を見かけますと、ソラ、寺沢の男ムスメが来たというので、逃げ出すぐらいでございましたの。ホホホ……」

「まあ、新子さんがね。目に見えるようですわ」

雪子もつりこまれて微笑した。

「もう一つ、夢を与えてやれなかった影響としては、負け惜しみが強いことでございます。いいわけしたり、人に頭を下げたりすることが大きらいなんでございます。人から誤解されても、それを自分が無理にのみこんでしまって、決して弁解などいたしません。前の学校からこちらに転校するようになった事情なども……ああ、それについて、あの子は先生に何かお話申し上げたでしょうか？」

「ええ、同じ汽車通学してる工業学校の生徒と手紙のやりとりをして、いっしょに遊んだとか何とか……」

「それなんですもの。みんなほんとのことですけど、相手の学生というのは、あれの年下の従弟で、小さい時はいっしょの家で育ち、あれに始終泣かされておったもので、その後もいったり来たりしてずっとつき合って来て、いまさら逆立ちしたって、そんなおかしな関係にはなれない間柄ですの。

ところが、前の女学校はここよりももっと小さい、口うるさい町でしたので、そんなことでも生徒のうわさに上り、それに対してあの子が、誤解は、誤解した方が解くべきで、被害者の自分の方から弁解すべきではない、自分までが卑しい考え方の仲間入りをする必要はない——、そういう強情な態度でおし通したものですから、とうとう転校ということになってしまいましたの」

「まあ、新子さんは私へまで、年ごろの過ちの一つでもあるかのような印象で話してましたけど……」

雪子は、寺沢新子の意地の深さに、強いショックを感じた。人間として、女として、自分などの及ばない、根強い性格のシンのようなものがあると思った。

「ええ、そうなんでございます。でも、そんなかたくなな態度でおし通して、世間に勝ちきれるはずもありませんし、結局自分をひねくれさせることになるんじゃないかしらんと、それが心配なんでございますわ」

「まったくですわ。たしかにその心配がございますのね。あっ、そうそう、お母様は、このごろ、新子さんに高等学校の学生の友達が二人できたことをご存じですか？……」

「はあ、話をきいております。しっかりした学生さんたちのようですけど……」

「ええ、いい人ばかりですわ。それで、貴女がご心配になる新子さんの一徹な性格も、若い男性とのつき合いなどで、案外柔らかく解きほぐされていくんじゃないかと思いますけど……。何といっても、あの年ごろには、異性の影響力が一番大きいでしょうから……」

「はあ、そういう風にいってくれるといいんですけど……。ともかく、その学生さんたちを家へお連れして、お母さんにも紹介しなさいっていってるとこですの……」

「こう申しちゃ失礼ですけど、感傷性が無いとか、負け惜しみが強いとか、不幸な境遇が、その程度の影響しか新子さんの上に及ぼさなかったということは、大変いいことだったと思いますわ。暗いジメジメした気分はちっとも無いんですもの……」

「はあ、それは――」と、新子の母親はちょっと考えこむような表情をした。

「私どもはあの子に夢を与えてやることはできませんでしたけど、しかし、あの子の父も私も、ふしだらだったり、不真面目だったりしたのではありませんでした。一生懸命に生活の道を打開しようと努めたんですけど、どうにもならず、別れてしまいました。私どもが決して不真面目なのではなかったということと、私の代りにあの子の母になった人が、教育はありませんけど非常に善良な人であることなどが、どうにかあの子の性格を暗くさせずに済んだ理由ではないかと思いますけど……」

「あの、どうしてご夫婦が別れるようになったのか、聞かせていただけますかしら?」

そう尋ねる雪子の目には、誠実な色があふれていた。

聞き方があまり率直なので、新子の母親はしばらくためらっていたが、すぐに、自分が失敗した人生の経験が、この若い同性の上に役立つものならば——という気持になった。雪子の人柄が、そういう聡明さをにおわせていたからであった。

「それはまあ、簡単にいえば、夫と私と性格が合わなかったからということになります。……私の父は——もう亡くなりましたが、女の子でもできるだけ才能や個性を伸ばしてやろうという主義で私を育ててくれました。ですから、私どもは兄二人と私と三人兄妹《きょうだい》でしたが、兄たちに許されることは女の子の私にも許されておったのです。父のそういう教育方針のおかげで、女学生であったころの私は、ほかの人たちにくらべて、物事に対する自分の判断というようなものを、わりあいハッキリ持ちかけておったように思います。私は東京に出て、ある専門学校を卒業しました。まあ、その時代ですから、私はもうそろそろ婚期に遅れた年ごろになっていた訳です。

私の育ち方から考えますと、自分で相手を選び、相互の理解に基づく結婚をすべきだったでしょうが、私はわりあいそういう事にはノンキな方でしたし、またそのころの社会の環境は男女の区別が今よりずっと厳しくて、結婚の相手を自分で見出《みいだ》すという機会は、とうとう私には与えられませんでした。それで私は結局、あの子の父親と媒酌結婚をいたしました。

夫は真面目な人間でしたが、物の考え方で儒教主義で固まったような人であり、私はどっちかというと、人はそれぞれの境遇でできるだけ明るく楽しく暮すべきだと考えておりました。口でいえば、たったそれだけの相違でしたが、夫も私もいまさらどうしようもないほど、それぞれの人生観が深く身にしみついておったものですから、新婚の陶酔時代がすぎますと、私どもの間のミゾはハッキリお互いの目にうつるようになりました。

新子が生れたことも、私どもの間のミゾを埋める役には立ちませんでした。もちろん私は、あの子に対する愛情のために自分をギセイにしようと、できるだけ努めたのでしたけれど……。まるっきり考えの違う男女が、夫婦として、一つ屋根の下で日常生活を営んでいく煩《わずら》わしさ、重苦しさ、味気なさは、まだお若い貴女などには想像もつかないものでございます。私どもの場合、夫も私もともかく真面目であったということが、いっそう家庭生活をたえ難いものにしてしまいました。……といっても、やはり貴女には分っていただけないかも知れませんけど……。

名前だけの夫婦生活を長い間つづけた末、新子が九つの時に、私は思いきって夫と別れてしまいました。だんだん物心がついて来るあの子に、私どもの偽りの姿を見せることは、私がそばについてることよりも、もっと悪い影響を与えるだろうと恐ろしくなったからです。

私はそれから東京に出たりして、恋愛のようなことも二度ばかりあったりしましたけど、一度人生に自信を失った私には、何事もうまくいかず、それにあの子に対する気持にひかれて、とうとうまた田舎に引き上げてしまいました。なお、申し添えますが、あの子の父は、私が結婚しないかぎり、私の生活を保証するという、私どもが別れる時の約束を今日でも実行してくれていますし、また私が新子の生みの母親であるという特権も認めてくれております。そういう点では、ほんとに立派な人なんですけど……。

私はいま、兄の男の子を一人もらって、中学校に通わせておりますが、将来はこれに嫁を迎えて、私の老後をみてもらおうと思っております。

いまから考えますと、私の失敗は、結局、人生に対する私の知恵が足りなかったというところにあったのだと思います……」

正しい反省と、過不足の無い感情の流露に裏づけられたその告白は、雪子の魂をそくそくと揺すぶった。そこに、すぐ目の前に、まだ女らしい美しさをにおわせてすわっている婦人は、自分と同じ知性が通い、しかもそのために、社会生活の矛盾と闘い、傷つき、苦しんで来た立派な先輩の一人なのだ。

雪子は手をとってすがりつきたい思いだった。

「よく分りましたわ。私はいまのお話を、私のこれからの生活の上に生かしていかなければと思っております……」

そう言ったことはウソではなかった。しかし、その分り方が、(私もぐずぐずしておられない年ごろなんだわ)という感じ方でジリジリ胸を焼いて、雪子は顔が赤らむような思いがした。そして、それを見抜いたかのように、新子の母親はとくべつな温かい微笑をみせて、

「そうですねえ、貴女と差向いですわっておりますと、私は、貴女がなんの心配もいらない、自分のことは自分でやっていける方だと思いますけど、ただ一つ申し上げたいことは、鉄は赤いうちに打て、ということですの」

「はあ、私もそう心がけますわ……」と、雪子はほんとに赤くなって答えた。

その少し前から、二階や屋根の上で、人の歩く足音がしているようだったが、ふいに新子の母親は、驚いたような声で、

「あらあら、先生、ま、なんてことをするんでしょう……」と、縁側とすれすれの所に生えている太い梅の樹を指さした。

黒いゴツゴツした幹に、ちょうど真上から、長い裸のすねが二本いっしょに伸びて来て、足の裏で幹をはさんだところだった。そして縁先の空間に、仰向けにのけぞった、白い半袖シャツを着けた新子の胸と顔が現われ、

「先生、今日は——」といった。

「バカな真似はおよしなさい。第一、失礼ですよ、先生に——」

「フフ……。先生にもぎたての梅の実をあげましょうと思って……。先生、お好き?」

「好きだわ。……いまお母様から、貴女が男ムスメだったというお話を聞いてたとこなのよ。そしたら、貴女がトタンにその実物を見せてくれた訳ね。ホホ……」

「やなお母さんだわ。でも先生と気分が合うでしょう。私、前からそう思っていたの。二階で聞いても、ずいぶんおしゃべりがはずんでたわ……」

二人の大人を苦笑させるようなことをいいながら、新子は梅の幹からすべり下りた。そして、ヒョイヒョイ土の上を飛んで台所の方にまわったかと思うと、すぐぬれた足で座敷に入って来た。

白いピケ帽に、赤く熟れた梅の実をいっぱい入れて抱えていた。

三人になると、会話は急ににぎやかになった。雪子は、学校の空気が一変したことを語り、明日からでも新子に出校するようにといった。その話の中で、理事会の時の富永安吉の活動ぶりが一番新子たちの興味をそそり、新子の方からも、街のよた者たちとケンカした時の富永の奇怪な無抵抗主義の話をもち出したりした。もちろん、自分がならず者の一人の足を抱えて水の中にひきこんだことなどは、オクビにも出さなかったのであるが……。

「それでねえ、先生、私、困ったことがあるの。六助さんがすり傷とドロに塗《まみ》れてひどく興奮しているのを見ていると、私、ワッと泣き出したいような気持になって来て、無意識みたいに、『私は貴方を好きです……好きです』って何べんもハッキリいっちまったの。ねえ、先生、分って下さるでしょう。私、そりゃ六助さんをきらいじゃないんですけど、三文小説の中の女が男を好きなような意味では、好きでもなんでも無いの。でもそういっちまったんですわ……。私だけの気持では、そう口走っても、矛盾でも何でもないのですけど、もしか六助さんが私のその時の言葉を根にもって、ひとりで悩んだりしてるんじゃないのかしらんと気がかりなの。『好きです、好きです、好きです』って何べんもたしかにいったんですから……」

「困ったわね――」と、雪子は少しも困ってるとは思われない、明るい調子で答えた。

「私どもはずいぶんたくさん言葉をもってるようだけど、なんて言い現わしたらいいのか分らないような気持のことだって、しばしばありますからね。貴女の場合もそれだったということが、私にはよく分りますわ。でも、六助さんを傷つけてはいけないから、貴女からハッキリそういってしまった方がいいでしょう……」

「いやです」と、新子はピンと弾ね返すようにいった。

「私、たしかにいってしまったんだし、その言葉を六助さんがどう解釈しようと、そしてこの後私にどんな態度で出ようと、自業自得で仕方がないことですわ。いまさら弁解するなんて卑怯なことですもの……」

「ほら、先生、この通りの負け惜しみなんですよ。ちょっと訂正しておけば何でもないものを……。みすみす自分が損じゃないの？」

「新子さんは、私にも、貴女の前の学校の失敗というのは、小さい時、貴女に泣かされてばかりいた従弟との、何でもない交際だったという説明をしなかったのね？」

母親と先生にそういわれて、新子は恐ろしく生真面目な顔をして、二人を見くらべ、

「じゃあ、私のそんな性質、すっかり失くなった方がいいと思う？」

「そうね。そう開き直って聞かれると、その負け惜しみは、貴女の人格の大切な要素の一つだといわなきゃあならないんだけど……。じゃあ、いいわ、先生から六助さんに貴女の気持を伝えて置くわ」と、雪子は一歩後退した立場をとった。

すると、新子はおかしそうに笑い出した。

「ホホホ……。私きっと先生がそういって下さると思ったの。ぜひお願いしますわ。だって私、お友達としての六助さんは失いたくないんですもの……」

「まあ、お前、先生にそんな煩わしい思いをさせて……」

新子の母親は、口先では恐縮そうにいったが、じつは自分の娘に人間の生き方を教える先生ができたことを、心から喜んでいたのであった。

「さあ、じゃ私はもうお暇《いとま》しますわ。明日の日曜は、私は日直番で学校におりますから、ご用

が無かったら学校にいらっしゃいね」

——ちょうどそのころ、うわさに上った金谷六助が、思いつめた顔をして、新子の家の前を往ったり来たりしていた。

あの時、新子が夢中で口走った言葉を、彼もまた夢中で聞いていたのであったが、時がたって心身の興奮がしずまってしまうと、

(好きです……好きなんだわ……)

と繰り返していった新子の言葉だけが、彼の頭の中で、ネオン・サインのように赤く不気味な明滅をはじめたのであった。

あの場合、彼女は、熱病患者のうわ言のように、全く無意識で口走ったものに違いない……。だから気にかけないことにしよう……。そう自分にいい聞かせる下から、その時の新子の興奮した肉声が、そっくり六助の胸によみがえって来るのだった。

(好きです……好きなんだわ……)

夜も昼も、学校でも往来でも家庭でも、時と所にお構いなく、その言葉がなま熱く浮び上って来て、六助を重苦しい疑惑でおしつぶすのであった。

六助も新子をきらいではない。しかし(好きです……好きなんだわ……)と宣言される覚えは毛頭ないはずだった……。

六助はしだいに苦しくなった。新子のことを思い出しても、その言葉がジャリッ！　とスナをかみ当てたように、身体中の神経にこたえて、これまでのように無邪気な心持ではいられなくなった。

もしも新子が、恋愛を意味して、あんな発言をしたんだったら——。そう考えると六助の胸は怪しくうずいたが、それはしかし、決して快い性質のものではなかった。暗く濁った興奮であった。

一体なんのために——。その疑いが、呼吸をするのも苦しいほど六助の肉体を生ま生ましくさいなんだ。で、六助は、新子に会って黒なのか白なのか、その言葉の意味をハッキリ聞きただそうと決意した。だが、新子の家の前まで来てみると、さすがに門を入りかねた。こんな用件でなかったら、平気で案内をこわれたであろうが……。しかし立ち去ることもでき兼ねて、家の前、一、二町の所を往ったり来たりしてるうちに、ふと、門の中から、新子と島崎先生が連れ立って来る姿が、目に止った。

六助は胸を躍らせて、見え隠れに二人の後をつけ出した。前を行く二人が肩をならべて気楽そうに話しあっているのを見ると、六助は、自分だけが緊張しているのが腹立たしくなった。

二人が、杉木立《すぎこだち》に囲まれたある神社の境内に入った時、六助は急に足を早めた。そのゲタの音で、島崎先生と新子は立ち止って後ろをふり向いた。鳥居の下の、青ゴケが蒸した石畳の上であった。

ひどく思いつめた表情をしている六助を見て、雪子の顔にかすかな微笑の影が動いた。新子は先生の後ろに隠れるようにした。

「ぼく……先生にも聞いていただいて、寺沢君に話があるんです……」と、六助はワシづかみにした帽子で顔の汗をふきながら、固苦しくいい出した。

雪子は白い歯をみせて優しく笑い出した。

「貴方がいいたいこと、おおよそ分りますわ。じつは新子さんからもその事で訴えられていたとこなの。あまり驚いたので、無意識にそう口走ってしまったので、決して三文小説にある男女の会話のような意味ではないのだって……。そして新子さんは貴方がきっとイヤな思いをしてるだろうって心配してたのよ。……それでいまも私たち、外国の小説や脚本などをたくさん読んで、どんな混乱した瞬間の気持でも正しくいい現わせるように、言葉を豊富に身につけておかなくてはいけないと話していたとこなの。

さあ、これでいいわね。私は帰りますから、あとは貴方がたで話をつけて下さいね……」

雪子は、背中に隠れるようにしている新子を、前の方におし出してやって、自分はさっさと帰っていった。

そのあとに、六助と新子は、お互いにバツの悪い思いで、目を合わさずに、向き合って立っていた。六助はしきりに汗をふいた。

「ぼくもね……」としばらくして六助が口を開き出した。

「そうだろうと思っていたのさ。それだったら何でもないことなんだよ。……でも、もしかして、ぼくをなめたようなことをいったのかと思ったりしたもんだから……」

「ごめんなさいね。だって、富永さんたらおかしな風に両手をあげてしまうし、貴方は傷だらけでハアハアいってるし、私の頭はへんてこになってしまったのよ……」

「そりゃまあ、分るがね……」

二人はいつのまにか、神社の裏手のササヤブの小みちを歩いていた。ふと、六助は足を止め、

「ちょっと待ってくれ。ぼくはモヤモヤしたものを吐き出してしまう。……ぼくは、寺沢新子を――」そこまで普通の声でいって、急に精いっぱいに怒鳴った。「きらいだッ！　きらいだッ！　きらいだッ！……さあ、これでいいや」

二人は顔を見合せて明るく笑い出した。

＊　＊　＊

つぎの日、雪子は日直番を勤めるために、朝の八時ごろ、学校へ出かけた。

前夜の宿直番は八代教頭であった。雪子が職員室に入っていくと、八代教頭は片手で頭を抑

え、片手にペンを握り、むずかしい顔をして、宿直日記の上に屈みこんでいた。

「お早うございます。ちょうど間に合いましたわ。どうぞお休み下さい……」と、雪子は柱時計を見上げながら、朝のあいさつを述べた。

「やあお早う。貴女はいつも時間が正確ですね……」

八代教頭はそう答えて、相変らず机の上に屈みこんでいたが、まもなく、軽い嘆息とともにペンを置くと、立ち上って、近くのイスを引き寄せながら、

「島崎さん、ちょっとお話したいことがあるんですが、まあ、ここへ来ておかけ下さい」

「私に——?」

雪子は八代教頭が用意したイスに、差向いで腰を下ろした。

「じつはですな……」と、八代教頭は巻煙草を短くちぎって、煙管《きせる》に差して吸い出した。

「昨晩、私の宿直中にある異常事故が発生いたしましてな、私はそれを宿直日記に記すべきかどうか、いま迷っておったとこなのですが、結局、私は書かないことにしました。もちろん校長にはあとで連絡しておきますが……。つまり、教育的立場からですな、書かない方がいいと判断を下した訳です」

「はあ、それでその事が私にも何か……」

「そうなんです。貴女に一番関係が深いことなんです。……昨夜、いつも宿直の時にそうして

るんですが、六時ごろ、老妻が私の夕食のお弁当をもって来てくれましてな。それを食べてしまいますと、老妻が急にオルガンを弾きたいといい出して、二人で音楽室に行ったんですよ。老妻はむかし小学校の教師をしておりましたので、少しはオルガンもいじれるって訳です。もっともむかしやっただけですから『汽笛一声』とか『荒城の月』とか、キマリきった曲だけしか弾けない訳ですが、それでも本人は十分に楽しいんですな。昨夜はいい月夜でしたね。青い月の光が窓からさし込む音楽室で、オルガンの音が響いているのは、まことにロマンチックな気分でした。私も浮かれて、つい老妻の伴奏でむかしの唱歌をうたったりいたしましてね。そりゃね、島崎さん、人間はどんな環境の中でも楽しみを見出すことが必要ですよ。ところで私どもの家庭では、子供がみんな大きくなっておりますし、老妻と二人だけで楽しむという機会がなかなか見出せないのでしてね、それでまあ、昨夜は二人ぎりで、久しぶりでノビノビと楽しんだというわけです……」

いつも、八代教頭の話は、老人らしく前触れが長くてイライラさせられるのであったが、今日の前触れはだいぶ奇抜なものだったので、雪子は微笑を浮べて耳を傾けていた。

「さよう、老妻が帰ったのは、あれで九時ちょっと過ぎた時分でしたかな。すると貴女、校長室のあたりでガタンと怪しい物音がするのです。そこで私は、用心のために宿直の囲炉裏の火ばしを握りまして、忍び足で校長室に近づき、廊下の窓から中をのぞきますと、書類棚の前あたりに、たしかに黒い人影がしゃがんでおるようなのです。

私はドアを開けるとともに、大喝一声《だいかつ》『だれだっ! 何者だっ!』と怒鳴りました。すると、黒い人影はビクッと動いたようでしたが、それっきりしゃがんだままなのです。私はおぼろな月の光で、その人影がどうもウチの生徒らしいと見当がつきましたので、そばへ寄って、『おい、だれだ、何してる』と肩をつかんで、顔をのぞきますと、なんと、島崎さん、その怪しい人物は貴女の組の松山浅子だったんですよ……」

雪子は胸を衝かれて、思わずハッとした。

「松山浅子が何をしていたんでしょう?」

「いや、それがですよ。ブルブルふるえながら泣いている本人を、宿直室の明るみに連れて行って、なだめすかしながら、だんだん取り調べますと、松山は、ホラ、自分が書いた例のニセ手紙を奪い返そうと思って、校長室に忍びこんだというのですよ……」

「奪い返してどうするつもりだったんでしょう?」

「どうもこうもない。理事会のあと、情勢がまるで一変してしまったし、本人は手紙のことが恥ずかしくて、居ても立ってもおられない気持になり、島崎先生や寺沢新子に謝るのはあとのことにして、ともかく手紙だけは無くしてしまいたい。その一念にかられて前後の分別もなく忍びこんだというのです。

なぜまた私の宿直の晩を選んだのかと尋ねますと、先生がお年寄りで一番ゆっくりしていらっしゃるから、という返事なんです。それでは、音楽室で私が家内と唱歌をうたっているのを聞いたかと、尋ねますと、聞きました、おかしくっておかしくって——と泣きながらそう答えるんです。じっさい、年ごろの女の子って仕方がないもんですな、島崎さん……。

そこで私は松山にいってやりました。先生は、お前がかかる忌まわしき非常手段に出たことを、お前がそれだけ良心の呵責《かしやく》に悩んでいた証拠だと解釈する。だから、その志を買って手段は責めないことにする。幸い明日は島崎先生が日直番で登校するから、私から先生にお前の意志を話しておく。だから、八時半から九時までの間にお前も学校に来なさい。そして島崎先生に謝りなさい。万事はそれでサラリと水に流すことにして、今夜の事は決して表ざたにしないから安心なさい——そういって松山を帰してやりました。

どうでしょう、島崎さん、まもなく松山が来ると思いますが、私の独断的なはからいに、貴女もひとつ賛成していただけないでしょうか？」

「——賛成いたしますとも。ほんとうに先生にお迷惑をおかけいたしましたわ。松山は……可哀そうに……シンは弱い子なんですね」

「そうですとも。ただ人間というものは、ときどき、自分の性質の悪い面で、あくまで強情を通そうという気になることがあるもので、松山もそれにひっかかったんですな。それさえはずれてしまえば、松山だって、普通の善良な生徒ですよ……」

「そう思いますわ」

話のなかばに年とった小使が入って来た。

「八代先生、不思議なことがごぜえますよ。わし、いま便所を掃除してましたら、便所の中にこんなものが入っておりましただよ。不思議でごぜえますな……」と、鉄の火ばしを持ち上げてみせて、火ばちの灰につきさした。

「ふふん、だれか置き忘れたんじゃろ」と八代教頭はジロジロと火ばしに目をやり、小使が出て行ってしまうと、

「いや、島崎さん、その火ばしですよ。昨夜、校長室の物音がもし強盗か何かだったら、ビシビシ打ちすえてやろうと思って私が持ち出したのは――。それっきり、ずっと後まで私は握っていたと思いますが、ふと気がつくと、火ばしはないし、どこへ置き忘れたか思い出せないで、とうとうそのままになっていたのです。思いがけない所にあったものですな……」

「ホホホ。でも見つかって結構でしたわ……」と、雪子はおかしそうに笑い出した。

『盗む』――これは陰惨な行為である。だからもし、抑えたのが八代教頭でなく、ほかの先生だったら、ずいぶんイヤな事件になっていたかも知れないのである。幸いに八代教頭の善良な、少しピンボケした人柄が、松山浅子の『盗み』に作用して、印象がずっと柔らげられているこ

とを、雪子はありがたいことに思った。

「もう来そうなもんですがな」と八代教頭は柱時計を見上げた。

いや、うわさの松山浅子は、すでに学校に着いていたのであった。しかし、来るには来たものの、昨夜の自分の行為を省みると、島崎先生に顔を合せる勇気がもてず、生徒通路の沿道に生えているイチョウの木の根もとで、ションボリ時を過していたのであった。

さまざまな後悔が入り乱れて彼女の胸をかんだ。第一に、あんな恥ずかしい手紙を書かなければよかったのだ。書いたあと、見つかった時に素直に謝ればよかったのだ。謝るのがイヤだったら、どこまでも自分一人で強情を張り通すべきで、学友をあおって大きな騒ぎを引き起すべきではなかったのだ。形勢が不利であると分った時でも、謝る機会はまだ残されていたのだ。そして、とうとう……！

彼女は、去年、学校の講堂で聞いた、ある名士の講演を思い出した。その中で、今度の戦争の話に触れ、日本は満州事変という過ちを仕出かした、そしてそれがうまくいかなかったので、日華事変というもっと大きなバクチに手を出してシリぬぐいをしようとした。ところがそれもうまくいかなかったので、焦って、最後に太平洋戦争という大バクチをはじめて、すっかり破産してしまったのだ——名士は、そんな風に戦争の経過を説明した。

女学生の彼女には、戦争のことなど分らなかった。だが、ふとしたいたずら心でニセ手紙を書いて、だんだん騒ぎを大きくし、最後に盗人の真似までするようになった自分の場合が、ちょうどその名士の説明とそっくりだと思った。

八代先生は、事をおもて立てないで始末をつけてやるといってくれたが、優しくされるほど、いまさらどこへも顔向けがならない気持だった。少し大げさにいえば、天地はこんなに広いのに、自分には息つく片すみの空間もない。――そんな絶望の気分だった。

そんな中で、ただ一つ、気安く思い出せるのは、寺沢新子に、ほっぺたを強く殴られた感覚の記憶だった。ピシャリ！――ああ、だれかもっともっと殴ってくれるといいんだけど……。殴られぬいて気を失ってしまったら、どんなに楽なことだろう。

足もとをアリの行列が動いていた。何をしているのか知れないが、無心に営々と動いているその黒い生物を見ていると、自分も小さな虫けらにでもなって、この悩みから逃れたいと思ったりした。

その時、後ろの通路の砂利《じゃり》を踏む音が聞えた。ふり向いて、幹のかげからのぞくと、寺沢新子が、生徒入口の方へ歩いて行くところだった。

それを見ると、松山浅子は、電気に感じたようにビクリと立ち上った。そして、しわがれた声で、

「寺沢さん――」と呼びかけた。

新子は立ち止って、松山浅子の方を見た。その目には軽い驚きの色が浮び上った。

「私にご用なの？」新子は穏やかな調子で尋ねた。

「ええ。お話したいことがあるの……」と、松山浅子は目に厳しい光をたたえて、まるで怒ってるような声つきでいった。

「そう。じゃあ聞くわ……」新子は、松山浅子がいる、イチョウの木のかげに近よった。

「ね、寺沢さん、私、昨夜、学校の校長室にドロボウに入ったの。あの手紙をとりかえして破いてしまうつもりだったの。そしたら私、八代先生につかまってしまったのよ……」

松山浅子は、新子の目をヒタと見つめて、一言々々、たたきつけるように強くいった。

「まあ！」

新子は思わず、そうつぶやいてかたずをのんだ。

「ええ、そうなの。私、あの手紙を奪い返して、焼いてしまうつもりだったの。ところが、まんまと八代先生につかまってしまったのよ」

松山浅子は、同じことを繰り返すばかりで、一言も、悪かったとか謝るとかはいわなかった。

新子の顔も強くひきしまって来た。

「貴女と仲直りする前に一つだけ条件があるのよ。――いらっしゃい」

新子はまるで命令するような口調でそういって、あたりをすばやく見まわし、校舎の建物に添って、人の来ない裏庭の方へ歩き出した。一度、新子に暴力を見舞われたことがある松山浅子は、急にある不安を呼びさまされたが、強い磁石のような力にひきつけられて、後からスゴスゴついて行った。

新子は、建物の一つの角になっている所で、立ち止った。右手には、背の低いスギ林があり、油ゼミが、今日の暑さを前触れするように、ジイジイと鳴いていた。

新子はもう一度あたりを見まわし、それから、うつむいて近づいて来る松山浅子を、険しい目つきで待ち受けた。

「私の条件というのは――」と、新子は建物の白い壁の、頭の高さのひと所に人差指を触れて、「ここの所を、――貴女が目をつぶって、力いっぱいにたたいてもらいたいのよ。できる?」

「――できるわ」と、松山浅子はおびえた声で答えた。

彼女は新子の命令する行為が何を意味するものなのか、正確に判断することができなかった。だが、自分にひどく痛い思いをさせる――結局、そうとしか考えられなかった。そして、それならそれでもいいと思った。自分はそれに値する人間なのだから……。

「ねえ、たたくのはゲンコはダメよ。平手でたたくんだわ。いい?」

「いいわ――」

「ここよ、ここらあたりよ、間違えないで」

新子はもう一度、指の先で、壁のひと所に触れてみせた。

「さあ、目をつぶって貴女、自分で一・二・三をいって、それからたたくのよ」

「――――」

松山浅子は目をつぶった。血が流れ、骨がくだけても構わないと思った。そうなるほど、自分の罪は軽くなるのだ……。

「一・二イ……」と、松山浅子は口の中で数をよんで、肩先にモーションを起した。

「三!」

松山浅子は力まかせに平手で壁をたたいた。ピシャリッ! と、壁でない柔らかい物をうった音と感触が、彼女の手のひらに感じられた。

驚いて目をあくと、寺沢新子が壁に横顔を押しつけており、見てる間に赤くはれ上っていく片方のほっぺたに、手を当て、

「おう、おう……貴女少し力が強すぎるわよ。おう……。でも、これで貸し借りは無くなった訳ね。私、貴女と仲直りするわ。おう……」と泣き笑いした顔を、松山浅子の方に向けた。

「まあ――?」

松山浅子は、一瞬、茫然とした。が、つぎの瞬間には、身体中の血がわきかえるような激情に襲われて、まっ青になり、ふるえ出した。そして、

「済みません……済みません……」と、あやふやな声でつぶやいたかと思うと、いきなり「わッ！」と泣き出して、新子の肩にしがみついて来た。

「いいのよ、いいのよ。私だって、強情で、生意気で、人なみはずれていたんだから……。泣かなくてもいいのよ……」

新子は、松山浅子の背中に手をまわして、ふと仰向いた……。

空の青さが目にしみるように美しかった。

「さあ、もう泣くのをよしてよ。イヤな気持のことは早く切りあげてしまいたいわ。私、何かある場合に、前触れが長くて、しかもネチネチ後をひく、世間の女の人たちのやり方がだいきらいなのよ……」

新子は、松山浅子を、自分の胸の中である程度泣かせてやってから、しかりつけるような調子でいい出した。

すると、松山浅子は素直にうなずいて、新子の身体から離れ、強くしゃくりあげながら涙をふいた。

新子は赤く充血したほおを抑えて、舌先で口の中の痛い所をなめまわしていた。ソッとそばの方へつばを吐いてみると、うす赤い血が混じっている。歯ぐきか、ほおの内側の肉が少し切れたものらしい。それと気づいた松山浅子は、申訳なさそうに、

「ごめんなさいね。私、痛い思いをするほど罪滅ぼしになるんだと思って、思いきって力を入れたものだから……」

「いいわよ、いいわよ、そりゃ痛かったけど、私どっちでも、ハッキリしてるのが好きなんだから……。さあ、先生が待ってるでしょうから、職員室に行きましょうよ」

「ええ。……でも、私、このあと一体どうしていればいいのかしら？」

松山浅子は、何の望みもなさそうに、地面に目を落した。

「そんな事、考えなきゃいいんだわ。失敗したり、つまずいたりすることは、人間が活発に生活している一つの証拠のようなものだし、つまずいたことを自分の成長の一つのポイントにするつもりでいれば、なんでもないことじゃないの……。さあ、行きましょう……」

新子は松山浅子の腕を抱えて、入口の方へ歩き出した……。

職員室で、待ちくたびれていた八代先生と島崎雪子の前に、二人が腕を組んで姿を現わした時、八代先生は目をしばたたいて、二度も三度も二人を見直したほどだった。

「貴女がたは——」、と、雪子は途中までいいかけて、試すようにじっと二人を見まもった。

「そう、よかったわね。——松山さん、貴女はこんな事が起る前に、夏になったら、貴女の家の畑でできたスイカをもって来てくれるって、先生に約束しましたっけね。それで、貴女は少し先生に難儀をかけたんだから、とくべつ大きなおいしいのを持って来なけりゃいけないわ」

「はい、もって来ます」

松山浅子の顔には、はじめて明るい、おずおずした微笑が浮び上った。

八代教頭は、常識的な、途中の順序や手続きをまるで省いてしまった、島崎先生の事件の納め方を見て、あっけにとられた顔をした。

「ふん、スイカですか。スイカ——。うまいですな。しかし、わしは別に約束しませんがね……」

八代教頭は、無意識に子供っぽいことを口走りながら、何か用事を思い出したように、職員室から出て行った。

「さあ、貴女がたもおかけなさい。二人そろってちょうどよかったわ。今日は試験の点数を記入しようと思ってたとこだから、貴女がたにも書込みや計算を手伝ってもらうわ。いいでしょう……」

「いいわ」

新子は、ポケットから、赤い梅の実をひとつかみとり出して、島崎先生や松山浅子に分けてやった。

まもなく、八代教頭が引っ返して来た。

「いま校長と電話で打ち合せましたから……」

そういって、火ばちの上でマッチをともし、例のニセ手紙に火をつけた。それが白いもえがらになるまでの短い間、みんな複雑を表情をして、炎の動きをながめていた。

「――八代先生には、うちの畑のスイカを差し上げますわ」

ふいに新子がそんなことをいい出した。

＊＊＊

事件はしかし、何もかもうまく納まりがついた訳ではなかった。ビンボウくじは沼田玉雄に当った。

理事会があってから、四、五日経ったある晩、彼は仲間の寄り合いのくずれで料理屋に上り、その帰り道、三名の暴漢に襲われて、こん棒のようなもので滅茶苦茶に殴られたのであった。沼田ははうようにして、一番近い友人の外科医の家の門をたたいた。そして、その晩から、外科医の家の二階に泊りこんでしまった。

傷は、四針ほど縫った頭部の裂傷が一番大きく、骨折はないようだったが、左腕の上げ下ろしが利かず、ほかに全身の節々が燃えるように痛んで、一日ぐらいは眠ることができなかった。

しかし、ふだんが頑健《がんけん》なせいか、回復も早く、三日目には頭のホウタイをとり、左腕を軽くつっている程度になっていた。その間、自宅へは、訪問者があったら田舎に出張中だと答えるように連絡しておいた。歩くことは自由なのだが、彼はこんな不体裁な姿をだれにも見せたくなかったのである。ただ、退屈なのには困った。それで、二階の縁側のトウの寝イスに転がって、本を読んだり昼寝をしたりして時を過した。

その日は主人夫婦が留守だった。外科医の主人公は、医師会の一晩泊りの懇親旅行に出かけたし、細君はそれを幸いに、小さな子供を二人連れて、近村の実家に、これも一晩泊りで遊びに行った。で、沼田はしぜんに留守番のような格好になり、朝から二階で身体をもてあましていた。

ホウタイをはずして、左の腕をゆっくり上下させたりなどしていると、女中が上って来て、芸者の梅太郎さんが訪ねて来たと告げた。沼田は、梅太郎がどうしてこの隠れ家をかぎつけたのかいぶかる前に、無性にうれしくなった。人が恋しくてたまらなかったのである。で、階段の下り口で、玄関の方をのぞくようにしながら、大声で、

「いるよいるよ。上って来給え」と怒鳴った。すると、下の方からも、

「おう、坊や、生きてたかね。小母さんは不覚にもただ今推参仕《つかまつ》った……」と、ノンキな事をいいながら、紫染めの派手な浴衣を着た梅太郎が、白粉気《おしろいけ》を洗い落した、少し青ざめた顔を、階段の上り口に現わした。

「理事会でずいぶん働いてもらったな……」

縁側のトウイスに差向いで腰を下ろしたところで、沼田はまずそういって、先日の労をねぎらった。梅太郎はそれには答えず、沼田の様子をジロジロながめまわして、

「一体どうしたっていうのさ？　でもまあ、大したことは無かったのね？」

「ウン、自転車をトラックにぶっつけそこなってね……」

「大きにそうでしょう。貴方の自転車には私も二度と乗せてもらうまいと思ってるぐらいだから……。井口の子分たちだね、先生？」

おしまいの一言をゆっくりいった。それが沼田のノドにグッとつかえた。

「うん……ぼくもそうだと思っている……」

「仕様がないねえ」

「仕様がないよ。でも、こっちも理事会では相当にあくどい仕掛けをしたんだからな。普通の神経をもった人間なら怒るのが当り前だよ」

「それでこの後は――」

「これっきりだよ。しぜんな機会でもあれば大いにたたいてやるが……」

「これっきり？」

「そうさ。世の中は、そうそうこっちにばかり都合よくできてるもんじゃないからな。口惜《くや》しくても黙っていなければならない時もある。そして、いまがその時だろうとぼくは思ってるん

だ……」

沼田の調子は淡々として、ひがみや負け惜しみの気分がなかった。

「貴方にしてはでき過ぎた心がけだねえ……。もっとも、好きなお方のためなら、腕を一本ぐらい折られたってねえ。そこが若い間の面白いところさ……」

梅太郎は巻煙草を抜き出して、器用な手つきで吸い出した。沼田はむずかしい顔をして、

「そりゃ君、芸者的解釈だよ。ぼくが、今度のことはこのままにしておくというのは、人生にはいい事あり悪いことあり、自分だけに甘くできてるもんじゃないと思ってるからだ。あの人には何の関係もないよ。……それよりもどうだったね。君が受けた印象は——? 率直なところを聞かせてくれ」

「そうねえ。貴方にはもったいないぐらい……。なんていうかなあ……。私たちには逆立ちしても出せない、はつらつとした、きれいなお色気がふんだんにあって、いい娘さんだわ。あの人にきらわれるようだと、貴方はよっぽどのやぶ医者だと思うわ……」

「うーん」と沼田はかすかにうなった。

お色気うんぬんというのも、芸者的解釈に違いないが、しかし沼田は、今度はその解釈で満足した様子だった。もし雪子が、自分の人柄が、そんな表現で論じられていることを知ったなら、沼田はもう一度ほっぺたを殴られる結果になったであろう……。

「私あね、考えたんだよ、先生……」と、梅太郎がしみじみした調子でいい出した。

「これから素人のご婦人たちも、おいおい、ああしたお色気を遠慮なくふりまけるようになるんだろうし、そうなったら私たちの商売は上ったりだね。もともと私だって自分たちの商売がいいものだとは思っておらないし、店仕舞いをする分にはいっこう苦情がありませんがね。

戦さに負けたから人並みの理屈をこねくる訳じゃないんだけど、大体いままでのやり方が間違っていましたよ。そうでしょう、家の中でも世間へ出ても、みんな孔子様や孟子様をちぎって食ったように固苦しくしている。ところが生身の人間は、そんなことでは納まりがつかないもんだから、男の人たちはときたま私どもの所へやって来てはうさ晴らしをする。それもふだんにたまったものを、ゲロのように一度にはき出すんだから、しつっこくて下卑《げび》ていまさあね。

女は台所や子供にしばりつけられて、なんのうさ晴らしもできないから、みんな少しずつヒステリーになってしまう。ねえ、そういうのがいままでの世の中ですよ。それじゃあ間違ってるんで、家の中にも世間にも、上品なお色気をふんだんにみなぎらせて、私どもの商売がいらなくなるようにしなきゃダメだと思うんですよ……」

「ふむ。民主主義の芸者的解釈だね。面白いよ。ぼく自身、ときどきゲロをはきに行く方だけど、趣旨には大賛成だね」

「まあ、もう少し私のご高説を拝聴なさいよ。……講談や小説に明治維新の志士、英雄というのが出て来るでしょう。これがたいてい、東山三十六峰や鴨川《かもがわ》の見える座敷で、美人のひざまくらだわ。俠妓《きようぎ》とか名妓とかいってね。私も芸者だからいえるんだけど、こりゃおかしい話ですよ。俠妓も名妓も、ザックリいえば売笑婦ですよ。ねえ、大切な国家の仕事をするのに、売笑婦があおり役になるというのは、どこかたいへんに間違っていると思うわ。私どもはありがたがって、共鳴して、そんな話を読んだり聞いたりしてるんだけど、外国人から見たら、いやあな、へんてこりんな気持がするんじゃないかと思うわ。

女が必要なら、素人の、ちゃんとした婦人を相談相手にすべきだわ。——どうもね、私には細かい事がいえないんだけど、そこらあたりにも、日本の婦人が、これまで間違った扱い方をされておったということが現われてるように思うんだけど……」

「理屈だね。おい、君は本名、浅利トラで市会議員になれよ。全くだよ。いま出てる市会議員で、君ぐらいの時代認識をもってる人間はいくらもいないぞ。ぼくの地盤をやるよ……」

目の前の小屋根の上を、一羽のすずめがピョンピョン跳ねていた。下の庭は、すみずみまで丹念に畑がたがやされ、トウモロコシや、なすや、きゅうり、トマトなどが、勢いよく伸び育っていた。

空は朝からうす曇りしていたが、そのために、街の屋根々々や、そのさきの緑の水田や、遠い国境や山脈などが、ふだんの姿のままでハッキリと見渡された。

沼田はふと立ち上ると、左手をつるしたホウタイからはずして、試すように大きく回転させたが、満足に一回転もできないうちに、

「いた……おお、いた……」と顔をしかめて、左手をダラリと垂れてしまった。

「まだ無理だよ、先生。……あの人はときどきここへ見舞いに来るんでしょうね？」と、梅太郎はいたわるように尋ねた。

「いや、居場所をかくしてあるんだ。恩を売るように思われるのはイヤだからな……」

「感心だね。その志だけでも通してやりたいもんだわ」

「しかし不思議なもんだね。一週間ばかり会わないだけなのに、半年も、一年も会わないような気がするんだからな……」

沼田はそういって生ま生ましい嘆息をもらした。梅太郎の顔には、自分でも気づかない、柔らかい、微笑が浮び出た。

「会わせて上げたいもんだね。貴方が見られないで、貴方だけ先方を見るのならいいでしょう？」

「そんなことができればね……。うん、一目でも見たいな」と、沼田はもう一度、熱い嘆息をもらした。

すると、そこへ、この医院に長く勤めている中年の看護婦が顔を出して、ひどく恐縮した様

子で、

「沼田先生、困ったことができてしまいました。今朝がた、井口さんから、東京の学校に行ってる大きなお嬢さんが、急性の盲腸炎を起したので、うちの先生に手術してもらえないかというお電話がありましたの。それで医師会の懇親旅行に出かけて、明日の晩でなければ帰らないからと申し上げますと、それじゃほかを当ってみるからということでした。

ところが、さきほどまたお電話で、どこも留守だったり都合が悪かったりして困ってるんだが、うちの先生の旅行先へ自動車で迎えに行ってもらえないか、というお話でした。旅行先といっても、二十里も離れているんですから、到底間に合いませんとお答えしたんですが、その時、井口さんの方でよくよくお困りの様子でしたので、ついうっかり、実はいまこちらに沼田先生が泊っていらっしゃいますが、ちょっと怪我をしておりますので、まだ手術には少し無理じゃないかと思います、ということをお話申し上げましたの。

電話はそれで切れました。ついさきほどのことでございます。すると、突然、いま井口さんのご主人が見えられて、先生のご容態をいろいろ聞きただされた上、ぜひ先生にお会いして、手術をお願いしたいから、取次いでくれということなんです。……ほんとにウッカリ口をすべらして、申訳ないことをいたしましたが、患者さんがだいぶ苦しんでおられるご様子でして……」

「井口って、井口甚蔵かね？」

「はい、左様です。井口さん宅では、いつもうちの先生にかかっているものですから？」

沼田と梅太郎はじっと顔を見合せた。単純に驚いていたことも事実だし、また、どういう態度をとるべきか、お互いの腹を探り合っていたともいえるであろう。

「よし、会おう。ここへ通しなさい」

沼田はそう言って、左手をつったホウタイを首からはずして、懐ろの中に押しこんだ。

「いいの？」と、梅太郎が念を押した。

まもなく、看護婦に案内されて、井口甚蔵が二階に上って来た。ちぢみの単衣《ひとえ》に、絽《ろ》の羽織を重ね、角帯に白足袋《たび》という渋い格好をしていたが、さすがにその顔には硬《こわ》ばった表情が現われていた。

「やあ」

「やあ」

どっちも無造作な調子であいさつした。井口はすすめられたイスに腰を下ろして、怪我の程度を見届けるように、沼田の様子をジロジロながめまわした。そして、落ちついた、ハッキリした口調で、

「沼田君、今日は君を一人の医師であるとだけ考えて、患者の父親としてお願いに上ったのだ

が、手術を引き受けてもらえないだろうかね？　お互い同士のことは、あとでまた何とでも君のあいさつを受けようじゃないか……」

沼田は、井口の態度に少しも卑屈なところがないのが、気に入った。

「ふむ。それあぼくも医者として拒む意志はないが、貴方が見てる通り、ぼくは肉体的にも精神的にも条件がよくないので、診察や治療を休んで、友人の家で静養してるところなんだから……」

「そう言われては一言もない。どこか腕とか足とか……」

井口はそう言いながらも、もう一度沼田の身体を眺めまわした。

「いやいや。身体は何ともないさ。おかげで子供の時分から頑健な方だったから――」と、沼田はあわてて打ち消した。

「すると、気持の問題なんだね？」

「まあそうだ。イヤがらせと思われては困るんだが、裁判官がある罪人に判決を下す日の朝、細君とタチの悪い夫婦げんかをして裁判所に出かけて行ったとする。すると、三年の刑期にするはずのが、三年半とか四年の判決を下すようになるというようなことは、生身の人間が事に当っている以上、どの方面でも避けられない事だと思うんだ。……盲腸の手術は、ぼくらとしてはそうむずかしいものではないが、しかし人間の身体を切り裂くんだから、平静な気分でないと、責任を負えんということになるんです」

井口は目を伏せて、額の汗をふいた。

「君が、私の問題をヌキにして、公平に物を言ってくれてる事はよく分る。しかし私の方はギリギリ困った立場にあるのだが、何とか君の気持を鎮める方法がないものだろうかね？」

「――ないこともない」

「それをザックバランに言ってもらおうじゃないか」

「ぼくの口から言うのは、ゆすりがましく聞えて困る。貴方が自分で考えていただきたいんだが……」

そう言って、沼田は、井口の目を誘うように、梅太郎の方を眺めた。梅太郎はうつむいた。

井口は煙そうな目をして、

「さあ、そう言われると、わしなどは相当に強引な世渡りをしてる人間だから、君がどの件をさしてるのか、見当もつき兼ねるようなものだが……。しかし、駒子のことだろうね？」

「そうだ」

「よろしい。考えましょう。……わしらはたいていの事は金銭でカタをつける習慣だが、……三万円ではどうだろう？」

井口も沼田も返事を待つように、梅太郎を注目した。梅太郎はうつむいたまま、低い声でつぶやいた。

「ケチンボ!」

井口は鳩のように目をパチクリさせた。

「お前さんには敵わんな。五万円で、あとあとのことも心配するということではどうだ」

「――ケチンボでない」

男二人は苦笑した。

「話が通じて好都合でしたよ。……すぐ患者を連れて来て下さい。手遅れになるとやっかいだから……。それからもう一つの条件は、手術の時、貴方に立ち会ってもらいたいということです」

「ああ、立ち会いましょう。……ねえ。沼田君、君はわしがこの町で泳ぎまわるには、最も目障りな人間の一人だ。さいわい、君が一期分だけで市会議員に見きりをつけたらしいので、内心喜んでいたぐらいだ。ところが妙なもので、君がわしにとってそういう性格の人間であるほど、わしは娘の手術を、どうしても君に頼みたくなるのだ。ほかでできないことはないのだが、君がこの家に居ることが分った時から、もう君以外の人間はわしの頭に浮ばなくなったのだ」

「そう言えばぼくの方もそんなものですよ。ぼくも貴方を嫌いだが、しかしぼくが結婚する意志もない看護婦と間違いをでかしたとか、どこかの未亡人を孕《はら》ませたとか、そんなやっかいな問題が起れば、一番さきに貴方の所に相談に行くでしょうな」

「ごあいさつだな。しかしまあ、それにはわしなど適役だろうな。それではひとつ頼みましたよ」

井口はさも身軽くなった様子で、室から出て行った。ともかく、彼もまたひとかどの人物だという感じをあとに残して……。

沼田は室の中を歩きまわり、顔をしかめて、左腕を前から後からふりまわす練習をしながら、

「変なことになったもんだな。金銭が駒ちゃんのうちのめされた気持を回復させるとは思わないが、しかし一つの解決にはなったよ。

まあ、お前さんたちも考えるんだな。いまの総理大臣は、明治維新の志士、英雄型とはちがって、キリスト様が好きで、料理屋や芸者衆は大嫌いのようだし、またこれからは、ますますそういう生真面目な素人タイプの政治家に国を治めてもらわにゃならんのだし、ここらで足を洗うことを考えるんだね」

「お説ごもっとも。大いに考えましょう。……もし先生の患者でね。中風病みか何かで身体が利かない、連れ合いの婆さんに死なれた、そしてお金がたんまりあって、一、二年のうちにはお陀仏《だぶつ》するという隠居さんでもあったら、私を後妻に世話して下さいよ。……でも全くおかしなことになったものね。井口もあれで、結構、バカなところもあるのね。……それはそうと腕

は大丈夫なの？」

「大丈夫だ」と、沼田は左腕の回転を止めずに続けながら答えた。

――それから一時間ばかり経ったころ、沼田は手術室に入っていた。

強い照明灯の真下の手術台の上には、花模様のゆかた病衣をつけた患者が、白い布きれに被《おお》われて、長々と横たわっていた。顔を被うた布きれの外に、ウエーブした髪がはみ出ているので、患者は若い女であることが分る。もう、腰髄《ようずい》麻酔もグロスッピ消毒も済んだところだ。

白い帽子と白いマスクの間から、目だけのぞかせた沼田は、薄いゴム手袋を穿《は》めた手をあげて、手術台の裾《すそ》の方に立っている井口甚蔵に、正面の柱時計を注意させた。それから、患者の右下腹部の布きれをめくって、手術部の皮膚を二、三度ピンセットでつまんだ。反応なし、麻酔はO・Kだ。

看護婦からメスを受けとって、ためらわず、斜めに皮膚を切り開く。一寸――一寸五分。切口から現われる黄色い脂肪組織が、若い女の肉体では、ことに美しい。そこへ赤い血が滲《にじ》んでいく。止血の鉗子《かんし》と結紮《けっさつ》だ。

今度は筋層を交錯して切開する。その切開口から、ピンセットで腹膜を引っぱり出した。鉗子で挾《はさ》んでそれを渓轄《けいかつ》する。

その下へ指をさしこんで盲腸を引き出す。裏側に小指大の虫様突起がくっついている。こいつが病根だ。もう化膿《かのう》しかけて、あぶないところだった。

ピンセットでつまみ、根もとの間膜を結紮して、剪刀《せんとう》で虫様突起を切断してしまう。これで終った。

断端を縫いこむ。結紮。鉗子をとり除く。

盲腸を腹腔《ふくこう》内に押しこんで、出血と膿を点検する。ガーゼでふく。腹膜を閉じて縫い、つぎに筋層を縫い合せる。最後に二針ほど皮膚を縫合閉鎖する。

縫合部に消毒ガーゼをあてて、絆創膏《ばんそうこう》をはり、腹帯で包む。――これで何もかも終ったのである。

患者の腕を握っていた看護婦が、

「脈搏《みやくはく》順調。手術は十五分で終りました」と、沼田に報告した。

顔の布きれをとり除《の》けられた、目の大きい、若い娘は、沼田を眺め、それから父親の井口を眺めて弱々しく笑った。

二人の看護婦が、患者を担架に載せて、病室に運び去った……。

沼田と井口は、診察室のテーブルに向き合ってすわった。沼田は一仕事を終えたあとのはればれした気分で、自宅からとり寄せたウイスキーを二つのコップに注ぎながら、

「ごらんの通り手術は極めて順調でしたよ。おめでとう」

「ご苦労様」

二人はグラスをカチリと触れ合せ、じっと目を見合せてから、一息になかみを飲み干した。

＊　＊　＊

その日の午後、笹井和子は、課業を終えて家へ帰ろうとしていた。教科書の始末をして、ズックのカバンを開けると、一枚の紙きれが入っていた。それには鉛筆の走り書きで、

「貴女は今日の午後四時ごろ、島崎先生といっしょに、S町をゆっくり通過しなさい。そうすれば、永遠の幸福が貴女がたの上に訪れるでしょう。

シャロック・ホルムス
笹井和子殿」

と記されてあった。

(まあ!)

和子は飛び上らんばかりに驚いた。おお! 名探偵シャロック・ホルムスさん! 私にお手紙——。和子はむずかしい顔をこさえて、じっとその文面をにらんでいた。そしてひとりで小

首をかしげたり、うなずいたりしていたが、結局、和子はその紙片を職員室にもって行って島崎先生に見せた。

「まあ、重大なしらせだわねえ。でもS町を二人でゆっくり歩くだけで、二人に永遠の幸福が訪れるというんだから、歩いてみてもいいわ。和子さんはどう?」

雪子は笑いながら、その誘いに応じる意志を示した。田舎に出張中とかで、このごろ顔を見せない沼田玉雄のにおいが、その文面の裏に漂っていそうな気がしたからだった。

「私も差支えないわ。私、だれからも恨みを受ける覚えがないんですもの」

「じゃあ、すぐ出かけましょうね。もう先生も下っていいんですから……」

まもなく、二人連れ立って校門を出た。だれかのイタズラだと思いながらも、顔のまわりで蚊がうなっているように絶えず気がかりだった。

S町に差しかかると、二人とも、歩き方がしぜんに固苦しくなり、顔の表情も硬ばって来た。和子は雪子の手を固く握り、両側の店屋にきつい目を光らせたり、前や後ろの通行人に疑いの目を注いだり、ひどく緊張して歩いた。

ちょうど沼田が静養している外科医院の前に差しかかった時だった。

(あっ!)と低くつぶやいて、和子は足を止めた。そして、雪子の腕をグイグイ引っ張って、医院の玄関にまっすぐに入っていき、

「ごめんなさい、ごめんなさい」と大きな声で案内をこうた。そして、中から出て来た看護婦に、もっともらしい口調で、

「沼田先生がこちらにお寄りするようにと言伝《ことづて》をよこしたんですけど……」

「さようですか。ちょっとお待ち下さい……」

看護婦は、怪しみもせず、廊下の横の階段を上って行った。雪子はキツネにつままれてるような気持だった。

だが、それよりも驚いたのは、二階の沼田だった。梅太郎から電話で、四時ごろ島崎雪子が通るはずだからと言って来たので、半信半疑で、表通りの病室の窓を細目にあけてのぞいていると、来るには来たが、笹井和子があらかじめ知ってるもののように、階下の玄関にグングン入って来たので、梅太郎がよけいなことまですっかりしゃべったのではあるまいかと、疑ぐったほどだった。だが、いまさら仕方がないことだった。

沼田は看護婦にいって、奥の二階の居間に二人を通させた。そして、髪をなでたり、単衣のえりを合せたりして、自分もあとからその室に入って行った。

「しばらくでしたわ。……頭はどうなすって？」

雪子は黒く潤った目をなつかしげに見張って、頭に三カ所ばかり伴創膏をはった沼田の風体をじっと見守った。沼田の胸はキュウンと鳴るようだった。

「田舎道で、自転車を荷車にぶつけましてね。もういいんです。……でも和子さんはどうしてぼくがここに居ることが分ったんだい？」

「私？」と、笹井和子は得意げに小鼻をうごめかして、例のシャロック・ホルムスの手紙を沼田に示した。

「この手紙を見て、私が第一に考えたことは、手紙には私と島崎先生と二人のことが書いてありますけど、筆者の目的は島崎先生にあると推理したのです。なぜかといいますと、どんな探偵小説でも、年ごろの美しい女性が副主人公格で登場しますけど、私みたいなチンピラの女学生は問題にされておりません。いま四、五年もすれば、私も副主人公の資格を得られますけど……。それで、手紙の目的が、島崎先生にS町を通過させることにあるとすれば、ともかく、この手紙は、島崎先生に強い関心を抱いてる人か、その人に関係のある第三者が認《したた》めたものに違いないと考えたのです。

そこで私は、島崎先生のお顔を一番見たがってる人はだれだろうと第二段の推理にうつったのです。それはすぐ分りました」

いうことが物々しいので、沼田は目をパチクリさせた。雪子はおかしそうに笑っていた。

「なかなか理詰めだね。だが、ぼくが不審に思うのは、どうしてここが分ったかということだ。……もちろん、その手紙は全然ぼくの関知しないことだがね」

「それは、先生、普通の常識を備えてる人間にならすぐ分ることですわ、ホホホ……」

苦手のホホホ……を浴びせられて、沼田はくさった。まるで自分が、普通の常識を備えておらない人間にされたように。

「ねえ。私はまず考えました。往来を通る島崎先生をのぞくには、二階の方が都合がいい。そこで私は両側の家の二階に注目しました。このごろは暑いので、どこでも二階の窓をいっぱいに開け放しておくのが普通です。しかし、それでは往来からも二階の中がよく見えることになりますし、私はむしろ窓のしまってる二階が怪しいと考えたのです。ところが、ここの家の前に来ますと、どの窓もしまっておって、たった一つだけ往来がのぞけるぐらい細目にあいている。しかもお医者さんの家でしょう。

あッ、沼田先生だ、と私の六感にピンと来ました」

「それでズカズカと入って来て、看護婦にぼくを呼び出させた……。いや凄いねえ、君は――。将来、婦人警察官になるんだねえ」と、沼田はテレて、冗談を言った。

「私、迷子の世話をするのきらいだわ」と、和子はプスンとふくれた。

雪子はクスクス笑い出して、

「でも、手紙を書いたのは一体だれでしょうね」

「ぼくにはすこし心当りがあります。だが、こんな不細工な格好で貴女にお会いする意志はなかったのです。それをこの名探偵に発見されちまって……。じっさい驚いた子ですねえ」

「人のことをコだって——。でも、いいわ。沼田先生は上品な言葉づかいを知らない方なんだから。……それよりも、あれはどういうわけ、先生？　おかしいわ」

和子はそういって、机の上に積み重ねられた、はだかの紙幣束《さつたば》を指さした。

「あら、ほんと、ずいぶんたくさんなのね」

と、雪子も軽く驚いた様子だった。

その紙幣束は、井口甚蔵が届けた、約束の五万円であった。

「目が早いねえ、全く油断がならない。その金はだね……」

沼田は雪子にだけ、五万円のいきさつを話しておこうと思った。

「和子さん、君、ちょっと耳をふさいでおらないかね。お金のわけを話すと、途中で婦人の生理衛生のことなどが出て来るんでね」

「私、平気だわ。こないだの理事会の時、富永さんがもって来た『お産の知識』という本を、先生の所へ返す前に、私みんな読んでしまったの。生理衛生は恥ずかしい学問じゃないわ。私、聞きたいわ」

沼田は苦笑した。

「しかしだね。ぼくはいつか西洋の探偵小説で読んだんだが、ほんとに推理能力の発達してる人間は、耳を押えていても、話す人のくちびるの動きと表情を見ていると、話の内容が分るはずだと書いてあったぞ。もちろん君には逆立ちしてもできない芸当だがね」

「――――」

和子は妙な顔をして、しぶしぶ耳を押えた。そして、首をかしげて沼田の顔を穴があくほど見つめた。

沼田は、自分が殴られて怪我をしたことを除いて、駒子のこと、井口の娘を手術したこと、梅太郎のことなど、五万円を中心にした話を一通り物語った。

「よかったと思いますわ。井口さんがイヤな気持でなく、そのお金を出したんだとすれば……。でも、ちょっと変ね。娘さんの手術を頼まれて、貴方がいきなり五万円を要求したというのは……。どうもその気持が私にはうなずけませんわ……。ああッ！」と雪子はふいに低くうめいて、沼田の顔や頭の傷に、改めて大きく目を見張った。

「私、うっかりしてたわ。貴方の怪我のもとは井口さんじゃないの？」

「いいや、自転車を荷車にぶっつけて……」

と、沼田が否定しかけると、耳を押えて熱心に彼の顔をのぞいていた和子が、雪子に向ってキッパリと断言した。

「いま、沼田先生の顔にはウソをついてる表情がハッキリと現われました」

「仕様がない子だな、君は——」

と沼田は塩をなめたような顔をした。

「まあ、とんだご迷惑をおかけしてしまって——」

「そういう紋切型のおくやみをいわれるのがきらいだから、ぼくは黙っていたんですよ。ぼくだけの問題ですよ、それも解決がついてしまった……」

「じゃあ、そういうことにしますわ。……寺沢新子と松山浅子の間も丸く納まったんですよ……」

雪子は、自分が日直番の日の出来事を、沼田に語ってきかせた。

沼田はうなずきながら、

「寺沢という子は、あら玉のような人間だね。みがきがかかりしだい、いい気質を現わして来る」

「貴方に似てないかしら？」

そういって、雪子は相手の目の奥をのぞきこむようにした。沼田はすこし赤くなって、

「そうかも知れないけど、ぼくだと砥石《といし》をかける方がくたびれてしまうでしょう」

「ほんとだわ」と、笹井和子が、両手を耳から離していった。

「なんだ、こいつ、みんな聞いていたんだな」

「そうよ。だって力を入れて耳を押えてると、頭の中がガーンとして苦しいんだもの。だから私そっと手を当てていただけなの。生理衛生の話は一つも出なかったわ。先生はウソつきね。……でも、私、富永さんに会いたいわ。富永さんは格言をたくさん知ってて、理事会ではとってもよく働いたんでしょう。あの時、私も陰で少しお助けしたのよ……」

和子は、活発な表情と身振りで、『お産の知識』や『猿飛佐助漫遊記』や『フクチャン部隊』などの話を、恐ろしく口まめにしゃべり出した。情景手にとるごとく、沼田も雪子も大きな声で笑い出した。

「和子さんは格言を知ってるからと富永を賞めるが、格言ぐらいぼくだって知ってるさ――」

沼田は、よくハジける和子の口もとをあきれたようにながめて、ニヤニヤ笑いながらいった。と、和子はにわかに警戒の目を光らせて、

「どんなの？」

「――婦人ノ髪ハ長シ。ソノ舌ハサラニ長シ」

はじめ和子は、島崎先生といっしょに、おかしそうに笑い出したのだが、途中から顔を変にゆがめ、おしまいに、口を思いきり大きくあけて、ワアワアと泣き出してしまった……。

# リンゴの歌

夏の休暇に入った。

島崎雪子は神奈川の郷里へ、富永安吉は北海道の郷里へそれぞれ帰省した。


――寺沢新子より島崎雪子へ――


先生、郷里のお母様のもとでノビノビと暮されておることと存じます。

私もずっと田舎の家に帰っております。六助さんがときどき遊びに来て、泊って行ったりします。はじめは父が苦い顔をしておりましたが、このごろは六助さんが気に入ったとみえて、来ると大歓迎です。家族の中に、男の大人がほかにおりませんので、話相手が欲しいのでしょう。

私たちは馬に乗ったり、山に登ったり、裏のため池で魚を釣ったりして遊びます。あまり暑かったり雨が降ったりする日には、北向きの涼しい座敷で、レコードをかけてダンスをやったりします。父も母も腰をぬかさんばかりに驚いておりましたが、腕を組んで――、角力《すもう》をとるのでもなく、ケンカをするのでもなく、そのほかの卑しいこともなく、ただそれぎりのものだということが分ると、若い者は仕方が無いといった表情で、見逃しております。

六助さんは運神が発達してるのか、上達が早く、このごろは二人でジルバを習っております。富永さんが帰って来たら、あいつにもぜひ習わせるんだと力んでおりますが、富永さんがダンスする格好を想像するとおかしくてたまりません。第一、なんとすすめられても習いはしないでしょう。

いまから考えて、私はほんとにいい時期に、いいお友達がたくさんできて（先生や沼田先生をその中に入れるのは失礼ですけど）よかったと思っております。ほんとにあのころの私は、危ないがけぎわに立っていたんだと思います。

自分を知っていてくれる人たちがある！――その意識は、私どもが生きて行く上に何よりも大切なものだということを、しみじみと感じました。

先生。こんな事、申し上げても仕方が無いことですが、このごろ、私いつも一人で胸を悩ませていることがあるのです。それは敗戦後の社会の激変とともに、私の家を見舞った「桜の園」の悲劇についてです。

預金は封鎖される、財産税は課される、土地は二束三文に買い上げられてしまう。そして、そういう古い組織の崩壊作用に対して、ある意味で道徳家の父も、お人好しの母も、ただ茫然として、自分たちが泥沼に陥る姿を見送っているばかりです。

いま私の家に残されたものは、住宅と少しばかりの山林と水田とリンゴ畑だけです。父自身が働く百姓であったら、それだけあったら十分暮しが立っていくのでしょうが、本を読む、白い手の父は、それらの財産をただ死蔵しているばかりで、売り渡す以外には、お金を生み出すすべを知らないのです。

「桜の園」の悲劇は、私の家だけでなく、現在の日本では、至る所に生じているのではないかと思います。やむを得ないことでしょう。でも、私はその運命に押しつぶされるのはイヤです。寺沢家の長女である私自身、新興階級のロパーヒンになって、この世紀の大津波から自分の家を守りぬきたいと思うのです。そういう意欲や努力は悪でしょうか?

でも、女のロパーヒン、女学生のロパーヒンなんて世間が相手にしてくれないでしょうし、それを思うと、憂うつになってしまいます。

私はしかし、何事か行なおうと思います。私はお小遣が欲しかった時、六助さんのお店に米を売りに行きました。今度私は、家の没落を食い止めるたくさんのお金が欲しいのです。

私はどうしたらいいのでしょうか?

いま私はそれを一生懸命に考えております……。

——島崎雪子より寺沢新子へ——

お手紙読みました。元気でお暮しの由《よし》、私もゆっくり手足を伸ばした生活をしております。

貴女が、貴女の家に訪れた「桜の園」の運命に押しつぶされたくないという気持は分ります が、しかしこれは必然的な社会の変革なのですから、ただ感情的に逆らおうとするのは、自分自身を反動化させるばかりで、有害無益だと思います。

「桜の園」が悲劇であるのは、あの一家の人々が新しい時代を理解することができなかったからで、理解のある素直な受け入れ方をすれば、今度の変革は必ずしも悲劇を生むとはかぎらないと思います。そんな意味で、私は、かつて職業軍人であった人々の中にも、日本の再建に役立つ力がたくさん含まれていると信じているのです。

でも、これは、貴女の家の事情を知らない私が、今度の変革に対する一般的な意見を述べたまでで、貴女にとっては机上の空論にすぎないかも知れません。ともかく、私は貴女がどんな事を考えて、実行するにせよ、それが貴女に対する私どもの人間的な期待に背《そむ》かないものであるように望んでおります。

六助さんは素直な適応性をもったよい青年だと思います。おぼれたりなれたりせず、賢くつき合うようになさい……。

今度帰省すると、母は私の結婚のことを心配して、内々で二、三の嫁入口を考えておりました。貴女のご両親の例もあり、私はいまさら見合結婚をする意志はありませんが、しかしもう結婚してもいい、……結婚しなければならない時期だということを、改めて反省させられました。

貴女はどう考えてるか知れませんが、私は理屈よりも生活を愛する女です。本を読むよりも、台所で料理をつくったりすることに、もっと大きな喜びを感じる女です(すこし大げさかな……)。

貴女のお母さんが、いつかおっしゃった「鉄は赤いうちに打て」という言葉が、ときどき私の胸によみがえり、そのたびに、何ということなく私の胸はときめき、顔が熱くほてって来ます。女っておかしなものね。生徒の貴女に、教師の私がこんな事を書いて——。それだけ貴女の中に、私が、信用できる大人を感じているのだと思って下さい。


——笹井和子より島崎雪子へ——


先生、昨日母といっしょに町を歩いてたら沼田先生に会いました。

驚くではありませんか。彼はゲタをはいて、自転車に乗って、診察にまわっているのです。それも注意してみると、ゲタが片ちんばなんだからあきれてしまいました。

「男がいつまでも独身者でいると、ああいう不精な格好をするようになるんですよ」と、母が私にいい聞かせました。

先生から厳重にしかってやって下さい。それでないと、私は道で会ってもキマリが悪くて仕様がありません。

――沼田玉雄より島崎雪子へ――

ぼくがゲタをはいて診察にまわってるなんて告げ口したのは、笹井和子でしょう。また格言をいって泣かしてやるから――。

じつは足に水虫ができたので、ゲタをはいているのです。イヤ、それはうそです、じっさいは、夏の間はゲタの方が、涼しくって便利だからですよ。患者の家に出入りするたびに、クツを脱いだりはいたりするのは面倒くさいからです。家屋は日本式、はき物は洋風。こういう雑然とした不統一な生活のおかげで、私どもはどんなに精力と時間を浪費していることでしょうね。

貴女は、医者が患者や世間に与える精神的影響を考慮して、ぼくはクツをはくべきだといいますが、ぼくはその意見には反対ですね。しかしゲタは止めましょう。なぜならそれは貴女を喜ばせないようだから……。お帰りを待つ。

――笹井和子より富永安吉へ――

もうこれで、お休みになってから、三べんもお手紙を書きますわね。北海道のこのごろはいかがですか。こう暑くては、熊も山の中で昼寝ばかりして街の方へは出て来ないんでしょうね。

さて、私のお祖母さんはたいへんなネコ好きで、私の家には三匹もネコが飼ってあります。その三匹は毛色が同じで、黒と黄色のトラブチです。でも名前は別々で、マル、ユリ、タロといいます。

ある日、私が外から帰って来ますと、家の人たちが台所で騒いでおりました。ちょっと人がいない間に、ネコが、ハエ帳の上に載せておいた焼魚をたべてしまったというのです。三匹のうちの一匹が食べたんだそうです。

ネコは三匹とも台所におって平気な顔をしておりました。さあ、お母さんはどのネコの頭をぶったらいいのか、迷っておりました。

私にはすぐ分りました！

富永さんには分りますか？　分らないでしょうね？

私はお母さんにいいました。

「もしお母さんが、犯人のネコをぶたないという約束をすれば、どのネコが食べたか教えてあげるわ」

「いま外から帰って来たお前に、そんなことが分るもんかね。じゃあいってごらん、お母さんはぶたないから……」

「マルが食べたんだわ。なぜって、ネコというのは、おいしいごちそうを食べたあとには、必ずペロペロ手をなめて顔を洗ったり身体を清めたりするからです。マルはいまさかんに顔をふいてるでしょう。

ネコと人間は、違うところがたくさんあるけど、その一つは、人間は食事の前に顔を洗い、ネコは食事のあとに顔を洗うということだわ。そしてネコからいわせたら、食事のあとで、歯をみがいたり、顔や手を清めるのが合理的だというでしょう」

父が口惜しそうに、スリコギを振りあげて、

「コンチキショウ!」と怒鳴りますと、胸にやましい覚えがあるマルは、窓に飛び上って、裏庭へ逃げ出して行ってしまいました。ユリもタロも平気でおるのに……。

頭の古いお祖母さんは、

「和子は、自分が台所でつまみぐいや盗みぐいをよくやるから、ネコのこともよく分るんじゃろ」ですって。

なんてまあ失礼な——。推理能力の無い人たちはこれだから困ってしまいますわ。

それからね、富永さん、私は重大な報告を貴方に寄せなければなりません。

私はこの夏休みにはじめて、一人前の女性となった生理的なしるしがあったのです。クラスの中では、早くも遅くもない、中くらいのところです。私は驚き、悲しみ、厳粛になり、最後には、私が心身ともに順調に発育しつつあることを、神様に感謝する気持になりました。

沼田先生は、私のことをよく「この子、この子」などといいますが、もうそういう子供扱いした言葉は、止めてもらわなければなりません。

そして私としても、これからは、富永さんに軽々しく負ぶさったりすることは、つつしまなければならないと考えております。

ともかく、私は無事で元気でおりますからご安心下さい。

沼田先生も元気ですよ。こないだまでは、ゲタをはいて自転車で患者まわりをやっておりましたが、あまり見っともないと思って、私が間接に注意してあげた結果、このごろはクツをはくようになりました。ところがクツ下をはかないで、素足にブカブカのクツをひっかけて歩いてるのですから、あきれてしまいますわ。

六助さんにはあまり会いません。彼は寺沢新子さんともっぱら遊んでおるのでしょう。

親愛なるガンちゃん、さようなら。

——金谷六助より富永安吉へ——

ガンちゃん。

先日はお手紙ありがとう。毎日大いに食いだめをしているとのこと、黙々としてバタつきのトウモロコシやトマトやスイカにかぶりついている君の顔が、目に見えるようだ。

それにしても、牛乳やチーズがふんだんに飲食できるとは、ちょっとうらやましいね。

ぼくはこの休み中、いろんな用事で、北海道へは行けそうもない。冬の休みにでもスキーを担《かつ》いで行くよ。

こちらの生活は相変らずだ。いや、変ったことが一つだけある。驚いてはいけないよ。ぼくはこのごろダンスをはじめたんだ。先生は新子だ。

新子がやれやれとすすめるんでやり出したら、あんがい面白くて、今度はぼくの方が熱中し出したという訳さ。

ぼくは頭が空っぽだから、無理にしぼり出したおしゃべりだけで若い女と交際するんでは、とても間がもてないし、その点、口をきかずに身体を動かしてればいいダンスは、大いにらくだね。ぼくたちは、君が帰ったら、君にもすすめようと話し合ってるんだが、さて、君の頭脳は大いにダンスを肯定するだろうが、君の肉体は、剣舞やドジョウスクイに郷愁を感じているのではあるまいかと、うわさし合っているところだ。

ダンスはぼくたちだけでなく、町の青年男女の間にも大流行だ。こないだも、ある小学校の体操場でパーティーがあったので、行ってみたら、二千人以上の男女が集って踊っているのには一驚した。服装も年齢もまちまちで、裏革にクギやビョウを打ったクツをはいてる人もたくさん居ると見えて、床の板の間にステップのすれる音が物すごく、脂《あぶら》の臭い、汗の臭い、すなぼこり、調子の悪い拡声機から流れ出すジャズ・スイングのレコード……。いやはや胸がつかえそうな一大壮観だった。

同じ物でも、どうして日本人がやると、こう下卑《げび》た感じのものになるんだろうね。ぼくはちょっと悲しくなったよ。

ぼくは、あの、ワッショイワッショイという昔ながらのお祭り気分で、街のアンちゃんやネエちゃんたちが汗まみれで、踊り狂っている所を見ていると、ダンスなんかよりも「男女角力大会」でも開催したら、もっと人気がわくだろうにと、皮肉な悲しいことを考えてしまったほどだ……。

体操場の床板は一晩ですっかり傷だらけになってしまい、もうパーティーには一切貸さないということになったそうだが、それにしても、こないだまでは箇閲点呼や教練や柔剣道が行なわれていた体操場で、ダンス・パーティーが催されるようになったのだから、日本人の気持もずいぶん変ったものだと思うね。

セップン映画といい、ダンス・パーティーといい、それが当事者のみならず、はたの者にも楽しい感じをもたせるには、どういう条件が必要なのか、君のご高説を承りたいものだ。

こないだ新子が遊びに来て二階の室で話してる時、ラジオがスイングをやり出したので、二人で踊っていると、二階の物音に不審を起して母親がのぞきに来たんだ。そしてビックリしたあまり、はしご段から転げ落ちるという事件が起って、おかしかったり恐縮したり、じっさい困ってしまった。

西洋のある心理学者は「ダンスとは性欲を緩慢に満足させる一方法である」と定義したそうだが、食欲をだれも恥じないように、性欲を恥じるのも間違いであろうし、問題はいかにこれを処理するかにあるとすれば、ぼくは流行のダンスの意義を大いに認めるつもりでいる。

ガンちゃん。

柄にもなくダンスの話などへ筆がそれて失敬した。じつは、この手紙で、ぼくは、最近に経験したあるアバンチュールを報告して君の道徳的な批判を乞《こ》いたかったのだ。

なぜなら、その事件は、いまもってぼくにとっては、一つのスリルであったという以外に、どういう意義をもつものなのか、善なのか悪なのか、判断がつかない出来事だからだ。

ある日の午後、ぼくは思い立ってフラリと汽車に乗り、寺沢新子の家へ遊びに行ったんだ。休みに入って何べん行ったか分らない。すすめられるままに泊って来たこともある。そんな訳で、彼女の実父や継母や異母の弟妹たちとも親しくなり、ぼくはいつでも素朴な歓迎を受けた。

父親というのは、見事な八字ヒゲを生やし、村の名誉職か何かやってるらしいが、人が好い中にもどこかかたくななコツンとした感じのある人だ。顔立ちは新子とあまり似ておらない。継母は物腰から言葉つきから、恐ろしくやさしい、昔風のおとなしいタイプの婦人で、新子とはまるで姉妹のような態度で接している。

新子自身は家の中の女王様だ。しかし、彼女は決して青白いヒステリカルな女王様ではなく、弟妹たちの面倒もよく見るし、暮し向きの事で両親に適切なアドバイスもするし、四、五人いる男女の雇人たちに権力的な口もきくし、自分で肉体労働もやるし、ひどく世帯染みた、健康な女王様だ。

で、その日の夕方ごろ、寺沢の家に着き、例によってみんなの歓迎を受けたが、ぼくは新子の様子がいつもとだいぶ違っていることに気がついた。なにか落ちつかずにソワソワしているのだ。

そこでぼくは、二人ぎりで縁側にすわっていた時に尋ねてみたのさ。

「どうしたんだい、変じゃないか?」って。

すると新子は、困ったような顔をして、

「私のことをすぐ分ってくれてありがたいんだけど……。でも、貴方に話したくないことなの。

ともかく私は明日、夜明けごろから昼ごろまで家を留守にするから、六助さんはその間、沼で魚つりでもして、一人で遊んでいて下さい」

「ウン、それでもいいし、君がいそがしいんだったら、帰ってもいいんだ……」

「帰らないでよ。怒った顔をして……。じゃあお話するから、貴方はただ聞くだけで、それに対して意見や批評をいわない約束して下さる？」

「そりゃするよ」

「――明日の夜明け方、私は雇人たちを指図してリンゴをトラックで二台、県外へ密移出するのよ」

「密移出――？」

ぼくはオウム返しにつぶやいて、青い、澄んだ決意の色をたたえた目を庭先に落している新子の横顔を、くいつくようにながめた。

「そうなの。だから途中でつかまれば、罰金と体刑を課されるんだわ」

「なんだってまたそんな危険をおかすんだい」

「そりゃね、農業会の指図証をもらって県内から移出すれば合法的なんだけど、父には金を使って農業会にワタリをつけたり、警察の了解を得たり、そんなわずらわしいことができないの。私は父のそういう性格が好きなんだけど……。それかといって、母や私ではなおさらできませんし、仕方がないんだわ」

「でも、どうして……」

「お金が欲しいの。たくさんお金が欲しいんだわ」と、新子は、興奮した口調で繰り返していった。

「私の家は、敗戦後の社会の変動で、いま没落しかかってるのよ。この家だって、もう半分以上人手に渡っているんだわ。

父も母もあの通りで、そういう変動に対しては、手をこまぬいて見送っているばかりで、全く無抵抗なのよ。

私は新しい社会制度に反抗しようとは思いません。しかし、新しい制度の中でも、結局、わる賢い地主やわる賢い小作人が得をしているという事実は、この村だけでも、目にあまるほど見ております。

父はとくべつな活動家ではありませんが、しかし怠《なま》け者でないし、消費家というのでもありません。だから、私は、父が没落するのは不当だと思うんです。もちろん、家族の一員として、家を左前にしたくないという、私の本能的な感情も強くはたらいているでしょうが……。

長くいる雇人たちも、気が気でなく、父が腰を上げるのをいまかいまかと待っていたんですけど、期待倒れで、父の腰は上りっこありません。それかといって、雇人には雇人の根性があって、たとえ父の許しがあったとしても、自分たちでは思いきった事ができないのです。

そこで私は、父に内証《ないしよ》で、自分が乗り出すことにしたんですけど、はじめは女の私じゃあ……というんで本気で相手にしなかった雇人たちも、しだいに私の決心に動かされ、こないだから私を中心に、みんな心を合せて、密移出の計画を練って来ました。

そして、いよいよ明日……。県境さえ越えれば、向うにはむずかしい統制もありませんし、らくに貨車に積めるんです。ちゃんとブローカーに連絡もついております。トラック二台のリンゴで、大型貨車一台分ですが、それだけの金が入れば、傾いた家にどうにかツッカイボウを当てられるんです。

おどろいたでしょう?」

新子はそういって、試すような目の色でぼくの顔をじっとながめたのだ。

おどろくどころじゃない。ぼくは打ちのめされたように茫然としてしまった。

親のスネを無反省にかじっているぼくは、敗戦後の社会の変動を、ただ新聞雑誌の上や頭の中だけで、ボンヤリ第三者的に感じていたにすぎないことを、この時ほど痛烈に知らされたことはない。

それに反して、新子は、身体こそ丈夫だが、若い少女の身そらで「桜の園」の悲劇のまっただ中に立って、運命と闘おうとしているのだ。何というヤツだ!……ぼくはしばらく口が利けなかった。

「分ったよ。……そして、たとえ君が頼んでも、ぼくには意見なんかのべる資格がないよ。ぼくは自分が理由もなく特等席にふんぞりかえってるような恥ずかしさでいっぱいだ。これね、母からもらった成田山のお守だけど、君、かけて行けよ。君の密移出が成功するように……」

そういってぼくは、黒い細ヒモにつるしたお守を、首からはずした。新子はそれを受けとって、目に近づけ、

「ありがとう。でも汗臭いのね」

「モッタイないぞ。それが神様のにおいというものさ」

「そう」

新子は細ヒモを首にかけ、シュミーズの胸をあけて、お守を白い素肌に落してやった。

「ねえ。もし私がつかまったりしたら、六助さんは私を軽蔑する?」

「いや、かえって好きになるさ」

「なぜ?」

「バカなヤツだと思うからさ」

「ふん……」

新子は指先で目を押えて、座敷から逃げて行った。ぼくも変に胸苦しかった。

庭の踏石を囲んで、松葉ボタンが一面に咲いていた。赤いのや黄色いのや白いのや、どれも色が入り混じって、にじんで見えた。

ぼくはおかしいと思って、何度も目をしばたたいた……。

日が暮れた。

夕食は、いつものように、家族といっしょに居間で食べたが、何となく浮わついて、落ちつけない気分が感じられた。継母や弟妹たちはもちろん明日の計画を知っていたし、役場から帰った父親も感づいておったに違いない。

しかし、だれも、その事を口に上せる者はなかった。新子だけがよく笑って、ご飯やおしるを何杯もお代りするのを見て、一体どういう娘なのだろうと、ぼくは改めておどろいた気持だった。

食事が済んでから、父親とぼくは座敷で将棋をさした。ひろい台所の方から、明日の食糧の支度でもしているらしい、変にざわついた物音が聞えて来て、将棋に身が入らなかった。二番さして、つかれてるからと断わって、ぼくは二階のぼくに当てられた室に引き上げた。

そして、一人で寝床をのべ、カヤをつった。だが、そうしてみるとすぐ眠る気にもなれず、ぼくは縁側に出て、しばらく星空をながめていた。

ぼくは自分が興奮していることを知っていた。自分の身辺に、ある異常をかぎつけた若いケモノのように。そして、その興奮をどう処理すればいいのか、ぼくはやはりケモノのようにそれを知らなかったのだ。

星空は、ただ青く、深く、美しく、ぼくに何物も教えてくれなかった。ただ、人間世界の千差万別の営みのはかなさを感じさせるばかりだった。そして、ぼくの若い肉体は、そうした冷たい永遠感に対して、いつも不敵な反抗の血をわかせる。ぼくの魂は宣言する——。ぼくがあって世界があり、ぼくは宇宙の帝王者なのだ、と。

まもなく、ぼくは電気を消して寝床に入った。くらがりに慣れしだい、あけ放した窓から流れこむ青い星明りが、目にしみこんで来た。と、階段を上る足音が聞え、つづいて室のフスマが細目にあいて、

「六助さん、休んだ?」という新子の忍びやかな声が聞えた。呼吸の生熱いにおいが感じられたように思った。

「ああ、休んだよ」

「お休みなさい。明日はゆっくり寝坊するといいわ」

「——いま何時だい?」

「八時半よ。朝が早いから、私たちももう休むの」

「おやすみ」

「おやすみ」

それだけの会話で、ぼくのたかぶった心は不思議に和んだ。そしてぼくは快い熟睡に落ちた。

目を覚ました時、窓から一晩中流れこんでいた夜気のために、ぼくはゾクンとふるえた。電灯をつけて腕時計をのぞくと、午前三時だった。ぼくは、ちょうどこの時刻に起きる予定を立てていたような気がした。

耳をすますと、庭のくらがりの中で、大勢の人々が立ち働いている気配が聞えた。ぼくは急いで寝床を片づけ、台所に下りて顔を洗った。そして、庭へ下りる出口の影の中に立って、くらい庭先に目をこらした。

すばらしく大きなトラックが二台、勝手な向きで、くらがりの中にそびえていた。そびえていたといういい方はおかしいが、一台にはリンゴを詰めた白い木箱が山のように高く積んであり、いま一台には、横手の土蔵から、七、八人の男女が、リンゴ箱をさかんに運び上げているところだったのだ。

意識して、みんな声を忍ばせていたが、それでも一生懸命のはずみに思わず発する声つきから、ぼくは彼らがひどく緊張していることを知った。

ただ、ヤミになれたぼくの目に物足りなく感じられたことは、自分が関所破りの張本人だと勇ましく名乗った新子の姿が、どこにも見当らないことだった。

イザとなって、娘心におじ気づいたのかも知れないし、変にノンキな一面もある人物だから、まだグウグウ眠りこけているかも知れないと思ったりした。

だが、それはぼくの間違いだった。空が明るんで来たのか、それともぼくの目がヤミを見すかすようになったのか、まもなくぼくは、せわしく殺気だって立ち働いている人々の中に、彼女の姿を発見した。

黄色な三角巾《きん》で頭を包み、紺ガスリの筒袖《つつそで》と同じ柄のモンペを着け、海老茶《えびちゃ》色のシュスの足袋にワラ草履をはいて（色彩がハッキリしたのはもっと時間が経ってからだったが……）、土蔵からせっせとリンゴ箱を運び出している、身体つきのたくましい田舎の若い女——それが新子だったのだ。

それと気づいた瞬間、ぼくは、彼女とぼくの間柄が、流星が尾をひいて流れるように、急に何千万里もスウッと遠ざかったようなさびしさに打たれた。

荷積みが終った。背の高い一人の男が、リンゴ箱の上に立って、頑丈なロープで、荷物をしばる指図をした。吉さんといって寺沢家の支配人格の中老人で、ぼくとも顔なじみだが、二度ばかり将棋をたたかわせた手並みから察すると、ゆっくりと、だがどこまでも物事に食い下っていく、というタチの人物らしかった。

「さあ、それじゃ出かけるぞ。みんな寄ってくれ。門出のお祝だ」

一切の準備が完了したところで、吉さんはそういって、関所破りに参加する人々を自分のまわりに集めた。新子を除いて、男が六人だった。吉さんはトラックの運転台から、一升びんとドンブリをかかえて来て、なみなみとドブロクをドンブリに満たし、まず自分がひと口のんで、それをつぎにまわした

ドンブリは最後に新子に渡された。それまで、軒ヒサシの下の濃い影の中に立っていたおかげでだれにも見つからずに、事の成行きを見守っていたぼくは、新子が、受けとったドンブリを両手で口のはたにもっていくのを見ると、まるでその時を待っていたかのように、影の中からノコノコ出て行った。

「おい、ぼくの分を残してくれよ」

そういってぼくは彼女の口からドンブリを横どりした。そして、まだだいぶのこっているドブロクを一息にのみほした。

「あなたは――」

あっけにとられた新子は、ぼくを見つめてそう言いかけて、口をつぐんだ。ぼくの顔に、とがめてもムダだと思われる表情が浮んでいたからであろう。

「そらあまあ、働き手の男が一人でも多い方が心強いだからな」

吉さんの一言がぼくの参加を決定した。新子はぼくの腕をひっぱって台所に連れて行き、そ

こらの板壁にかかっていた男の仕事着のようなものをとりはずして、

「服装だけでも変えていかないと、万一の時に……」

「いや、ぼくはこの制服で人殺しをし、この制帽で強盗をするつもりなんだ」

「強情ね。ガンちゃんが聞いたら喜びそうな言葉だわ。でも、六助さん、向うに着くまでは、私が責任者で、私が指揮者だということを忘れないでね」

「いいよ。君の命令に従うよ。日本にだって、昔、鬼神のお松という山賊の女頭目がおったんだからね」

新子はメエッ！　とぼくを睨《にら》んだ。黄色い三角巾で顔を包んだ、新子のひなびた姿が、ぼくにはこの上もなく、すこやかな、美しいものに思われた。

トラックはもう、夜明けの空気をふるわせて、身振いするように始動を起していた。

「一体、県境を越えるまでには、どれくらい時間がかかるのかね？」

ぼくは、鳥打帽をかぶって、珍しくパイプなどをくわえている運転手風の男に尋ねてみた。

「なあにね、まっすぐに突っ走れば二時間もかからねえんだが、農業会や派出所のある所は避けて通らなきゃならねえし、荷物が相当に積載されているし、それに……」と、パイプの吸口で一台のトラックを指《さ》して、

「こいつはエンジンの工合が悪くて足がのろく、仲間じゃあイザリの六〇八号と呼んでるぐれ

えの代物だから、まあ三時間半ぐれえはかかるな。イザリなどをもって来たくなかったんだが、どうにも都合がつかなかったんでさあ」

たよりない話だった。

午前三時半、ぼくたちは夜明けのうすヤミをついて、いよいよ出発した。先頭のイザリには吉さんが乗りこみ、新子とぼくは、見張りと作戦指令のために、後ろのトラックの荷物の山の上にすわった。

いかにものろい車だった。でも、それだけの速力が呼び起す明け方の風は、ふるえるほど冷たく、ハダにしみこんだ。

星の光はまだ鮮やかで、地上には赤い火が、うるんだように点々と瞬《また》いていた。村を通るたびに、二、三匹の犬が狂ったようにほえたてながら、車のあとをしばらく追いかけて来た。国道を避けて、遠回りの間道を通るために、道路がわるく、したがって車体の動揺がはげしくて、ウッカリしていると、荷物の山の上から弾ねとばされそうになる。そのためにも、ぼくたちは身体を強く寄せ合っていなければならなかった。

「お腹が空かない？　ご飯食べましょうか？」

「うん。食べたいな」

新子はひざの上でふろ敷包みを解いた。握り飯と干魚のにつけとキュウリの丸づけと——ぼくたちはみんな手づかみで食べた。うまいなあ、とぼくはしみじみ思った。

夜はしだいに明けはなれて来た。東の空は雲切れがして、はじめにうす青く、それから紫色に変り、だんだん赤みを増して来た。遠くの山々のヒダから、白い朝もやがわき、それが野面《のづら》の上に低くはい下りて来る。村の家々からはカマドの煙が立ち上っている。そして、気がつくと、空の星はもうすっかり消え失せているのだった。

そのころ、トラックは国道を走っていた。このあたりから県境までは、間道が無く、一本道路なので、どうしようも無いのだ。むかし夜襲を行なったりする時、馬にバイをふくませて物音を立てないようにしたというが、バイどころか、ぼくたちは、ゴウゴウという地響きをたて、砂ホコリをまき上げ、しかも山のように積み上げた密移出の物資を朝の光の中にさらして平野の中の国道を走るのだから、どうともなれ——というステバチな勇気のほかは、ぼくたちを支える何物も見出せなかった。

踏切を越え、村を過ぎ、橋を渡り、川に添い、赤い岩はだのガケの下を通り、トラックはのろのろと進んだ。

幸いに先頭のイザリは一度も故障を起さなかった。

温泉がわくK村を通過してまもなくだった。新子が息をつめた声で、

「見つかったらしいわ！」とつぶやいて、村の鎮守の森の陰に迂回《うかい》した、はるか後方の白い路

上を指さした。三、四人の男たちがトラックを見送って、両手をあげて何やらわめいている姿がハッキリと見てとれた。

新子はロープにすがって、身体を乗り出させ、運転台の屋根を握りこぶしで乱打した。と、一人の若い衆が、ドアを開けてステップに立ち、身体を弓なりにそらせて後方をのぞきながら、

「くそ！　つかまるかい！」と、険しい声でひとり言をいって、運転台に引っ込んだ。入れ替りに、窓から赤い旗が現われて、せわしく振られた。

その危険信号は、三分おきぐらいに、イザリの窓口から顔を出して、後ろのトラックの連絡に注意していた吉さんに、すぐ認められた。と、心なしか、イザリは少し速力を早めたようだった。

大きくU字型に迂回した道路の端の方にさしかかった時、ひろい水田を隔てた反対側の道路の上を、二台のオートバイがはしっているのが目についた。

万事休す！　とぼくは思った。新子はムッと意気ごんだ、きびしい表情をして、まだ豆粒ほどに見えるオートバイの動きに目をこらしていた。

ぼくは運転台に下りて行って、

「追われたぞ、オートバイが二台だ」と、指二本を示して、大声で怒鳴った。

赤い旗が滅茶苦茶に振られた。イザリからは吉さんが、ぼくたちの車からはさっきの若い衆

が、ずっとステップに立ったままで、警戒に当った。

しかし、足弱の悲しさ、ぼくたちはしだいに距離を縮められていくばかりだった。密移出隊捕えらる——。そのあとの暗い成行きが、ぼくの脳裏に、底無しのホラ穴のようにイヤな口をあけてみせた。ぼくにはどうしようも無かった。ぼくはただ、腕をきつくまわした新子の身体の温かい感触を、唯一の力に、追い迫るオートバイをにらめつけているばかりだった。

一台のオートバイには警官が乗っており、もう一台には白いワイシャツを着て、頭にハチ巻をしめた男が乗っていたが、どちらも後ろに同乗者を一人ずつ伴っていた。四人の男の緊張した顔つきがハッキリ見分けられるぐらいに、もうぼくたちは追い詰められていたのだった……。

「六助さん、貴方も手を貸して……」

新子がそういって、物憂《う》げに立ち上った。そして、はじめからロープをかけられていないリンゴ箱の一つに手をかけた。ぼくは電気に感じるように彼女の意図を理解した。

「よし、やろう!」

ぼくたちはリンゴ箱を二人で押して、走っているトラックの上から三箱つづけざまに、道路の上に落してやった。と、モミガラが煙のようにモウモウと舞い上り、それがしずまると、赤いリンゴが路面いっぱいに散らばっているのが見えた。土や、田の水や、穂をもちはじめた稲などの色彩とうつり合って、目も覚めるように鮮やかだった。

意外の障害物で、一台のオートバイは止ったが、一台はガムシャラに突き進んで来たために、たちまちリンゴにすべって、道端のアゼに転落した。

この様を見届けた吉さんは、イザリのステップの上で、気ちがいのように運転手を激励した。距離はグンと引き離された。だが、追手もそれであきらめた訳ではなかった。それどころか、こちらの露骨な敵対行為に憤激して（これは想像だが——）再び追跡をはじめたのであった。田が、橋が、家が、林が飛びすぎる。

ふと見上げる空が、青い雄大な弧をえがき、その中に白い雲が無心に浮んでいるのが不思議な気がするくらいだった。

オートバイはグイグイ迫って来る。四人の男たちは、けもののように目を光らせて、じっとこちらをにらんでいる。

ぼくたちは一つの身体のように、同じ瞬間に行動を起し、またリンゴ箱を三つほど落してやった。

黄色い煙！

道路一面のリンゴの敷物！

男たちはオートバイから下りて、にくにくしげに手をふって、何か大声にわめいている。

もう、最後の村を過ぎて、山道に入っていた。県境までは半みちそこそこだ。ぼくたちの前途には、やっと一筋の光明がさしはじめた。だが、確実な希望というのではない。なぜなら、一台のオートバイが、執拗《しつよう》に食い下って、後について来るからだった。

ただ、ここでぼくたちに有利なことは、石ころでデコボコした山道は、ボデーの大きな四つ足のトラックに適しておって、二本足のオートバイには不向きであるということだった。

さて、相当な傾斜の上り道を、一つの稜線《りようせん》から次の稜線へ、ぼくたちのトラックはゼンソク病みのような呼吸遣《いきづか》いをもらしながら、あえぎあえぎ進んで行った。

稜線の頂に立って、後方を展望すると、二段ばかり下った稜線のかなたに、細い煙を吐くオートバイが見えたが、さっきのように追い着かれないところを見ると、向うも大いに難渋しているものらしい。

その時、ぼくはふと、道端に、山から伐《き》り出したスギ柱が積まれてあるのが目に触れ、肩をたたいて新子の注意をそれにひきつけた。新子は大きくうなずいた。

ぼくたちは、イザリのステップに突っ立っている吉さんに、構わず走りつづけるように合図をして、つぎつぎにトラックから飛び下りた。そして、スギ柱のある場所にかけもどって、二人で一本ずつ抱え上げては、道路の上に横たえた。

ぼくはその作業の間に、指をちょっとケガした。一本のスギ柱を抱え上げた時、ぼくの足が、紫色の野花を踏みにじりそうになっているのに気がつき、それを避けようとするはずみにすべって転んで、指先をスギ柱の下敷にされたっていう訳だ。人間って、非常の場合でも、平常の悠長《ゆうちょう》な心づかいが働いたりして、おかしいものだと思った。

ぼくたちは六、七本のスギ柱を、少しずつ間を置いて道路に並べた。トットッ……というオートバイの単調な爆音が、灌木の茂みの陰に聞え出した。新子は、それが最後の仕上げだとでもいった風で、いつのまにかトラックから持ち出したらしい一升びんを、道路のまん中にデンとすえた。それからぼくたちは、二匹のウサギのように、やぶの陰に隠れた。

オートバイが止った。

「チキショウ。こんないたずらをしやがって……。とうとう逃がしたな」

「だが、今日のヤツは敵ながら天晴《あっぱ》れだったよ。おや、何だい、あの一升びんは——。……酒だよ。本物だ、君」

「いや、おれはね、途中からリンゴなどどうでもよくなったんだ。あの娘が太いヤツだと思ってね。どうしてもつかまえて面を見てやらないことには、胸が治まらないような気がしたんだ。ほら、トラックがまだ見えるよ」

「もうだめだよ。あれを越せば県境だもの。調書をもって帰るより、一升びんの方が気が利いてるという考え方もあるさ。百姓もリンゴ生産者も、みんな食わにゃならんのだからな。帰ろう。いいドライブだったよ」

そんな会話を耳にしながら、息をひそめてやぶ陰にしゃがんでいる間に、ふと、ぼくの傷ついた指に目を止めた新子が、その指をつまんで、いきなり、パクリと口にくわえこんだ。唾液には殺菌作用があるという訳だろうが、ぼくは自分の指が食われるのかと思って、びっくりした。

エンジンのうなりが山の空気をビリビリふるわせた。そしてオートバイは村里の方へ下りて行った。

ぼくたちは、やぶの陰から出て、スギ柱を元の場所に運び返した。それから、腕を組んでトラックの後を追って歩き出した。

太陽は空高く懸って、左手の谷の方へ大きくなだれている高原一帯を、明るく照らしていた。鳥がなき、野花が咲き、雲が流れ、もうここらの風物は秋を思わせた。

ぼくたちは、思いついた歌をかたはしから歌いながら歩いた。身体が浮くように軽く感じられた。

吉さんが心配して途中まで迎えに来てくれていた。いっしょに、稜線を一つ越すと、トラックが停止しており、人々は草原の上で、にぎやかに談笑しながら、時刻はずれの食事をしたためていた。道端には、雨露にさらされた、四角な太い標柱が立っており、墨色が浮いて、

——県境——と読まれた。

ガンちゃん、これがぼくの経験したアバンチュールの荒筋だ。それ以来、ぼくは新子に会っておらないが、不思議なヤツだと思っているんだ。

——富永安吉より金谷六助へ——

君の手紙は面白かった。食うことと読むこと以外は、きわめて内容の乏しい生活をしているぼくには、生活力のさかんな君が、行くさきざきで、自然な出来事にぶつかって、君自身を鍛錬していくのが、非常にうらやましいことに思われる。

まず、ダンスについていえば、ぼくはその流行に賛成する。ぼく自身は、一生、それを習う機会がないだろうが……。で、ぼくの読書知識によって感想を述べるならば、社交ダンスというのは、現在の日本人の生活には少し無理ではないのかね。なぜならぼくたちの社会には、まだ「社交」という言葉で呼ばれるほどの礼儀作法は存在せず、あっても極めて未発達な段階のもので、いわゆる社交ダンスが自然な形で生れて来るようなものではないと思うんだ。

ぼくたちの社会の津々浦々にまでいき渡っている、最も普遍的な社交の形式は、例の宴会というやつがそうだ。酒を飲み、料理をつまみ、醜業婦が侍《はべ》ってジャカジャカ三味線を弾き、唄い、罵り、踊り、愚痴をいい、泣き出し、喧嘩をはじめ、ヘドを吐き——そうしてお互い肝胆《かんたん》相照らすという訳だ。それはどうひいき目に考えても、決して品位のある社交の形式とはいい難い。ウソだというなら、ああいう場面を映画に撮《うつ》しておいて、あとで酒の酔いがさめた当人たちに見せてやるといい。

戦争前、大都市あたりでは、洋風の上品な社交形式が、ボツボツ現われておったようだったが、まだまだ一般には、あのドンチャカ社交を、人生無上の楽しみと心得て、飛んだり跳ねたりしていることは、どうにもならない事実である。いずれにしても、ああいう社交の雰囲気の中から、男女がシラフで手を組んで踊りまわる、優雅な社交ダンスなどが生れようはずがないではないか。

日本式社交の形式は、日本の社会生活のいろんな姿を、おのずから示しているものだとぼくは思う。第一に気づくことは、ぼくたちの社交には、いわゆる良家の女性は、決して加わっておらないということだ。男だけに社交があって、女にはそれが許されておらなかったということは、わが国における女性の社会的地位を、端的に物語っているし、一方、男ばかりの社交であるために、それがはなはだしく猥雑《わいざつ》な気分のものになりがちなのも、避けがたいことだ。女も年寄りも子供も参加する和やかな社交——ぼくはそういうものをぼくたちの将来に望みたいのだ。

第二に考えさせられる問題は、飲んだくれた勢いを借りなければ——そして、乱暴な下卑た言葉づかいをしなければ、人と人とが肝胆相照らせないという、ゆがめられた、不自然な習性のことだ。その事実は、ぼくたちが、ふだんの生活では、形式ばったウソばかりを多く語っているという証明をしているようなものではないだろうか。腹芸だの黒幕だの、とかくぼくたちの過去の生活習性には、ジメジメした陰性なものが多いようだが、この際、子供の無邪気さにかえって、人間性に即した、明るい、素直な、新しい風俗を創り上げていくことが、何よりも大切なことだと思うんだ。敗戦の影響は、長く深刻に続くことを覚悟しなければならないが、せめて、ぼくたちの世代の間に、日本の社会を、あのドンチャカ社交の段階から脱却させたいものだとぼくは思っている。何といっても、あれは下卑ておるからね。

で、ダンスの流行も、新風俗の創造という観点からいえば、まあ結構なんだが、しかしやるならフォーク・ダンスがいいのではないかと思う。

外国映画で、田舎の男女が輪になってグルグル踊りまわるやつがあるだろう、あれだよ。あれなら、ドタグツをはき、汗臭いシャツを着け、髪を安油で光らせた、そしてまた、男女の交際がはじめて公認された、ぼくたちの現在の境遇にふさわしい踊りだと思うんだ。

ところが日本人の癖で、自分たちの足もとにはお構いなしに、いつも第一級品にばかり、ツメがアカでまっ黒な手を差しのべたがるんだね。したがって、本物とは似もつかない醜さをさらけ出すことにもなるんだが……、なお気がついたからここで訂正しておくんだが、ぼくがぼくたちの社会には、社交ダンスを生むような礼儀作法が存在しないといったのは、人間性を解放した礼儀作法といってもよいので、その反対の、たとえば「男女別アリ」といった風な考え方の礼儀作法は、カブキの芸のごとく、一つの極点に達するほど発達しておったことはぼくも認めている。そして、こういう式の礼儀作法が、新しい生活を築いていく上に、どういう関係のものになって来るのか。それはただ崩してしまうより仕方がないものなのか。あるいはその中のどの筋をぼくたちが受け継いでいかなければならないものなのか——。これは非常に大切な問題だと思う。

さて、ある日、ぼくは札幌の従弟の家に遊びに行った。そして、彼の案内で、彼が在学している専門学校のダンスの講習というのを見学したんだ。この学校は、戦前、海外植民を看板にして、蛮風をもって有名だったが、敗戦後、学生たちは、これから崩壊した日本を興していく責任がある青年たちは、やはり紳士型でなければならん、と真面目に反省したんだね。そこでとりあえず社交ダンスを習うことにしたというのだ。

広い講堂には百五十人ばかりの学生たちが集っていた。まだ昔の名残りを捨てきれず、その服装も千差万別だった。ハカマをはいて、モモ立ちを取り、腰に長い手ぬぐいをぶらさげて、草履をはいている連中もたくさんおった。どこからかかり集めた娘さんたちが十五、六人ばかり。したがって大部分の学生たちは男同士で腕を組んでいるのだ。しかし、みんな大真面目で、壇上の教師の指導に従ってステップを踏んでいた。

学生たちの中には、一人の指揮者がおり、これがときどき「大休止！」「小休止！」といった風な軍隊調の号令をかけるのも奇抜だったが、最後に講習が終って壇上の教師に礼をした学生たちは、頭をあげたとたんに、垂れた両手の掌《たなごころ》をパッと前に向けて、いっせいに「オス！」と怒鳴ったのには驚いた。オスとは街のあばれ者たちが、いろんな場合に発するあいさつの言葉だということは君も知っていよう。……しかし、ぼくは、ともかく彼らが新しい風俗をつくり上げようとしている真面目な努力に、非常な好感をもった。これはひところの青年たちが、パスカルやヘーゲルやデカルトに読みふけったことよりも、もっと重大な意義をもつものだとも考えられるのだ。

ぼくはこう考えている。ぼくたちの古い生活の習俗に、一番根強い執着を潜在させているものは、ヨーロッパ的な知識や教養を身につけた階級の人々ではないのかと——。その反対に、大衆というものは、指導しだいで、あんがい無造作に、スポリスポリと古いカラを脱ぎすてていけるのではないのかと——。で、青年男女の在り方が、世のいわゆる識者たちに、ムッとノドをつまらせるようなタイプのものになった時、日本はようやく新しい生活の営みを考えてもいいのではないだろうかと——。

これがまあ、ダンスを中心にしたぼくの感想のようなものである。六助も新子も踊れ踊れ。

オス！

つぎに君が経験したアバンチュールのことだが、正直にいって、ぼくにはその出来事に対して君が要求するような、道徳上の善悪を断定する力がないのだ。

ぼくの叔父に検事を勤めている人間がいる。きわめて謹直な人物だ。で、彼はどうやって、この多難な時代に彼の職務の権威を自ら保つようにつとめているかというと、細君に向って、「家の中のことはお前の好きなようにやれ。ただし、台所口のことは一切わしに相談することはならん」と言い渡してあるのだ。

彼のやり方が形式的であり偽善的であると論ずるのはやさしい。だが、いまのような時代には、そういう形式や偽善にこだわっている所に、彼の良心の発露が伺われると考うべきで、叔父がその職務に忠実ならんとして餓死することは、大きな見地からいって、決して人生の正義に合致するものとは思われない。臭い物にフタはよくない、ありのままの事実を率直に認めたらいいではないか。――こういう意見もあろう。しかし、実際は口に出さないだけで、すでにみんな認めていることなのだ。率直なのがいいからといって、かりに大臣諸君や指導者階級の人々が、（自分は配給食糧だけで生きてるのではない）と公々然と言い触らすとすれば、率直さの効果が、社会的には全く逆な影響を及ぼすことは、火を見るよりも明らかだ。

さきごろ、天皇陛下の巡幸があった際、一部の急進分子は陛下に面会を強要し、ご滞在中の献立の公表を迫ったり、外食券の有無を問いただしたりしたという。例によって例のごときイヤがらせだが、かつて右翼の運動により顕著だった、こういう偏狭で、平板で、排他的な民族性は、小さな島国で、長い間、鎖国封建の政策でしばりつけられている間に培《つちか》われたもので、今日も、政治に、職場に、研究室に、都市に、農村にしつっこく根を張って、国家の再建の進行を妨げている、悲しむべき現象だ。

ところで、献立公表や外食券の問題だが、これは天皇でなく、提唱者の所属する、わが党の幹部諸君の所へもって行っても、相当工合の悪い問題になるのではないかと思う。またかりに、天皇や総理大臣の食卓の公表を迫ることが、政治的な一つのゼスチュアであるとしても、そういう偏狭な政策によっては、豊かな、大きな政治が育っていくものではないと信ずる。

今日、人々は現在自分に許された生活環境をよく反省して、自分たちの心に一つの線をひくべきだ。その線の彼方《かなた》は悪の世界である。どこに一線をひくべきかは、各自の良心が決めてくれるであろう。そして、そのほかの生き方というのをぼくは知らない。

新子さんによろしくいってくれ。

君と彼女が、密移出物資の山の上で、夜明けの風を衝いて突っ走っていく情景が、善悪の彼岸の世界のものとして、ぼくの脳裏にイキイキとやきつけられている。

もうまもなく、みんな会えるのだ。お互いに一日々々を大切に暮そう。
君の健在を祈ってペンを止める。

# みのりの秋

秋が来た。

うすい青空が高く晴れわたり、そこへ羽毛をプッと吹き散らしたように、軽い綿雲がいちめんに浮んでいる。そういう空模様の日が毎日つづいた。

太陽の光線も明るいだけで、そう暑さを感じさせなくなった。

遠くの山々のすがたが、洗われたように鮮やかになり、空と接する起伏の線や、色が濃い山ヒダや円味をもってせり出した山腹などが、手を伸ばせば指先に吸いつきそうにスッキリと見える。

人が通る小みちらしい、色がうすいジグザグの線を、山腹の中に見出したりすると、無性に旅愁を誘われたりする。

旅人とわが名呼ばれん初しぐれ

芭蕉《ばしよう》の句は、もうひとまわり遅い秋の気分を詠んだものであろうが、降る日も照る日も、旅愁にあこがれる人の心は不思議なものである。

トンボの群れが、光の中からわいたように、一日中、空をカスリ模様に彩っている。じっと見ていると、ザザアと音がしそうに、じつにおびただしく飛んでいる。それは、歩いてる馬の背にも、人の肩先にも、百姓が稲を刈るためにふり上げるカマのさきにも、平気で止っている。田には米がみのり、畑にはリンゴがみのり、山にはクリがみのる。そして、人の心も、今年の生活の中から、何か一つの結実を得ようとして、落ちついた、内省的なものになっていく……。

夏休みが終って、沼田の家にみんなが集り出したころは、だれも彼も、陽にやけて、やせているように思われた。しかし、目だけは、ひと夏の休養のおかげで、イキイキと生気を宿していた。それが、秋が深まるとともに、陽やけがさめて、少しずつ肥り出して来た。笹井和子の成長が、その年ごろだけに、一番目立った。

島崎雪子は、今度任地へ帰れば、沼田から結婚の申し込みがありそうな気がしていた。そして、あったら受け入れてもいい機会だと、自分にいい聞かせていた。

鉄は赤いうちに打たなければならない。――いつか寺沢新子の母親がいった言葉が、赤い信号灯のように、ときどき彼女の胸の中にひらめいた。

学校の仕事を通しても、自分を成長させていけるであろう。しかし、チョークの粉に塗《まみ》れた老嬢にはなりたくなかった。結婚して子供を産み、家庭の主婦になるという、女として、もっと充実したコースを通って、自分の人格を豊かに培っていきたいと思ったのだ。

夫としての沼田を考えると、不満な点がたくさんあった。しかし、信頼できる部面の方が多かった。雪子はそれでいいと思った。彼女は男でも女でも、修身の教科書のように円満な人格者は好まなかった。欠点もあるが、大きな長所もあるという人間の型が好きだった。

じっさいには、円満な人格者なんて滅多におらないものだし、大衆が迷信でそういう人物を作り上げるか、本人がそうらしく見せかけてる場合が多いのだから、雪子の気持を正しく表現すれば、彼女は沼田の率直な人柄を信頼しているのだ、ということができよう。

しかも、沼田の欠点と思われる性格的なマイナスを、雪子は妻としての自分の影響力で、相当に補っていけるものだと思っていた。

もし沼田が、相変らずノンキで、テニスや、将棋や、芸者を自転車に乗せることに夢中で、結婚の申し込みをしなかったら……。その場合、雪子は、自分の目の色で、表情で、言葉で、髪の形で、服飾で、沼田の注意をひき、結婚の問題を考えさせるように振舞うことは、少しも恥ではないと思った。

なぜなら、彼女はきれいな、豊かな気持で、沼田を愛しているという自信があったからだ。

沼田の方でも、同じようなことを考えていた。

彼は学校の休暇の間、雪子と離れて暮してみて、自分がどんなに雪子を愛しているかを知った。で、秋にでもなったら、さっそく結婚の申し込みをしようと思った。

だが、雪子が任地に帰って来て、またときどき顔を合せるようになると、申し込みをする自信がグラついて来た。彼は自分が雪子にきらわれてないということは信じられたが、それ以上に愛されているという確信はもてなかった。

(貴方には過ぎた人だわ——)

梅太郎が、雪子についていった言葉が、しょっちゅう彼の頭にこびりついており、しかも彼はそれをほんとうのことだと思っていた。

つまり沼田は、雪子の人格の中の、自分には欠けてるものを、高く買いかぶっていたことになる。なぜなら、どんなに気高く立派に見える女でも、男の妻として不似合いだというような女は、この世の中に存在しないはずであり、かりに在るとしても、それは当人の非常な不幸を意味するだけのことであるからだ。

だから、妙なもので、もしこの瞬間に、沼田が、雪子の方でも彼の申し込みを期待しているのだということをハッキリ知ったとすれば、彼は非常に喜ぶかわりに、雪子に対する燃ゆるような情熱が、少しく冷却するようなことになったかも知れない。若い男女は、それぞれの好みにしたがって、相手の生地の顔へ、少しずつ修正の筆を加えたがるものである。

このごろになって、沼田は、雪子をますます美しいと感じるようになった。これは、雪子が半ば意識してまき散らすエサに、ひきつけられてるようなものだが、しかしエサは、神様が、若い娘たちのためにお許しになったものであり、男という雑魚《ざこ》どもが、口をパクッとあけて、そのエサに食いつくことも、人生のおきてに適ったことなのである。

ただ、沼田としては、雪子に強くひかれるほど、ふだんのノンキな性格にも似あわず、自分に漠然とした劣等感を覚えて、迷い、あせり、神経質になり、勇気がくじけていくのを抑えきれなかった……。

ある土曜日の夜、沼田の家に、雪子、六助、新子、和子、富永が集った。夕方から、秋雨がジトジト降りつづけており、それがあたりの雑音を消して、ひきこまれるように静かな晩だった。

六助はこのごろ習い出したアコーディオンを弾き、和子はベビー・オルガンを鳴らし、それらに合せてみんなで歌をうたったりした。沼田と雪子、六助と新子と組んでダンスも踊った。無造作だが、沼田の踊り方は、なかなか達者なものだった。

富永は、新子が田舎の家からもらってきたクリを焼くことを引き受けて、囲炉裏の熱い灰をほっては、一つ一つ丹念にうめていた。

こうして遊んでいる間にも、沼田には、映画の撮影技術の一つにあるように、室の中の一人の人物の動きだけが鮮明に心にやきついて来て、ほかの人物は、ボヤけた、あるか無きかの存在に見えてならなかった。

医者である彼は、自分の神経がある病的な状態にあることを、非常に惨めなものに感じた。こんな状態を放置しておくべきではない。もう今はチュウチョなく、自分に可能な手をうつべきである。結果を恐れてはいけないのだ……。

「島崎さん、貴女にちょっとご用談したいことがあるんですが、二階のぼくの書斎まで来て下さいますか?」

沼田の声は固苦しく抑揚がなかった。

「なんでしょう? 参りますわ」

二人が出て行く後ろ姿を見送って、笹井和子は、手先を組み合せて、深刻そうに考えこんだ。ほかの者は何気なく振舞っていた。とつぜん、畳の上に引き伸ばして置いたアコーディオンが、ひとりでに縮まって、ルルーと奇妙な音を出した。

沼田の書斎は、父親から譲られた明治好みの洋間で、壁にはストーブがはめこまれてあり、調度もつくりも、渋い、落ちついた感じのものだった。マントルピースの上には、両親の下手な肖像画がかけならべてあったが、寝てる時以外は、始終身体を動かしている性分の沼田は、滅多に書斎に落ちついてることがなく、したがって、書斎の模様も、彼の父親が用いていた時分と、何一つ変っていなかった。

そのせいもあって、沼田は、小さな円テーブルを隔てて、雪子と向い合ってすわると、これから自分のしようとしていることを、両親に見守られているような気がして、恥ずかしい真似はできないと思った。

「島崎さん、貴女は一体ぼくのことをどう思っておりますか？」

「どうって、率直な、いい方だと思っておりますわ」

「ただ、それだけですか？　ほかにぼくの……」

「先生、率直ということは、人をいろいろな面からたたいて試してみることではなくて、ご自分の用件をまっすぐにおっしゃることですわ」

「そうです。その通りです」

沼田は早くも鼻面《はなづら》をひきまわされて、額の脂汗を手の甲でこすった。

「つまり、ぼくは貴女と結婚したいと思うんですけど、貴女の意志はどうでしょう？」

「結婚？　私と――？」

雪子は、胸の骨がボクンと鳴るほど、烈しく深い歓びを感じたが、表面はサラサラした調子で、

「貴方が私のことを十分観察された上で、そういうお考えになられたのでしたら、私はお受けしてもいいと思いますわ」

「ありがとう」と、沼田は心臓のふくらみがのぞかれるような、生ま生ましい嘆息をもらした。

「でも、結婚ということは、お互いに大切なものですし、結婚してしまってからの意見の不一致は、現在の社会では、女の側に大きな不幸をもたらしますし、私、貴方にいろいろお尋ねしたり、お約束願ったりしたいことがあるんですが、構いませんか?」

「構いませんとも。ぼくからも希望したいことです」

「それではお尋ねしますけど、貴方は学校の卒業祝いのテーブル・スピーチで、医者としての貴方の将来の人生を描いてみせたそうですが、今でもそう考えていらっしゃるんですか、きれいな看護婦さんと二回以上も間違いを仕出かして家庭争議を起し、お金を貯めて、博士の肩書を買って、県会議員になって、二号夫人を抱えて……」

「ば、ばかなことを。そりゃぼくはいいましたよ。だが、それはほかのヤツらが、世界人類のためにとか何とか、あんまりキザなことばかりいうんで、つい皮肉にいったまでですよ。第一、その問題では、一ぺん貴女にほっぺたをたたかれているんで、ぼくはもう帳消しになったつもりでいるのですがね……」

「貴方と結婚するとなると、私としてはそう簡単にはとり消されない問題ですわ。怒っては困りますけど、私は貴方にそういう生活をする可能性が無くはないと思いますの。かりに貴方が、おとなしい娘さんと普通の見合結婚をしたとします。新婚の夢が覚めて家庭生活がだんだん無味単調なものに感じられて来る。……さあ、貴方に自信があるでしょうか？」

「ううん……」と沼田はうめいた。「そりゃ女房がおとなしいだけでつまらんやつでしたら、つい過ちをすることもあるかも知れませんね。世間の医者の多くの行状からみて、ぼくだけそうで無いと頑張るのは、偽善者めいてイヤですからね」

その苦しげな返事は、雪子の顔にかすかな微笑をわかせた。彼女はいい相手を選んだと思った。

「妻としての私は、貴方のそういう行いを認める事はできませんし、すると貴方は私と結婚することで、貴方の生活の自由をある程度しばられることになりますけど、構わないんですか？」

「もちろんです。ぼくは貴女にしばられるほど幸福に感じるくらいです」

「それで安心しましたわ。しばるという言葉は正しくないんですけど、いつも愛情と理解で、お互いにイキイキと結ばれつづけていくということですわ。よく世間には、結婚して、子供もできてしまうと、わるく安心して、お互いの欠点を遠慮なくさらけ出して、だらけた、ノビきった生活をしている人たちがありますけど、私たちの場合はそうでなく、結婚はお互いの人格をより豊かに充実させる一過程であるという風な心持で暮していきたいと思いますの。

貴方、鉛筆をもっていますか。これから私の希望条件を申し上げますから、心覚えに書きとめて置いて下さい。貴方は物事に無造作な方ですから、いまの気持を、あとになって忘れてしまうんじゃないかしらん、とその点が一番私の心配してるところですわ」

沼田は実にへんてこりんな気持で、鉛筆と帳面を両手に用意した。

「いいんですね？　第一に、夫婦は互いに尊敬し合うこと――」

「ちょっと待って下さい。このごろよく聞く言葉ですが、夫婦間の尊敬とは、具体的にいってどういうことですか？　ことに妻に対する尊敬の念というのがハッキリしません。細君が外出する時に玄関に見送るとか、食事の時は細君によけいお菜をつけるとか、財布は細君にあずけるとか、そういうことですか？」

「それらもそうでしょうね。でも私のいうのは、妻の人格を認めてもらいたいということですわ。夫に、妻は自分の物だという、タカをくくったような気持で扱ってもらいたくないのですわ。一個の人格者として扱ってもらいたいのです。少し極端ないい方をすれば、夫に爆弾を抱えたような気持で、自分の妻に対して、しじゅう細かい心遣いと注意を払うようにしてもらいたいのです」

「なるほど。そういわれれば貴女のいおうとする気持が分るような気がします。――しかし、爆弾ですか？」

沼田は目を大きくして雪子をマジマジとながめた。雪子は赤くなって微笑した。

「貴女はこんな事はどう考えます？　いつか富永が話していたんですが、寮生だけで毎週一回、民主主義の研究をやってるんだそうです。ところで、男女問題のテーマが研究された時、女が社会的、法律的に不平等な扱いをされておったことは事実だが、家庭の内部に入ってみると、必ずしもそうではない、それどころか、このインフレ時代、オヤジは家族のみんなから、かせげかせげと白い目でにらまれている、乳飲児《ちのみご》の赤ン坊までそんな目つきをする、家中で一番気の毒なのはオヤジだ――。学生たちの結論はそういうことになったそうですが、そんな点、貴女はどう思いますか?」

「認めますわ。私の家庭でも、母が中心になっておりましたもの。でも、私は、これまで内々で、かげで認められておった女の存在を、日向《ひなた》に、おおっぴらに持ち出していかなければ、家庭も社会も、ほんとに健全な発達を遂げることはできないと思います。形式って大切なことだと思いますわ。たとえば、貴方は、私と結婚すれば、その翌日からすぐ、私とそろって街を歩いてくれますか? 街の人たちは滅多にそういうことをしないようですけど」

「うーむ。そりゃあ……歩きますよ」

「あら。まるで決死隊にでも出かけるようなご返事ね。私はそういう新しい形式が大切だと思いますの」

「その代りすぐアダ名がつきますよ。いい加減な年寄りの夫婦でも……。街の人たちは、そういう夫婦を『おしどりコ』というんです」

「結構ですわ。夫婦であることを人前に恥じなければならない理由は一つもないんですから。ちょっとお借りします」と、雪子は、沼田がときどき書き込みをする、テーブルの上の豆手帳を、とってみた。それにはこんなメモが記してあった。

一、夫婦ハ互イノ人格ヲ尊重スルコト（具体的ニハ妻ニ財布ヲ預ケルコトナリ）

一、妻トハ爆弾ノゴトキモノナリ

一、我等ハオシドリ夫婦タルベシ――

雪子はクスクス笑い出して、豆手帳を返した。

「どうも、貴方の表現は、あまり適切ではないようですから、あとで私が私たちの約束事項を箇条書にして、貴方の承認を求めることにしますわ。そして貴方は忘れっぽい方だと思いますから、それを紙に大きな字で書いて、寝室の壁にはって置こうと思いますの」

「そりゃいかん。女中が毎朝掃除に入るし……」

「構いませんわ。女中にとってこの上もない修身の教材ですもの。なんだったら、私、患者の待合室にはり出してもいいと思いますけど……」

「じょ、じょうだんじゃない。患者がバッタリ来なくなってしまいます。来たとしても患者に有害なる刺激を与えますよ」

「あら、私はまた、たとえば、未婚の若い男女だったら、その掲示を見ただけで、大いに感激して、貴方のお薬をのむまでもなく、病気がなおってしまうと思いますわ。そうなっては、やはり一種の営業妨害でしょうね。でも、貴方、ご自分の家の待合室をごらんになったことがありまして？　およそ医者の待合室ほど殺風景なものはありません。患者の病気が長びくような気分にできております。室にはなんの飾りつけもなく、壁には『薬価ハ即納ノコト、ウンヌン』とデカデカとはり出してあります。あの掲示はずいぶん病気に障ると思いますわ。きれいに花でも飾って『薬価ハ都合ノイイ時ニ納メルコト』とはり出したら、それだけで患者の回復はずいぶん早まることだと思いますわ」

「理想論ですよ、それは……。ともかく、では、ぼくたちは申し合せ事項を、寝室にはることにしますよ」と、沼田はしょげかえって答えた。

「そうしましょう。でも私は、医者である貴方の妻としては、まだいろんな抱負をもっておるんですの。たとえば、原則として、医者の家族は、患者の入院室より粗末な住居に住まうことというんですの。宿屋でも料理屋でも、お金を払うお客さんは上等な室に入れて、家族はたいてい粗末な室におりますわ……」

「そ、そりゃ無茶だな。宿屋や料理屋は座敷を売物にするんだし、医者は――」

「お薬は九層倍に売ります。それから、ときどきミスがある技術を売りますわ。しかし、環境を清潔にして、患者の精神的な静養をはからなければならないことは、宿屋以上にその必要があると思います。ところが、ここらの状態では、医者の家族はきれいな住居に入っておりますが、入院室と来たらブタ小屋のようで――」

「ああ、貴女のお勝手にぼくの入院室を経営して下さい。でも、覚えておいて下さいよ。ここらはガスも電熱もありませんし、入院患者は室内や廊下で、炭やマキをたいて自炊します。それから患者や付添人が母親年配の女だと、必ず子供を一人か二人連れて来ていっしょに泊りこみます。室の中にオシメを干す、壁に落書する、畳に焼けこがしを作る。……そりゃもう彼らは、どんなにきれいな室に入れてやっても、たちまち結構汚なくしちまいます。一体、日本人というのは、ある程度汚ならしい所でないと、アトホームな気持で住めないんじゃないんですかね。自分の身のまわり、家のまわり、三尺ぐらいの所が片づいてると、それでもう満足してしまって、もう少し遠くまで、つまり社会全体を清潔にしようなんてことは、あまり考えないんですね。――しかし原則としては、ぼくも貴女の意見に同意ですが……」

「ありがとう。あら、私だけ勝手に自分の要求を述べてしまって……。貴方の立場からも私に対していろんな要求があることと存じますが……」

沼田は、雪子からの結婚の承諾を得たことで、有頂天になっていた。結婚するという以外、じつは相手に対して何の要求も無いのだった。しかし、雪子からだいぶ脂をしぼられたような気がしていたし、かたがた何か要求をもち出さないと、体面にかかわるように思った。

「そりゃ、ありますね。大体この、妻たる者はシットをつつしむべきだと思いますね。女はどうしてもシットぶかいですからな」

へんに頭のわるいことをいい出したので、雪子は思わずクスリと笑った。

「それあまあ、男の方は心がひろいでしょうし、女は家にばかり閉じこもっておるので、心が狭くなりますのね」

「そうです。一般に婦人は料簡《りようけん》が狭いでしょうな」と、沼田はいい心持そうだった。

「でも私、貴方の過去の婦人関係のことでは、一切シットをしないつもりでおりますわ。それが現在、すっかり清算されているものであるかぎり――。また将来も、貴方の人格の自由を束縛するような独占感情には囚《とら》われないつもりでおります」

「そう願いたいですな。ぼくとしては職業柄、若い女性の患者に接する機会もずいぶん多い訳ですし、そういう点はぼくを信用して、一切邪念を起さないようにしていただきたいものです。というのは、ある先輩の家庭ですが、細君が薬剤室にがんばっておって、美人の患者や、看護婦などに、しょっちゅう警戒の目を光らせている所があるんです。あれは情けないことだと思いますな」

「ほんとに情けないことですわ。で、貴方のその先輩は、婦人関係の行いが正しい人ですの?」

「――いや、いたってダラシの無い人間です」

「まあ。貴方はそれで、その先輩と奥さんとどちらがいけないと思ってるんですか?」

「それあ、先輩にもわるいところはありますが、それにしても女のシットという奴は、常軌を逸して、じつに見っともないと思いますね」

「――私は貴方にそんな煩わしい思いをさせないつもりでおりますけど……。でも、貴方の方でも、そういう点で、私の過去や将来にわたって、私の人格の自由をしばるようなことはなさらないんでしょうね?」

「といいますと――?」

「過去のことでいえば、ある男の人が私を非常に愛しておったということが分っても、それが現在の問題でないかぎり、心のひろい貴方は、気にかけたりなどなさいませんわね?」

「そ、それあほんとのことですか?」と、沼田は目の色を変えた。

「――――」

「いや、構いません。どうかほんとのことをいって下さい。ぼくは決してシットなどしませんから」

「私、嘘はいえない性分ですから……。ええ、ほんとのことですわ」

「そ、そして、貴女も相手を好きだったんですね?」

「ええ、そうですわ。……その方は、私のためなら、自分の命を投げ出してもいいと思っておったぐらいでしたわ。ほんとに優しい、男らしい、いい方でしたわ」

「も、もっと具体的に貴女がたの関係を話して下さい。ぼ、ぼくは決してシットなんて……」

「貴方がお望みでしたら……。その方はよく、私をご自分の胸の中に抱きしめて、やさしく愛《あい》撫《ぶ》して下さいましたわ。世の中にお前ほど可愛いものは無いとささやいて」

「け、怪しからん」

沼田はいつのまにかすさまじい表情をしていた。雪子は、わざとのように落ちついて、

「それから、私を両手でしずかに揺すぶって、抱きしめて、接吻をして……」

「だ、だれです。ソイツは？　ぼくは殺してやる！」と、沼田はテーブルの面をドンとたたいていきまいた。

「もうその方は亡くなりましたの。私の父ですわ。父は幼い娘だった私をほんとに可愛がってくれたものでしたわ。なつかしいあのころ……」

「ウーム！　貴女は人がわるい……」

沼田は力が抜けきったように、がっくりイスに沈んで、額に滲んだ脂汗をふいた。

それを見て、雪子の顔には、かすかな微笑の影が動いた。

「私は嘘は申し上げませんでした。……でも、これで、シットは女の専売でなく、男の方がもっと強いということを、貴方ご自身で証拠だてたことになりますわ。貴方は、シットのために、

もう少しで殺人罪を犯すところでしたのね」

「うーむ。それは……」

「貴方だけでなく、世間の男の人たちは、女だけが特別シット深いもののように考える傾向があります。けれどそれは決して、先天的な男性・女性の相違ではなく、女を家庭の中にしばりつけておいて、男は勝手に外で遊びまわる、そういう間違った社会環境から生み出されたものだと思いますわ。もし男と女の立場を逆にしたら、世の中には、殺人罪ばかり行なわれることになりましょう。


シットの問題だけにかぎらず、一般に男の人たちが、女ってヤツは——といい気持そうに口に上せる女性観は、女をわるい立場に押しこめて手も足も出ないようにしておき、その結果、ゆがめられてしまった女の気質をさしていってる場合が多いのではないかと思いますの。そして、これほど間違ったことはないと思いますわ。


それあ男が女であり得ないように、女も男であり得ない、両性のそれぞれの先天的な特質はありますけど、それは男も女もそれぞれにいたわっていかなければならない大切な特質ですし、またそのために男女が一対の夫婦になって、お互いの足りないところを補い合って、人格を発展させ、充実させていく必要があるのじゃないでしょうか」

「全然同意ですな」

沼田は変な軍隊用語で、ポカンと気が抜けたように答えた。雪子はクスリと笑った。

「ねえ、貴方、お医者さんでしょう？ シットというのは、結局、健康な人間の、正常な心理ではございません？ ただ、それを、お互いに上手に処理していくことが大切だと思いますけど……」

「ごもっともです」

沼田は、まだ変な言葉づかいをする虚脱状態から脱けきれないもののようだった。何度も──皮膚がむけるかと思われるほど、額の汗をしきりにこすりとったあとで、うめくように、

「ああ。でも、ぼくは結婚前の男女の会話が、こんなに散文的なものだとは思いませんでしたよ」

「では、どんな風な──」

雪子の目は穏やかに微笑んでいた。

「それはですな……。星が美しいとか、花が咲いたとか、ホラ、よくあるじゃありませんか。やさしい、きれいな男女の会話がね。……ところが、今日の会話では、寝室の壁に夫婦の心得をはりつけるとか、入院室を改造するとか、ぼくが殺人被疑者であるとか、じつに殺風景な話題ばかり出るんで、ぼくは全く驚いているんですよ」

「貴方、私に申し込みをしたことを後悔してるんじゃございません？」

「いや、そ、そんなことがあるもんですか。ぼくは死んだって貴女を離しませんよ」

沼田の語調はまた熱気を帯びて来た。

「それあ貴方がおっしゃるように、外国の恋愛小説などを読んでおりますと、豊かな、すばらしい恋人同士の会話が出て来たりしますけど、私どもの社会生活はまだそれほど成熟しておらず、ずっと幼稚な段階にあるのだと思いますわ。その地盤ができておらないのに、真似事のきれいな会話で飾り立てるのは、かえって惨めで、こっけいなことではないでしょうか。貴方は散文的だといいますけど、私、生れてからいまほど幸福な気持に浸ったことはございません。で、貴方はそうじゃないのでしょうね？」

「ぼくも……幸福ですよ。それあ幸福ですとも！……ただ、ぼくは、雲にでものったようにフンワリした気分のものだろうと予想していたのに、まるでむずかしい手術でもしているような、ジックリした、骨の折れる気分のものなんで、面食らっているとこなんですよ。しかし……ぼくは、やっぱり幸福です。不思議ですな」

――囲炉裏のクリが焼けたことを知らせに来た笹井和子は、ドアの外で、そこまで二人の会話を立ち聞きすると、外側の壁のスイッチをひねって室の中を暗くしてやり、足音を忍ばせて階下の座敷に引っ返した。

「ねえ、島崎先生と沼田先生が結婚をするんですって。すてきだわ。爆弾で――オシドリで

——殺人罪で——散文的幸福で——あたし、感激しちゃった」

和子は稚《おさな》い顔に興奮の血を上せて、なぞめいたことを口走った。

六助と新子は、爆《はじ》かれたように身体を起して、目を見合せた。

「そう。……そうだったの」

新子は、自分が受けたショックを、一人では支えきれないもののように、六助の肩先に手をかけた。

畳にねそべって、このごろポケットに詰めこんでいる聖書を拾い読みしていた富永は、ふと声をあげてその一節を読み出した。

「——かかる故に人は父母を離れ、その妻に合いて、二人のもの一体となるべし。はや、二人にはあらず、一体なり。この故に神の合せ給いしものは人これを離すべからず——」

大地には夜の雨がシトシトと降りそそぎ、室の中には、焼グリの香ばしい匂いがプンと漂っていた。

石坂洋次郎（いしざか ようじろう）
1900年（明治33年）1月25日―1986年（昭和61年）10月7日、享年86。青森県出身。1936年『若い人』で第1回三田文学賞受賞。代表作に『麦死なず』『石中先生行状記』『光る海』など。

（お断り）
本書は1952年に新潮社より発刊された文庫を底本としております。
あきらかに間違いと思われるものについては訂正いたしましたが、
基本的には底本にしたがっております。
また、底本にある人種・身分・職業・身体等に関する表現で、現在からみれば、
不当、不適切と思われる箇所がありますが、著者に差別的意図のないこと、
時代背景と作品価値とを鑑み、著者が故人でもあるため、原文のままにしております。

P+D BOOKS
ピー プラス ディー ブックス

P+Dとはペーパーバックとデジタルの略称です。
後世に受け継がれるべき名作でありながら、現在入手困難となっている作品を、
B6判ペーパーバック書籍と電子書籍で、同時かつ同価格にて発売・配信する、
小学館のまったく新しいスタイルのブックレーベルです。

# 青い山脈


2018年7月16日　初版第1刷発行
2024年12月11日　第7刷発行

著者　石坂洋次郎
発行人　石川和男
発行所　株式会社　小学館
〒101-8001
東京都千代田区一ツ橋2-3-1
電話　編集　03-3230-9355
販売　03-5281-3555
印刷所　大日本印刷株式会社
製本所　大日本印刷株式会社
装丁　おおうちおさむ（ナノナノグラフィックス）



造本には十分注意しておりますが、印刷、製本など製造上の不備がございましたら「制作局コールセンター」（フリーダイヤル0120-336-340）にご連絡ください。（電話受付は、土・日・祝休日を除く9:30～17:30）

本書の無断での複写（コピー）、上演、放送等の二次利用、翻案等は、著作権法上の例外を除き禁じられています。

本書の電子データ化などの無断複製は著作権法上の例外を除き禁じられています。

代行業者等の第三者による本書の電子的複製も認められておりません。

©Yojiro Ishizaka　2018 Printed in Japan


ISBN978-4-09-352343-1


P+D BOOKS